中國語言文字研究輯刊

十 五 編

許 錟 輝 主編

第 **8** 冊

方以智音學研究（下）

洪 明 玄 著

花木蘭文化事業有限公司

國家圖書館出版品預行編目資料

方以智音學研究（下）／洪明玄 著 -- 初版 -- 新北市：花木
蘭文化事業有限公司，2018〔民 107〕
目 8+204 面：21×29.7 公分
（中國語言文字研究輯刊 十五編：第 8 冊）
ISBN 978-986-485-455-4（精裝）
1. 聲韻學 2. 古音
802.08   107011327

ISBN-978-986-485-455-4

中國語言文字研究輯刊
十五編　　第八冊　　　　　　　ISBN：978-986-485-455-4

方以智音學研究（下）

作　　　者　洪明玄
主　　　編　許錟輝
總　編　輯　杜潔祥
副總編輯　楊嘉樂
編　　　輯　許郁翎、王　筑　美術編輯　陳逸婷
出　　　版　花木蘭文化事業有限公司
發 行 人　高小娟
聯絡地址　235 新北市中和區中安街七二號十三樓
　　　　　　電話：02-2923-1455／傳眞：02-2923-1452
網　　　址　http://www.huamulan.tw 信箱 hml810518@gmail.com
印　　　刷　普羅文化出版廣告事業
初　　　版　2018 年 9 月
全書字數　289999 字
定　　　價　十五編 11 冊（精裝）　台幣 28,000 元

方以智音學研究（下）

洪明玄　著

表目次

第五章　《通雅・切韻聲原》音學理論研究

　　方以智《通雅》中關於音學的專門理論，雖散見於各篇章內，然而他考察古音的成果，分析時音的結論，則專見於《通雅・切韻聲原》。〈切韻聲原〉一篇約可析作九個單元，分別爲「導言」、「聲調新法」、〈新譜〉、〈論古皆音和說〉、〈字韻論〉、〈韻考〉、〈十二開合說〉、〈旋韻圖說〉、「聲數同原說」。這九個單元各別記載了方以智對音韻的見解與音學理論，這些理論在《通雅》其他篇章中之實際應用，即是方氏「通幾」與「質測」的相互對應。歷來研究者多從音理的角度出發，分析其中所隱含的音系現象，因而推導出其聲調、聲母、韻的內容，其他理論說明雖是研究的理據，卻鮮少有人能夠逐一把梳〈切韻聲原〉而得其實。考方以智在〈切韻聲原〉裏所揭示的九個單元，皆顯示出他的音學理念，包含了古聲韻的分期與時音的分類，或隱藏方音的現象在裡頭，網羅了豐富的語音資源，可惜後人研究卻未能逐一揭開其面紗，今以〈切韻聲原〉所述爲主，輔以方中履《古今釋疑》之第十七卷，冀可以入其堂奧，一窺方以智音韻學理論之奧密。

第一節　前人研究〈切韻聲原〉音系概述

　　考察今人論方以智〈切韻聲原〉，其研究成果或有北音、方言、官話、混合

音系的說法。趙蔭棠與林平和持「北音說」，以為形式上方氏平聲分陰陽、兒字韻獨立，以及閉口韻[-m]的消失、入聲韻兼承陰聲韻與陽聲韻等，是屬於北方語音的特色，不過南方方音中亦可以查知平聲分陰陽與閉口韻的消失，是不足證其北音之說。

〈方以智切韻聲原與桐城方音〉的作者孫宜志主張〈切韻聲原〉的音系摻雜了部分古音的特點，是反映明末桐城方音的特性。他認為「聲原」之名有推原古音之意，故將深咸同置於第十五攝。並且因為古今音韻結構既同，而可以從今音推古音，此乃方以智探求音韻發展的主要原則。除此之外，他從方氏論述語音的說明中，求出〈切韻聲原〉音系當是其方音的結論，因為方氏特別重視「時音」，以及還原到自身發音過程的描述，所以必須從其人的慣用語音作為基本依據。古音之外，他另考究〈切韻聲原〉的語音內容，和現代的桐城方言有極大的對應關係，是以他認定方以智之今音、時音，當是其人常用的桐城方音。同樣用方言的角度解釋方以智作品者有楊軍和王曦同著〈四韻定本見曉組細音讀同知照組現象考察〉，通過十四個字例對照方氏家鄉樅陽縣浮山鎮現代方音，從兩者間的一致性肯定方氏《四韻定本》中見曉組細音讀同知照組現象反映的是方言特點。雖然是針對《四韻定本》所作，但〈切韻聲原〉與《四韻定本》的語音體系並未有太大差異，然《四韻定本》所呈現的是樅陽縣浮山鎮的方音，那麼孫宜志所述的桐城方言當如何視之？又或是〈切韻聲原〉採桐城方音，而《四韻定本》另用樅陽方言？此等以籍貫套用語音現象，恐淪落先入為主之見。

在前三種單一音系的認識外，另有「折衷」之混合音系說，此說法最早為黃學堂提出，其碩論《方以智切韻聲原研究》作於1989年，研究方式乃從十六攝的各個韻字分析其聲韻內容，判定〈切韻聲原〉主要反映「官話」性質的語音系統，而入聲韻兼承陰聲韻與陽聲韻，則是讀書音的繼承結果。之後2002年的張小英與2004年之時建國也認為〈切韻聲原〉不當只是單一音系的表現，而是有著各種語音的總和。張小英《切韻聲原研究》認為〈切韻聲原〉所呈現的音系性質，包含了全濁聲母的清化、知莊照系的分合、泥日疑合一、泥來混用及奉微合一。韻的方面又有入聲韻兼承陰聲韻與陽聲韻、開口二等喉牙音產生顎化、出現[i]介音等現象。這些不只有來自《洪武正韻》

的影響，又有方言語音的影子顯現其中，因此張小英判定〈切韻聲原〉爲融合讀書音和南北方音、「存雅求正」的「普通話」音系。

　　時建國在〈切韻聲源術語通釋〉中，發現十二統的「眞青」統中包含了崑恩、亨青、音唵等十六攝的字，因此時建國以爲這是吳方言的展現。另一篇〈切韻聲源研究〉，他更研究出十二統與十六攝不同在於十二統反映的是口語共同語系統，而十六攝所呈現者乃是《洪武正韻》以來的讀書音系統，其中有兼顧南音的事實。爲了結合這兩種語音的差異，方以智必須建立一套融通兩者的語音內容，而且又能兼顧他尊崇《洪武正韻》的理念，是以他作〈切韻聲原〉用來折衷南北、融合古今，所以呈現出來的是一個混合音系的面貌。

　　陳聖怡承以上諸說，故取〈切韻聲原〉的十二統爲研究對象，輔以方以智自述其聲韻的設定概念，方氏云：

> 中土常用二十母，唱《洪武韻》足矣。若略外內中聲，開閉阿支之狀，而渾叶之，曰翁從、曰于吾、曰逶支、曰隈開、曰溫清、曰阿摩、曰哇邪、曰汪陽、曰爥蕭、曰謳侯、曰烟元、曰歡灣，十二韻耳。[註1]

方氏在聲母設計上以〈新譜〉的二十母爲依據，韻則從《中原音韻》的十九韻以及《洪武正韻》的二十二韻刪減至十六攝之說，並重整柴廣進所傳〈朱子譜〉，因而訂定十二統。陳聖怡在研究後發現其中鼻音韻尾的界線模糊化；入聲韻兼承陰聲韻與陽聲韻；疑、微聲母仍有一定作用，此三者乃方言語音的遺存。而文中所說「中土」則是實際的口語音。十六攝之〈新譜〉則是調整《洪武正韻》後的讀書音系統，因此他判斷〈切韻聲原〉應是當時的實際口語音，此口語音因爲方以智所屬時空的複雜，因而摻雜了許多不同成份的語音內容。

　　然而不論前人所論〈切韻聲原〉之體系，或屬北音，或屬官話音系帶讀書音，或以爲探求古音兼及方言，又或是各種音系的總合，所論者多是以〈新譜〉爲研究焦點，晚近的《四韻定本》研究則聚焦在特殊字例，未能得其普遍性。然而對於方以智在《通雅》中所說到的音學傳承，則關注者甚少，其聲母採用〈早梅詩〉之說，調取《中原音韻》以來的五種聲調，《新譜》十六攝與〈旋韻

〔註1〕明‧方以智著，侯外廬主編：《方以智全書‧通雅》（上海：上海古籍出版社，1988年），頁 1510～1511。

圖〉則融貫中外古今的音學思想，專從思想的角度以進入方氏音學著作根源，據此卓見者唯有王松木〈知源盡變——論方以智切韻聲原及其音學思想〉。今試從方以智按語之思想，兼及其音學著作，先論方氏音學，再定其體系，以求浮山音學之面貌。

第二節　〈切韻聲原〉體例說解

考方以智著作，於聲韻學的創作本有《等切聲原》〔註2〕，《浮山文集》中即錄有〈等切聲原序〉，然其詳細內容今不能見，則其中脈絡源流未可知也，後來學者多以爲即〈切韻聲原〉。究〈等切聲原序〉將天地之氣與聲音相連結，其旨同於〈切韻聲原〉，俱展現了方以智的《易》學觀點，即如〈等切聲原序〉所述：

> 天地間一氣而已矣。所以爲氣者，無有無，統天地之天也。氣發而爲聲，聲氣不壞，雷風爲恆，世俗輪轉，皆風力也。人受天地之中以生，故鳥獸得其一二聲，而人能千萬聲。通其原、盡其變，可以通鬼神、格鳥獸。蓋自然感應，發於性情，莫先於聲矣。〔註3〕

方氏以爲聲音是最眞實的情感反應，因此透過聲音可以與天地感應，這是密之將聲氣的本原上推於天地，是故可以如此連結。而天地運轉的基礎要在《易》裡顯現，故曰：「《易》者，徵天地之幾也。」〔註4〕此等言論亦可以在〈切韻聲原〉中求得，所謂「聲氣不壞，風力自轉」〔註5〕，即與〈等切聲原序〉所述相仿。方氏的音《易》結合，甚至將人與天地萬物、聲音和「神明之幾」相比擬，

〔註2〕按：今人有以爲方以智《正叶》亦屬韻學著作，然考之〈正叶序〉有「上泝騷雅，隨意短長」之語，即意在效仿《詩經》、《楚辭》，是以當如侯外廬所說，《正叶》乃用《洪武正韻》韻目爲編排基礎的詩集。而《四韻定本》書中魚尾有《四韻定本正叶》之名，則聲韻學之「正叶」，當爲《四韻定本》。〈正叶序〉收錄在《浮山文集後編》，可詳參。

〔註3〕明・方以智：《浮山文集後編》，《續修四庫全書》第 1398 冊（上海：上海古籍出版社，2002 年），頁 361。

〔註4〕明・方以智：《東西均》，《續修四庫全書》第 1134 冊（上海：上海古籍出版社，2002年），頁 630。

〔註5〕《通雅》，頁 1513。

故曰：

> 一極參兩，而律曆符之。呼吸之身，不必以數而後用。然天地生人，
> 適此秩序，《易》豈窮天下之物以合數而後作哉？自然理數吻合，而
> 至大至微無違者，人與天地萬物同根，而心聲爲神明之幾，不可言
> 數，而數與應節，即可度其數而即物則物矣。〔註6〕

此等將聲音與天地結合的論點，是〈等切聲原序〉的基準，〈切韻聲原‧旋韻
圖說〉亦然，而文中論聲韻的關係，以及著作的用意，都和〈切韻聲原〉的
內容相符，則可以知道二者實爲密不可分，甚至是同一部作品的不同名稱。
此外，據孫宜志所述，〈切韻聲原〉的主要組成是作爲等韻圖的〈新譜〉，圖
前的描述屬於導言，圖後的文字則爲附錄〔註7〕。由於各有主題，更可以擴大
觀察其效用，其中概可分爲九個單元，方以智所列圖表約有三項，而文字說
明處，不僅只是解釋圖表，更多的是闡述理論，是以要明白〈切韻聲原〉，不
可不從圖表入，要解析其圖表，又不可不取材自文字解說，則二者乃屬相輔
相成之關係。

由於〈切韻聲原〉可以分成九個單元，分別闡述了方以智「質測」之審音，
與「通幾」的音學理論，爲解析方氏〈切韻聲原〉之內涵，茲簡析其內容，以
作爲後續論證之憑據。〔註8〕

壹　導　言

導言首先說明發音過程，要「人先平心靜氣，自調脣舌腭齒喉，爲羽徵
角商宮之概，又調臍輪鼻輪之折攝，爲大宮商之概」〔註9〕。因爲有發音的過

〔註6〕《通雅》，頁 1514。

〔註7〕孫宜志：〈方以智切韻聲原與桐城方音〉，《中國語文》第 1 期，2005 年，頁 65。

〔註8〕按：《周易時論合編圖象幾表》卷六有〈等切旋韻約表〉，內容與〈切韻聲原〉如出
　　　一轍而稍減其說，可以證明方以智的音學理論根源處爲聲音與《周易》合而爲一，
　　　且《周易時論合編圖象幾表》含有方氏之創作，無有疑義。不過〈等切旋韻約表〉
　　　與〈切韻聲原〉二者詳略不同，其中順序只在部分段落前後移易，大旨不改其說。
　　　因爲〈切韻聲原〉是詳盡的音學理論著述，相較於只有圖表與圖說的〈等切旋韻約
　　　表〉更加完整，唯〈旋韻十六攝圖〉未見於〈切韻聲原〉，是可以使二者相互參酌，
　　　並完整方氏音學之說。

〔註9〕《通雅》，頁 1471。按：傳統韻學之「見溪群疑」屬於「牙音」，方以智〈切韻聲

程，接續說明發音部位、發音方式以及聲調的名稱。在此之後接續「切韻」
之法，方以智先舉古人合音的方式，如「不律謂筆」、「於菟謂虎」、「軒轅謂
韓」、「奈何爲那」、「何莫爲蓋」等例，以「合音」的說法作爲切語的基本概
念，而後才有「象數律曆呼吸翕闢」〔註10〕的嚴格方法，最後再解析聲母的數
量與內容，對此他仍是以《易》學作爲觀察聲音的基礎，故曰：

> 〈徵傳朱子法〉以《河圖》生序；脣舌腭齒喉爲羽徵角商宮，律生
> 之後，黃鍾上旋，南呂回旋，自然符合，即鄭漁仲所明《七音韻鑑》
> 也。〔註11〕

就是將聲母的概念上推至五行與樂律。此類之後，方以智即透過圖表說明他對
聲母發展進程的看法，以進入第二部分。

貳　聲調新法

　　導言之末始陳說聲母的變化，故續以聲母表，以明古今聲母之沿革。方
以智於「聲母表」一項中，訂定了兩種表格。第一表結合五行七音，將五行、
五音、五臟分別與腭舌脣齒喉相配列，其順序爲「腭：肝角木」、「舌：心徵
火」、「脣：腎羽水」、「齒：肺商金」、「喉：脾宮土」，方氏於聲母設置上，以
爲有古今之別，所述「珙、溫用三十六，以後或取二十四，或取二十一，今
酌二十」〔註12〕，即是他所採用的個別內容。對於古聲母他主張三十六聲母，

原）則作「顎音」，據方中履《古今釋疑》所述，此乃源於呂維祺之説，方中履文
曰：「呂介儒曰：『牙音用齗，聲在上顎，故亦以顎名。』」（語見清・方中履：《古
今釋疑》，《續修四庫全書》第 1145 冊，頁 426。）

〔註10〕《通雅》，頁 1472。按：方以智對聲音的認識，與其《易》學研究有著密切的相關，
於是在對切語方法的發展上，從合音這樣模糊的語音認識，進展至注意開合的切
語形式，他用《易》學的觀念將兩者結合。甚至在聲母部位的配置上，他用《易》
來解釋《四聲等子》與其聲母的安排順序，所謂：「天一生水，三生木，五生土，
三陽同類，故腭脣喉相通；地二生火，四生金，二陰同類，故舌齒相通，此概也。」
（《通雅》，頁 1474。）即是將《易》學與音學相結合，而成就了方氏的語音認知。
爲解釋其音理，他另用「聲無非喉，而脣爲總門，腭爲中堂，故宜其近；齒爲中
門，舌爲轉鍵，獨能出入靈動，與齒相切」（《通雅》，頁 1474。）等語，闡述其中
相應的關係。

〔註11〕《通雅》，頁 1473。

〔註12〕《通雅》，頁 1473。

而時音則取〈早梅詩〉的二十聲母。第一表所列乃古聲母表，其中順序均依照《經史正音切韻指南》的內容而定，甚至喉音的順序作「曉匣影喻」，亦受其影響，唯發音部位與五行的相配則是遵循著鄭樵〈七音略〉〔註13〕，可見方以智對諸家學說的傳承與折衷。

聲母第二表所列乃是時音二十六母。方以智對時音的聲母內容主張二十母，其中的變化是從中古的三十六，去除全濁聲母「群、定、澄、並、奉、從、牀、邪、禪、匣」十個，並歸喻入影而另增「◎」〔註14〕，此即二十六的內容，而後「不用非、◎，則二十四也」，「合知、照，則二十一也」，另「以影喻合疑」〔註15〕，則為二十。此表中又列有聲母的範例字，例如見下有「君公剛光孤干今」諸字，乃表示「各母下有韻迕之狀異，故列之」〔註16〕。不過聲母數量自三十六減至二十，方氏雖認為符時音之用，卻不免有異音、爭議，以為二十母不能夠切出真實語音，故有增母的議題，曰：「凡議增母者，為迕狀粗細不同也，今分注其下，因決曰：『真嗔神，諄春純；張昌商，莊窓霜。』則知母之粗細狀耳。」〔註17〕由於韻有開合洪細的區別，為了不讓這粗細影響

〔註13〕按：方氏著書多引「漁仲」之言，此即鄭樵之字，是以他當然傳承鄭樵〈七音略〉之說。承繼另有《經史正音切韻指南》，及圖表中所述劉鑑《譜》，和真空《玉鑰》。還有對《四聲等子》的沿襲，最明顯的證據在：「要之，切法呂獨抱、李士龍約之甚便。西域音多，中原多不用也。又當合《悉曇》、《等子》，與大西《耳目資》通之。」（《通雅》，頁 53。）據此則知拼讀字音的方法，必有學習自《四聲等子》處。

〔註14〕按：方以智於表下說明「◎為喉根，而非微乃外脣之最微者」，又有「今表◎字為折攝中輪」，（《通雅》，頁 1476。）是以◎作喉根。考◎具有幾個不同的涵意，在聲母部分除了用來表示發音部位的喉根以外，另又作為標記喉音聲母的符號。

〔註15〕按：以上三例引文，皆出自《通雅》，頁 1476。

〔註16〕《通雅》，頁 1475。

〔註17〕《通雅》，頁 1477。按：方以智父子之二十母，其源可上推至萬曆（1573～1620年）初年的張位，方中履曰：「張洪陽惟用二十字，以〈早梅詩〉約之，曰：『東端風非夫奉破滂並早精梅明，向曉匣暖泥孃一疑影喻枝知照開溪群。冰幫雪心邪無微人日見見，春徹澄穿床從清從天透定上審禪來來。』……〈切韻聲原〉讀曰：『幫滂並明、見溪群疑影喻、曉匣夫非奉微、端透定泥孃來、精清從心邪、知照徹穿澄床審禪日，可謂省易矣。』履按：『增母而不減，舊母實多雷同；減母而不增，各母俱有異狀，故〈聲原〉母止二十。』」（《古今釋疑》，頁 439～440。）雖然〈早梅詩〉為明英宗正統年間雲南地區的蘭茂（1397～1470年）在《韻略易通》中所設，時間早於萬曆間的張位有百

對切語的認識，因而列出各類情況於聲母下方，而可以除去增母之議。爲表明新的二十母，方以智遂列〈簡法二十字〉以示其中分合：

見 溪群並 疑影喻 端 透定 泥孃 幫 滂並 明 精 從清 心邪 知照 穿徹澄牀
審禪 曉匣 夫非奉 微 來 日　　此〈簡法二十字〉。　　知照第二層
互用。孃讀穰同日，讀嘗同審。〔註18〕

「溪群並」只是說明「溪群」相混不分，「並」以示作用，非指脣音聲母之並母字，此於方中履《古今釋疑》可證。方以智此取「從清」，他處則作「清從」，其實兩義相同，總之全濁的「從」與次清的「清」二者相混，聲母自然可通，「知穿審」亦然。雖然全濁聲母已混入清聲母當中，據表則現全濁與次清的相融，不過考之方氏所引例證，不論是〈新譜〉字例，亦或是《通雅》文句，明顯可見其全濁聲母的歸併，乃是根據平仄而有別，規律即爲濁塞、塞擦音聲母按平聲送氣、仄聲不送氣分別與同部位塞音、塞擦音聲母合流。

　　整併後的二十個聲母方以智再統整作三類，命名爲「發送收」，其用意在於區分聲母的發音方式，分別稱作「發：初發聲」——不送氣清音；「送：送氣聲」——送氣清音；「收：忍收聲」——擦音、鼻音或半元音。其發明的根據在於：「愚初因邵入，又于波梵摩得發、送、收三聲，後見金尼有甚次中三等，故定發送收爲橫三，喤嘡上去入爲直五，天然妙叶也。」〔註19〕顯見方氏的音學知識不僅融貫中西，也深刻地受到佛教的影響。

　　最後，爲說明迕狀粗細的不同，方以智作〈切母各狀表〉，以表示聲母在各種洪細差異中的使用狀況，曰：「專取眞、文、恩、庚、青、蒸、侵之韻，而帖切諸母，以其字多而聲狀皆備，無迫迕窘紐之苦。」〔註20〕表中分作二類：

餘年之久，然其說流傳未遠，故方以智認爲〈早梅詩〉二十聲母是張位所創。不過這二十字母的系統影響方氏聲母設定，無可置疑，可見此二十聲母並沒有空間上的差別，而在明朝已擴展開來。

〔註18〕《通雅》，頁1478。

〔註19〕《通雅》，頁1478。按：語音學的發生本來就與佛教相關，尤其聲母的研究，方以智明言乃源流自佛教之說，其〈切韻聲原〉云：「《悉曇‧金剛文殊問》五十字母，《華嚴‧大般若》用四十二，舍利用三十。」（《通雅》，頁1473。）類此之語，屢見於《通雅》，是知方氏考證聲母發展，自有從佛教經典切入者，即是淵源於宗教的關係。

〔註20〕《通雅》，頁1479。

「宮倡」——聲母爲脣、腭、喉，即羽角宮；「商和」——聲母爲舌、齒，即徵商，另「來乃泥之餘，日乃禪孃之餘」〔註21〕，故歸於舌徵、齒商之下。表中所示字例作爲〈新譜〉各狀之代表，用以指出各個不同開合情況的區別。此處之說可以「二十字母發送收對應表」爲總合：

表三十六：二十字母發送收對應表

〈簡法二十字〉（另附三十六字母歸併處）		切母各狀專取 眞、文、恩、庚、青、蒸、侵之韻而帖切諸母，以其字多而聲狀皆備，無迫迮窘紐之苦。	〈早梅詩〉二十字母
幫	宮倡（羽角摠謂之宮；凡音在脣腭中皆謂之宮） 羽初發聲	奔（粗）兵（細）	冰
滂並	羽送氣聲	烹（粗）平（細）	破
明	羽宮忍收聲	門（粗）明（細）	梅
見	角發	庚（粗）京（細）肱（粗）君（細）	見
溪群	角送	阬（粗）輕（細）坤（粗）群（細）	開
疑影喻	角宮收，即爲宮深發	恩（粗）因（細）溫（粗）云（細）	一
曉匣	宮淺發送	亨（粗）欣（細）昏（粗）熏（細）	向
夫非奉	羽宮送	氛（粗）分（細）	風
微	羽宮收	文（微無粗）文（細）	無
端	商和（徵商摠謂之商；音穿齒外皆謂之商） 徵發聲	登（粗）丁（細）	東
透定	徵送聲	騰（粗）汀（細）	天
泥孃	徵宮收	能（粗）甯（細）	暖
來	收餘 商徵合宮	倫（粗）零（細）	來
精	商發	尊（粗）精（細）	早
清從	商送	逡（粗）清（細）	從
心邪	商宮收	孫（粗）心（細）	雪
知照	徵商合發	諄（粗）眞（細）	枝
穿徹澄牀	徵商合送	春（粗）嗔（細）	春
審禪	徵商合宮收	醇（粗）申（細）	上
日	收餘 徵商合宮	均（日無粗細而有均、人二狀）人（日字乃禪之餘）〔註22〕	人

〔註21〕《通雅》，頁 1474。

〔註22〕按：日母無粗細二狀，但有「均」（《古今釋疑》作昀）、「人」二狀，而〈新譜〉於

爲了使〈新譜〉可以純粹呈現等韻圖的形式，方以智在此處一併說明對聲調的認識，他仍依循著傳統的語音觀念，而保有入聲聲調，但是他又承襲周德清《中原音韻》的聲調安排，將平聲一分爲二，是以有五種聲調「空喤上去入」，其文云：「周德清以空喉清平爲陰，以堂喉濁平爲陽，智故以空喤定例，便指論耳。」〔註23〕此外再將五聲配以「開承轉縱合」，故其五音之全名爲「開空平」、「承喤平」、「轉上」、「縱去」、「合入」。〔註24〕在聲調新法中，方氏闡發他對當時的聲調與聲母的認識之後，於後文正式進入〈切韻聲原〉的論述主軸「〈新譜〉」。

參　〈新譜〉及其體例簡述

歷來研究〈切韻聲原〉者多將焦點集中在〈新譜〉之中，趙蔭棠、林平和、耿振生、張小英等，都將目光聚焦在〈新譜〉，此乃研究方以智韻學最主要的素材。其內容依十六攝分作十六圖，而後統整成循環反覆的〈旋韻圖〉。形式上，方氏先簡述〈新譜〉的設計規則，而後列表以明其聲韻內容，此十六圖可參附錄三。圖表的形式遵守傳統韻圖的原則，橫列於上爲聲母，直列者乃聲調，然方氏不曾論音韻之等第，故其直列大項分翕闢穿撮四狀，每一聲狀皆設有五聲「空喤上去入」，其格式方氏自道：「珙、溫直列平上去入，而橫列崩烹朋蒙，皆四也，今直列空喤上去入五聲，而橫列發送收三聲，奇統偶也。」〔註25〕聲母順序則一如〈切母各狀表〉之宮倡、商和，韻的部分依照十六攝「翁雍」、「烏于」、「噫支」、「限挨」、「昷恩」、「歡安」、「灣閑」、「淵煙」、「呵阿」、「呀揶」、「央汪」、「亨青」、「爊夭」、「謳幽」、「音唵」、「淹咸」作十六圖。是以閱讀〈新譜〉，方以智要「學者先調空喤上去入，次明發送收，

日母之狀，則有以㊀、㊁二狀示之者，《周易時論合編圖象幾表》「怐」下注曰「如㊀狀」，則其聲母發音近「㊀」是也。

〔註23〕《通雅》，頁1477。

〔註24〕按：學界以爲「開、承、轉、縱、合」爲林本裕《聲位》中所用，以取代「陰平、陽平、上、去、入」，然《聲位》實訂正馬自援《等音》而作，是以其書成之時當在康熙十三年後（1674年），而方以智之歿在康熙十年（1671年），則方氏已用「開、承、轉、縱、合」作爲五種聲調的代稱，不可謂是林本裕之創見。

〔註25〕《通雅》，頁1480。

次明粗細迕狀，次明翕闢穿撮」〔註26〕，如此方能明白直列橫行的設計原理，即所謂：「形聲事意，皆有轉借，而縱之平仄，橫之宮商，填字歸韻，倫論必不可紊。使宣尼生今日，吾知其必樂遵《正韻》，用〈新譜〉也。」〔註27〕

肆　〈論古皆音和說〉

〈切韻聲原〉於〈新譜〉後接續以〈論古皆音和說〉。考方以智設計〈新譜〉的概念在於更正前人門法之繁，創建改良反切的理論，因此三子方中履述及其父之論，有：「反切者，爲不知其字，而以此二字求之。其事原淺，後人既增門法，則鉤棘膠纏，其事反僻矣。」〔註28〕蓋方氏認爲古人本意只在音和，然後世音變，則不能上推古人本意，因而創門法以釋之，卻一去不返，使人難知反切之旨。故曰：「今〈切韻聲原〉專定同類音和者，求其至親切，爲一定不可移之法，則天下共知。」〔註29〕此即〈新譜〉的創建之衷，亦是〈論古皆音和說〉之大要。〔註30〕

不過在切語之音和，尚會因切語之洪細，而造成切音時的差別。考《四聲等子》說：「凡切字，上者爲切，下者爲韻，取同音、同母、同韻、同等四者皆同，謂之音和。」〔註31〕說明切語所拼讀的音，與被切字完全相和，則稱作音和。方以智觀察到古今音變造成切語上字有開合洪細的差異，切字未能完全「音和」，他稱這樣的情況爲「迕狀」，即「呼見母于東韻，則爲京翁合，而無其字，故成公。呼見於寒韻爲干，呼見于魚韻爲居」〔註32〕，案例中上字爲細音，下字乃洪音，反之亦是洪細不同所產生的迕狀。此現象雖是因爲方

〔註26〕《通雅》，頁 1481。

〔註27〕《通雅》，頁 14。

〔註28〕《古今釋疑》，頁 427。

〔註29〕《古今釋疑》，頁 428。

〔註30〕按：方中履《古今釋疑》乃補充《通雅》之不足，尤其第十七卷處，即補述、註解《通雅‧切韻聲原》。其中有〈切韻當主音和〉一文，即是〈論古皆音和說〉之補遺。隨後又有〈門法之非〉一篇，正可以滿足方以智之駁門法者，尤其門法至明已有「二十門」之繁，故父子二人極力辯之，不使切韻法則，淪爲學者專屬，要之務使天下共知也。

〔註31〕宋‧作者不詳：《四聲等子》，《等韻五種》（臺北：藝文印書館，1981 年），頁 3。

〔註32〕《通雅》，頁 1499。

以智不明介音也屬於韻的一部份所產生的誤會,但這也顯現他對音和的嚴格態度,必使上下字皆能完美應和。這態度在聲調亦然,被切字爲陰平,則他對下字的要求亦當爲陰平。此即方以智的音和觀念,亦是〈論古皆音和說〉於改良反切之要旨。

伍 〈字韻論〉

前文主旨在時音,方以智則開始於〈字韻論〉下說明古今韻部的變化。其文首揭:「古音之亡於沈韻,猶古文之亡於秦篆也。然沈約之功,亦猶秦篆之功。」〔註33〕方氏將沈約在音學上的地位,與秦李斯統一六國文字相較,以爲有相同高度的功勞。而後字書有許愼《說文解字》是整理小篆的專門著作,沈約闡明四聲而作沈韻,也有著相同的功績,於統一前代語音之成就,實不容小覷,甚至後世稱沈約著韻書,縱使盡失古音,但亦有一統語音之效。〔註34〕雖然方以智不明韻書的沿革,以致在認識上有所失誤,但是他特明沈約於音韻發展史的重要性,則爲後世文人所贊同,尤其江永特讚方氏之說,而以爲確論。因此篇所論在字、韻的統一之功,故方以智名爲〈字韻論〉,然文中著力者在古韻之演變,是以方氏續作〈韻考〉,以闡述古今音韻發展歷程。

陸 〈韻考〉

〈韻考〉單元共有十二個部分,分別論述從古至明末清初的韻部分合。自上古先秦之古韻始,中有各種分韻的內容。先是最早的「古韻」,後佛教東來,有〈華嚴字母〉之用以擬梵音,爲鳩摩羅什所譯定;至元魏時,釋神珙始顯,〈華嚴字母〉與〈神珙譜〉二者乃西方佛教之對後代音韻學有重大影響者。其後發展有如〈字韻論〉所述,南朝沈約統一音韻,唐代語音以《唐韻》表之,宋代推以〈徽傳朱子譜〉,元代乃周德清《中原音韻》,明朝則是官方

〔註33〕《通雅》,頁 1500。

〔註34〕按:明代文人多誤會沈約作韻書,閻若璩於《尚書古文疏證》中考定沈約韻書既已亡佚,則元、明兩代學者所謂沈韻,當是劉淵《平水韻》。因爲《平水韻》所作韻目較少,故方以智以爲其時代較早。不過《平水韻》之作,當上推至陸法言《切韻》,而《切韻》音多屬金陵、洛下語,則近於沈約之吳音,故方氏認爲沈約韻有江左之氣,以及吳音的特色。(詳參清·閻若璩:《尚書古文疏證》,頁 267～268。)

編著之《洪武正韻》。至於〈郝京山譜〉、金尼閣、陳礦菴三者，實爲晚近語音的代表。其中順序方以智蓋依時間作編排〔註35〕，亦是於各朝代間，舉其音韻學的代表作品。爲明其中發展，茲將〈韻考〉內容列表於下。

表三十七：《通雅・韻考》內容列表

韻考古韻作匀，又作均，「成均」所以教也。均爲旋瓦器。又一絃均鍾亦謂之均，後作韻，取其圓也。圓元之聲，古亦讀匀。
古韻或分爲九，爲十二。
中通中與旁通，亦與正通。、天人天古叶人，眞先通韻，青蒸侵併此。、亨陽庚陽通。、知來知皆來通，知亦與多通。、无多齊麻車歌魚互通，知亦與諸通。、道咎蕭尤通，尤亦與疑通。、寒還寒山監咸通。吳棫、陳第皆以《易》、《詩》定古韻，韓退之、蘇東坡、黃山谷知古所通，而一韻隨通，皆此故也。
〈華嚴字母〉即《隋志》所載，以十四字貫一切音。
阿、佉、齅、翁、烏、燒、哀、醫、因、安、音、諳、謳、阿。十三表閏，兩阿藏因，天在因中，山在安中，四閒爲二。
〈神珙譜〉〔註36〕
通、止、愚、果、宕、曾、流、深內轉入攝。江、蟹、臻、山、效、假、梗、咸外轉入攝。廣宣、智鶩重編演之。
〈邵子衍〉〔註37〕
多良千刁妻宮心，開丁安牛牙魚男。外轉。 禾光元毛衰龍尋，回君灣侯瓜烏罷。內轉。　　天聲十餘三，故四十韻餘十二；地音則指切母也，張氏所訂。

〔註35〕按：此中細項方以智雖未明言其中時代發展，但古韻乃其韻部安排之最早，後〈華嚴字母〉、〈神珙譜〉，於《通雅》文中每每皆是以此順序重出。神珙據方以智言在元魏時期，〈華嚴字母〉當在其前。後〈邵子衍〉、沈韻等亦然，唯〈邵子衍〉取材自《皇極經世書・觀物篇三十五》，其中意欲藉《易》學思想中的天地陰陽，以探究律呂聲音之數，再拓展至天下萬物，即由《易》以達天下萬物。此非韻書，又不是針對時音或古音而設，故方氏編於「沈韻」之前，當是方氏《易》學通音學的起點，故不作斷代分別。此外，邵雍韻既屬天地之聲，所代表者當是古代韻部，然非古人用韻，是置於沈韻前、古韻後之意也。（詳見宋・邵雍著、王從心整理、李一心點校：《皇極經世》，北京，九州出版社，2003年。）

〔註36〕按：此十六攝本自宋代《四聲等子》，方以智以爲乃南北朝時期神珙所創。

〔註37〕按：《皇極經世書》作：「多良千刁妻宮心，開丁臣牛○魚男。禾光元毛衰龍○，回兄君○龜烏○。」邵雍本將丁與兄相對，方以智所引改爲丁君相應，則原先同韻變成亨青攝與眞恩攝的相混，至十二統即混合爲眞青統，是可知前後音韻變化之狀。此外，浮山所用乃後人修訂者，非邵雍原作，當中外轉與內轉的順序，正是同一韻的洪音與細音。內外轉雖是承神珙譜而來，因而置於其下，但所展現的是洪細的不同，外轉爲洪音，內轉屬細音是也。

<table>
<tbody>
<tr><td>

沈韻

三十平分上下，上去二十九，入十七。侵下四韻閉口，謝安命徐廣定音，采江南語，約編之。

</td></tr>
<tr><td>

《唐韻》〔註38〕

東、多鍾、江、支脂之、微、魚、虞模、齊、佳皆、灰咍、眞諄臻、文殷、元魂痕、寒桓、刪山、先仙、蕭宵、肴、豪、歌戈、麻、陽唐、庚清耕、青、蒸登、尤侯幽、侵、覃談、鹽添、咸啣嚴凡。平五十七。上五十五。去六十。入三十。

孫愐天寶十載編，于沈所分不敢合，而不安者又細分之，然麻不分，則當時方言也。自孟蜀丁度、司馬光、黃公紹、毛晃等皆依之。宋名《廣韻》。惟吳棫明古而叶今。

</td></tr>
<tr><td>

〈徽州傳朱子譜〉 依鄭樵《七音韻鑑》以唇、舌、腭、齒、喉為序，故就闢唇之聲分列。

綳閉唱收東，開輕收多，收正齒中冲，亦歸本韻。

逋合重收模，開輕收魚，正齒朱除同收魚。

陂開重收齊，貲重收舌上知遲，正齒支癡轉貲差，皆收。輕收微。

牌開重收灰，閉輕收皆，正齒齊釵亦收，重得杯陪，亦可錯收，愚所謂字無定也。

賓崩賓平口唱收青，舌上眞嗔，正齒征稱收眞，奔字開重收盆，閉輕分焚收文，開重崩烹收庚，尾閉琴心收侵。

波獨韻閉重，或以何分。

巴獨韻開重，角輕加伽，齒得查槎，喉得蝦遐，同收。此韻古混今明，《正韻》分之是也。

邦開唱收陽，輕收方忘，角閉光匡，商閉莊窻，同收陽。

包開重收豪，開輕收宵，則肴在內矣。

彪開重收侯，正齒周抽同，開輕彪丘收尤。

鞭開重唱收仙，閉輕收元，尾閉收廉纖。

班開重收寒，開輕收山，按此讀寒叶桓，尾閉收監咸。

撝謙門人柴廣進云：「朱子定本，此黎美周所藏者。」後見∴菴許邃所抄，即此《譜》也。中征讀不卻舌，故分正齒，《中原》則合徵。

</td></tr>
<tr><td>

《中原音韻》

東逢、支詞、凄微、迂模、皆來、眞文、歡桓、山寒、先元、蕭豪、歌摩、車蛇、家麻、江陽、庚廷、幽侯、侵尋、尖廉、監咸。周德清譜，王伯良分陰陽者，愚所名啌喤也。以江歸陽，當敘下部。

</td></tr>
<tr><td>

《洪武正韻》〔註39〕

東董凍篤、支紙寘質、齊薺嚌、魚語御屋、模母暮屋曷、灰賄誨屋、皆解戒屑、眞軫震質、寒旱翰曷、山汕散殺、先詵霰屑、蕭篠嘯屑藥、高杲誥藥、歌果箇藥、瓜寡卦殺、嗟姐借屑、陽養漾藥、庚梗更格、尤有宥質、侵寢沁緝、覃禫醰沓、鹽琰艷葉。二十二韻。洪武初，宋濂、王僎、趙壎、孫蕡等奉詔撰，後孫吾與編，賜名《韻會》。

</td></tr>
</tbody>
</table>

〔註38〕按：韻目下的小字正符合韻書同用之例，唯啣（當為銜）嚴凡三韻，方以智併在咸下，以其韻尾相同，且今音體系亦屬相同韻攝，姑置於此。而方氏有言「今按孫愐《唐韻》即《廣韻》」（《通雅》，頁 278），直是將兩部作品混而不分，此乃不明韻書沿革之誤解，明代學者多有此失，不足為怪。

〔註39〕按：此處入聲屋即是「東董凍篤」之入聲韻「篤」，傳統韻書即作「東董送屋」。另「眞軫震質」於入聲處以配列的方式作小字為註，當是刊刻之誤，以眞本陽聲，入聲即「質」，且其他陰聲韻中有用入聲韻質者，其本無所著，故取《洪武正韻》韻目之「眞軫震質」註明其失。

〈郝京山譜〉 十二韻
同、遲、危、虞、孩、眞、田、調、摩、邪、強、求。
金尼閣
金尼閣字父十五，字母五十。 愚按：「父切也，母韻也。《金剛頂》與《文殊問》字亦五十，蓋十六韻，三十四切也。《悉曇》三十六切。」
陳礦菴《皇極縱橫圖》　橫列三十切母，縱約爲三十六韻。

表中所載韻書，其韻目數量與今本韻書出入者多，方以智所說沈韻，去聲少《平水韻》一個，所記載的孫愐《唐韻》韻目總計二百零二，較開元本之一百九十五韻多，而少於天寶本之二百零五韻〔註40〕。除數量外，方氏所誌《中原音韻》之十九部，特地將韻目名稱分配陰陽唘噇，因此其稱呼與順序多有差異，《洪武正韻》的韻目內容更見方氏音學的特殊見解。方以智調整韻目名稱，除了強調四聲相承（如「皆解戒屑」），還有開合對立（如「瓜寡卦殺」、「嗟姐借屑」二韻）；另外在入聲配位上，是與陰聲韻和陽聲韻相應。傳統《切韻》系韻書的入聲韻，以其塞音韻尾的發音部位，和陽聲韻的鼻音韻尾之發音部位與發音性質相近，故歷來韻書多因此相配。然而方以智在《洪武正韻》的韻目裡，除了如傳統韻書一樣的陽入相配以外，也與元音韻尾的陰聲韻相應，雖然與陽聲韻配字一如《正韻》，陰聲韻下的入聲則是注釋的小字，但這表示方以智對入聲韻的觀察，已突破《切韻》系韻書的侷限，而另開新局，兩種配置也正是傳統韻書和時音的展現。其後又能吸收西方學術的精華，採納金尼閣《西儒耳目資》的音韻資料，亦可以看出方以智超越中西學術的限制，而取其精粹，以資論據。

柒　〈十二開合說〉

由於方以智認爲字音的開合，是聲和韻組合而成，因此在他的「音和」觀念裡，必須使聲韻調俱爲一致，方爲最高標準。但古人製作切語，自有其語言環境的時空限制，此與方氏的時代語音變化相去甚遠，如方氏已不明清濁之別，因此難以理解前代的切語製造。開合狀況亦然，爲了解釋聲母與介

〔註40〕按：方以智所錄孫愐《唐韻》收 202 韻，較開元 195 韻本多，分別在平聲、上聲和去聲多三個、入聲少兩個。較天寶本 205 韻，平聲少一個、去聲多兩個、入聲少四個。則知方以智號稱是據孫愐天寶十載編，但其中仍有相當的差距，而與今日考證有別。

音的翕闢配應，他特別作〈切母各狀表〉，其中設有四十七狀，並新創〈十二開合說〉，對字音開合的情形，說明各種狀況的語音現象與其內容，其定義曰：

> 聲陽韻陰，聲爲律，韻爲呂，以合口、開口、撮脣、齊齒、尾閉，論一韻之聲，亦標概耳。與切母法別。切曰牙腭、曰舌頭、曰舌上，與正齒通曰齊齒、曰闢脣、曰縱脣、曰深喉、曰淺喉、曰半喉舌，以發送收唱於各韻中。韻有大開合，聲爲韻迮，故出字有舒逼；古人舒者用之，逼者併之，故止有十二概耳。〔註41〕

此乃說明聲和韻的搭配，造成文字有開合、舒逼的情形，而統稱之爲翕闢穿撮。不過方以智並不完全從韻的角度認識開合，因此不能單純用介音的開齊合撮來認識〈十二開合說〉〔註42〕。首先他在〈切韻聲原〉伊始，即說到開合的內容是包括聲和韻的結合，方氏言曰：

> 如曰幫滂合口，非合口也，乃闢脣耳。如曰侵監閉口，乃聲盡而閉耳。如曰穿牙齊齒之類，只是口不閉耳。論切之稱，與論韻之稱不同，今故先定十二種開合之例，以便學者舉論。〔註43〕

方以智採二十聲母的說法，其全濁聲母清化後，重脣音只剩幫滂明三母。他研讀過去資料中，察覺到脣音的開合多有相混，是以他說「幫滂合口，非合口也，乃闢脣耳」，旨在解釋脣音之合口名爲闢脣，以別韻之合口[-m]。另方氏又說：「有始終皆合之合口，有合即開之合口。」〔註44〕則合口開口之別，口閉與否正是其中一例，與聲母、介母同爲開合之關鍵，是「闢脣之合」爲聲母所形成之合口，「餘聲之合」爲元音韻尾與介母組合所形成之合口。今即

〔註41〕 《通雅》，頁 1507。

〔註42〕 按：方中履在補述《通雅》之《古今釋疑》中，曾論及開合之說：「韻則尤審其陰陽合撮開閉之貼叶焉。」其下自註：「陰陽謂哐噔也。合如翁烏，撮如春孫，開如哇湯，閉如侵監之類，細分則又有侷口如鍾光，舌抵如支珠之類。」（《古今釋疑》，頁 428。）陰陽爲聲調，則合撮開閉當是韻，包含了介音與韻尾的結合，侷口、舌抵則有聲母的因素。配合〈十二開合說〉的內容，可知其開合當是聲韻所構成的關係，非唯介音所致。

〔註43〕 《通雅》，頁 1472。

〔註44〕 《通雅》，頁 1507。

列表於下，作「〈十二開合說〉釋義表」〔註45〕，以明其中意涵。

表三十八：〈十二開合說〉合口釋義表

名　稱	釋　義	今　解	合口原因
1.總餘之合	◎略近恩翁，而唇舌牙齒不動，然有鼻◎與臍◎。	方以智有「六餘聲」，◎之旨即如釋義，在聲母依鼻◎與臍◎而作共鳴，發音部位既不動，當以喉塞音視之。在韻則因入韻無餘聲、元音韻尾五項分立，因此「總餘之合」乃所有合口之陰聲韻。	韻、發音過程。
2.餘聲之合	烏阿。	「六餘聲」中⑱、⑭屬於合口、洪音。	韻母、發音過程。
3.含口之合	翁公東中是也，繃鬮亦合。	指「翁雍」攝。此含口是指韻尾唇型微閉，如〈徽州譜〉謂東為閉，就是因為韻尾含合也。	翁雍攝、韻母。
4.阿口之合	阿字正阿也。何字唇開于阿，曰阿開。	「呵阿」攝靴字以上為阿合乎，呵何與其他字作阿開呼。則阿何正是合開之別。	呵阿攝介音。
5.滿呼之合	烏字鼓腮思也，唯烏阿餘聲，不變本字。	鼓腮為滿呼的發音方式，思為出氣狀，未有因聲母改變張唇大小。《周易時論》「蟲鼓同音，牙喉滿脣之聲氣」，亦同。	脣型、發音過程。
6.縫口之合	風敷之放，一縫出聲者也；非分則微嘻出矣；飜方浮則縫合而竟開者也；凡則縫合一開仍閉者也。紐入皆歡元阿邪夭，皆有迫音而無其字，至侵韻則并紐不出矣。	縫口即縫唇，亦是輕脣「夫母」，以其屬輕脣，故當屬於合口呼。「飜方浮」合而後開是主要元音的關係。其釋義乃輕唇發音方式之簡說，而不同的韻部則有不同的發音過程。是以方以智略說其中狀況。	聲母、主要元音。
7.闔唇之合	邦滂崩朋，今亦謂之開。	闔唇即重脣而不含明母。由於脣音帶有合口性質，且各部等韻圖的開合歸類不一，因此方以智說闔唇之合，今亦謂之開，乃陳說脣音開合容易相混的情形。	聲母、闔脣脣型。

〔註45〕按：以下兩表的內容，名稱即方以智〈十二開合說〉之大字，釋義則為小字，即為註解之用。今解則為後來的解說，如當中用到《通雅》其他的文句，直引其出處頁碼，不另作註。

8.尾閉之合	侵鹽覃凡，皆聲將盡而閉，如今紹興江右為甚，即咳嗽之聲皆閉口也。〈徽州譜〉謂東為閉，以含合也。故有始終皆合之合口，有合即開之合口，此尾閉與寒山先相應。歡元有逼紐，此則逼甚。	陽聲韻收雙唇鼻音[-m]，則發音結束時，脣型為閉口狀。另〈徽州譜〉將含口之東韻視為閉口，即是「含口之合」音近而稱之。〈十二統〉與〈徽州譜〉尾閉韻更作「寒灣」，意即「寒山」，則是[-m]混入[-n]。「琴監」即「歡元」之閉合，「逼」為音近之意，二者只在開合二呼之相異，其他皆互相近似。	韻母、〈旋韻圖〉之位列安排。
9.張侜之合	如陽呀大開也，而光哇為開中侜。	合口介音為[u]，而主要元音為[a]，是有合口之狀又張開其口。考之於〈旋韻圖〉，則是大開之家麻與江陽中齊齒作開，合口作侜。與「大開之開」相對，「陽呀」之音，義取「央呀」。	介音、〈旋韻圖〉位置。
10.撮口之合	侜甚者腮凹而味若堆焉，如吞孫是也。春恩則平撮也，「都盧如蘸」皆撮，吳人多溷「之珠專壇」，以舌不知伏也。	語雖合口，因與舌、齒聲母互相搭配，則腮型稍凹，發音部位之後元音向前移動，圓唇不變，故作撮口。此撮口又稱撮脣。韻在〈旋韻圖〉春夏之間為合口者，即是撮口。	韻尾、介音、發音過程、〈旋韻圖〉位置。
11.升鼻之合	尾閉韻是也。庚青蒸，升鼻而不合口。細論之，凡聲未有不用鼻者，翁烏蕭尤皆升鼻之合。	尾閉韻，亦即韻尾作合口。此處所說乃「亨青攝」之重合呼者，廣而論之即韻攝中帶有主要元音[-u]、[-ou]者，皆可屬於升鼻之合，從〈旋韻圖〉言即韻攝位於翁合處也。	介音、主要元音、韻尾，〈旋韻圖〉位置。
12.窘紐之合	元灣為剜，原紐為云。呀為邪，邪中之侜口為靴，瘸則窘矣。閉韻之南紐叶孌則逼矣，人以為窘。而江北中原實有是聲。	一韻之中，同聲紐者字少，併入他聲，即稱之「窘」。考〈新譜〉有「邪許之邪音亨遮切，當作𡆠○○○嚇，以并故略。」（《通雅》，頁1491。）即因字少而略，屬窘紐之開。靴、瘸之侜屬合口。「逼」之意為「近」，南之為孌，聲母分別作泥、來，皆屬舌音，故為逼紐。時音韻同，急呼之則音相近，故為窘。	介音、聲母。

〈切韻聲原・十二開合說〉位處〈旋韻圖〉與〈旋韻圖說〉之間，其中開合的解釋當配合此二者的內容，方能闡明其中論述，而非全然依據過往韻書、等韻圖的開合條例來詮釋此「十二開合」的情形。此外，從上表可以發

現方以智在判斷開合時，包含了聲母、介母、韻母所展現出來的脣型之外，他所判斷的語音內容，並非全然用以解決閱讀古籍時所要面對的書面語音，更重要的是在處理當時代之語音現象所造成開合判定上的困境，因此在「闢脣之合」一詞是說明古語的情況，並在釋義中補充「今謂之開」。而「餘聲之合」的名稱則是他建構當時的語音體系，是屬於今語的證明，只是兩者之間不見明確的劃分。

此外，方以智雖命名此篇爲〈十二開合說〉，而上表的合口亦分作十二項，但是下表之開口則爲十一項，二者數量並不相同，即所謂「故止有十二概耳」〔註46〕，並非實指。又開合本爲相對觀念，然〈十二開合說〉於數量上既自不同，故內容亦非全然相應。如「升鼻之開」與「升鼻之合」，皆從庚青蒸三韻爲論，只是判斷上是在介音與主要元音及韻尾合口[-u]、[-ou]之有無；「縫口之合」與「咬縫之開」亦屬開合相對。而獨立概念者，如「滿呼之合」，未見於開口的論述中；「嘻脣之開」，亦無對立的合口內容。茲再列開口之說於下，以見方以智論開合之異。

表三十九：〈十二開合說〉開口釋義表

名　稱	釋　義	今　解	開口原因
1.大開之開	央呀。	齊齒爲開口，遇主要元音[a]，響度大，故屬開口之大者。此乃韻在〈旋韻圖〉大開處，介音、主要元音非合口者。	介音、主要元音、〈旋韻圖〉位置。
2.通平之開	通爲溫亨燅歐之類。	韻在〈旋韻圖〉之春秋平分處之開口者。	介音、主要元音、〈旋韻圖〉位置。
3.嘻脣之開	齊齒必嘻脣而平出，言其脣如常張不斂也。重濁穿齒，舌上激出，亦名穿嘻。	描述齊齒的發音方式，嘴脣微開而不閉。聲母爲齒音者，其發音過程亦有穿嘻之稱。	聲母、介音。
4.升鼻之開	庚青蒸。	韻在〈旋韻圖〉之秋平位置，即「亨青攝」三韻之開口者。	介母、〈旋韻圖〉位置、韻母。

5.咬縫之開	飜方。	「縫口之合」有「飜方浮則縫合而竟開者也」，此處「咬縫」指輕脣的發音方式爲輕咬下脣以成一縫之意，而「開」說明在〈旋韻圖〉大開處，概此輕脣遇主要元音[a]，即見其開口度大，故稱爲開。	聲母、主要元音、〈旋韻圖〉位置。
6.侕口之開	以居余對都蘇、模夫，言之則爲侕開，然音清細；開「安」對合「謰灣」亦爲侕開，然音穰大。	居余韻收[-y]，雖是合口，然相對於都蘇、模夫之全合[u]，仍以細音視之爲開；安爲開口呼，相對於謰灣在合口韻中，故分屬開口、合口。方以智認爲有兩個合口的韻攝，其音細者曰侕開，翁雍、烏于等攝皆如此。	介音、〈旋韻圖〉翕闢之別。
7.逼紐之開	琴監。	字在尾閉之合，然音近歡元，故音逼相併，屬歡元中開口者。例舉琴監，正是逼紐相併字例，亦僅此二證。	聲母、介音、音近。
8.窘紐之開	邪韻邪許之邪，爲亨遮切。	一韻之中，同聲紐者字少，併入他聲，即稱之「窘」。此例以其爲細音，故在開口。相對於「窘紐之合」，字例甚少。	聲母、介音。
9.穿混之開	穿嘻重奘，兼用攝放者也。	齒音之字，韻爲齊齒、撮口二呼。「如日侵監閉口，乃聲盡而閉耳；如日穿牙齊齒之類，只是口不閉耳。」（《通雅》，頁1472。）可見閉口與否，屬開合之別。	聲母、介音。
10.獨韻之開	支。	「支爲獨韻，不合五音，乃商齒之最出者。」（《通雅》，頁1484。）故此開口韻「支」自成一類。	聲母、韻。
11.獨字之開	兒。	「兒爲獨字，姑以人誰切，附此。」（《通雅》，頁1484。）此字無可叶，故方氏使附支而立。〔註47〕	韻、獨字。

據上可知，方以智〈十二開合說〉所論開合，除了發音上的開合狀況外，還

〔註47〕 按：方以智又有：「支爲獨韻，五音俱不相配，故附透而立韻。又有兒爲獨字韻，亦當附此。」以及「兒在支韻，獨字無和。……支韻不叶眾音。」（前說《通雅》，頁1510；後說在頁1513。）二例即說明支韻的獨特地位，未能與其他韻相叶，因此附在三十六韻之「透」，兒又以只有一字之故，則附在支韻，並附帶解釋其特殊語音狀況，以分別之。

包含了韻尾的脣型開閉，因此有「含口之合」與「尾閉之合」。此外，方氏所論開合，並不以一韻攝爲標的，如「升鼻之開」中列有庚青蒸三韻之「亨青攝」開口，此攝於〈新譜〉中即包有翕闢穿撮四呼。方氏之論開合既含聲母、介母、韻母，則一攝之字，亦含開合各狀，故方氏之列韻，當是韻中字例爲準，而不全然是完整韻攝，亦如逼紐之開、窄紐之開、獨韻、獨字，字例即如方氏所注，可知其例證多寡狀態。方以智除了在〈十二開合說〉中完整解釋開合外，〈論古皆音和說〉裡，則分別補充開合的關係，其中說道：「合如翁鳥，撮如春全，開如哇當，閉如侵監。又有侷阿如鍾光，舌抵如支珠之類。」翁鳥即「升鼻之合」，春全是「撮口之合」，侵監韻收雙脣鼻音[-m]，屬「尾閉之合」〔註48〕，亦可爲〈十二開合說〉之另一例證。

　　〈十二開合說〉介於〈旋韻圖〉與〈旋韻圖說〉之間，既是用以闡發方以智〈旋韻圖〉之翕闢關係，更重要的是展現出方氏的審音能力。其中開合稱呼下的註解，正顯示方氏對於聲韻開合狀態的認識，尤其更多的是面對發音過程時，嘴脣與舌頭所產生的翕闢情形。即如「滿呼之合」描述了鼓腮的動作；「縫口之合」詳述了重脣音變輕脣音的演變過程。開口亦見「嘻脣之開」與「侷口之開」的註解中，陳述了整個發音過程裡，嘴脣與舌頭組合出的形狀變化，是非審音精細者不能紀錄，故於此可知方以智審音的能力。

捌　〈旋韻圖〉與〈旋韻圖說〉

　　下頁圖三〈旋韻圖〉摘自《通雅》，下頁圖四〈旋韻十六攝〉則取自《周易時論合編圖象幾表・等切旋韻約表》，右圖結構方以智解釋道：「四正，中和均平之聲；四隅，爲逼狹之聲。」〔註49〕乃十六攝中配有四方、四季以及開合逼狹。此正可以與圖九之〈四正四隅圖〉互爲表裡。

　　第八個單元爲〈旋韻圖說〉，其〈旋韻圖〉位在〈十二開合說〉前，因圖中未有其他文字說明，僅有〈旋韻圖〉、十二統、「三十六韻統於六餘聲」三份圖表，是以方氏於後另作解析，且〈十二開合說〉亦須視〈旋韻圖〉而解

〔註48〕《通雅》，頁 1498。按：此中合攝開閉，當對照〈旋韻圖〉的位置，分別在含呼、春均、大開、尾閉四處，故不可只以開合視之。究之方中履注此言，而有「撮如春孫、開如哇湯」，其說亦然。（《古今釋疑》，頁 428。）

〔註49〕《通雅》，頁 1512。

釋之，故置於〈旋韻圖說〉前。〈十二開合說〉通過審音的方式解釋聲韻配合的開合狀況，乃語言理論審音之質測；〈旋韻圖說〉則闡明製作理念，屬於貫通音韻思想之通幾，故〈旋韻圖〉乃融合通幾與質測的包容體。方以智在〈旋韻圖說〉中呈現出音學與《易》學結合的說法，並且藉圓圖的形式，貫串天地終始，並依於天地終始，故得循環其間。

圖三：〈旋韻圖〉　　　圖四：〈旋韻十六攝〉

方以智在〈旋韻圖〉中安置十六攝，認為其中順序當有相應相承的關係，因此他從開合的角度與韻尾的轉換過程解釋排序的原理，用「陰合陽開」的概念，而有「先半先翕後闢，後半先闢後翕，此陰陽陽陰之理」〔註50〕的安排。十六攝的編排如此，在韻目的設定又有三十六韻的形式，亦即「細分十六攝之小翕闢，為三十六」〔註51〕的基本理念。

方以智雖說〈旋韻圖〉十六攝的名稱是「以《中原》、《洪武》韻，更韻頭而已」〔註52〕，但數量與內容仍有不小的異動，他以《中原音韻》之十九韻為準而包容於十六攝之中，韻攝名稱即按啌嗵的形式編列之，且十六攝為

〔註50〕《通雅》，頁1510。

〔註51〕《通雅》，頁1510。

〔註52〕《通雅》，頁1509。

大翕闢，前八攝的設定是由翕合而漸轉闢開，後八攝則反之，乃先闢後翕，正符「陰陽陽陰」之大翕闢。另又有十二統、三十六韻的設定。方氏建立十二統，主要是依據〈韻考〉中的〈徽州傳朱子譜〉而來，然其中韻目有所合併，尤其未見「侵尋」之後收雙唇鼻音[-m]的韻目，是以在此音韻體系中，雙唇鼻音韻尾[-m]已併入舌尖鼻音[-n]裡，其形式爲侵尋併入眞青、廉纖併入煙元、監咸併入寒灣，即如下圖五所示。下圖六中小字乃三十六韻的內容，即是原有的十六攝之下另分翕闢開合，而得此三十六韻的體系。示其圖表內容如下。

圖五：十二統　　　　圖六：十六攝作三十六韻圖

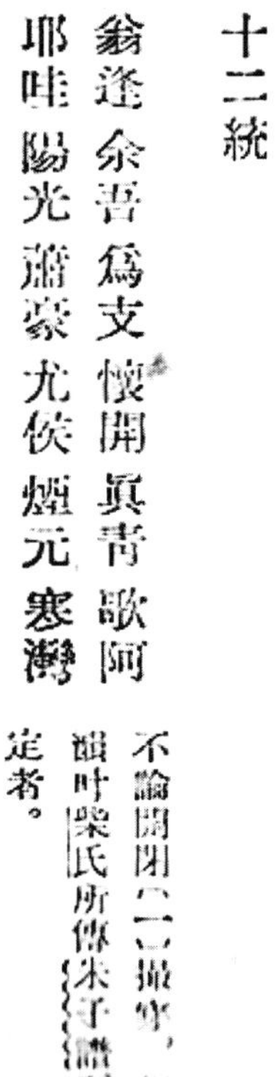

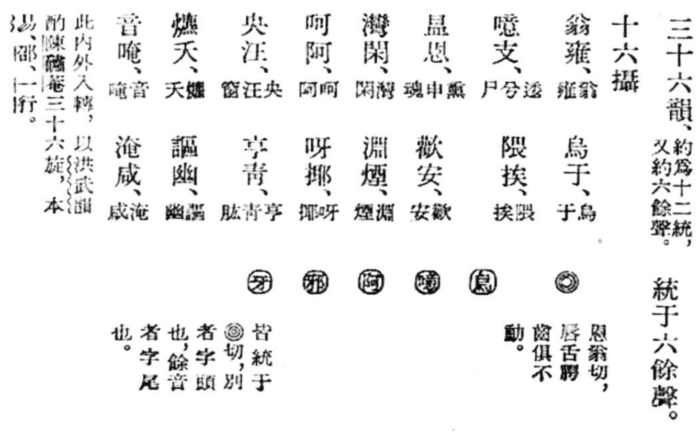

玖　聲數同原說

方以智在〈旋韻圖說〉中寄寓了他音《易》不相離的理念，是以在此之後，他爲說明其象數《易》學與音學的理論結合，而作「聲數同原說」，內容

乃音學的術數基礎。他首先說「一極參兩，而律曆符之」〔註53〕，將音學之◎
注入其《易》學「太極：無極、有極」之原理，而後將人之聲音比於天地，
故稱之曰：

> 呼吸之身，不必以數而後用。然天地生人，適此秩序，《易》豈窮天
> 下之物以合數而後作哉？自然理數吻合，而至大至微無違者，人與
> 天地萬物同根，而心聲爲神明之幾，不可言數，而數與應節，即可
> 度其數而即物則物矣。〔註54〕

因爲人與天地並爲三才，故屬於同根，而聲音有《易》學本原之故，是可以用
象數表現之，因此「聲數同原，則《易》律曆不相離也」〔註55〕，其後方以智
便結合術數以參究音《易》。其中結合二十聲母、三十六韻、五個聲調，配應出
各項數字。而此乃〈切韻聲原〉之總結，亦是方氏音《易》象數不分離的完整
型態。

第三節　〈切韻聲原〉音學術語

　　由於方以智〈切韻聲原〉附有等韻的內容，是以爲後來研究明清之際漢語
的學者所參究，然而方氏不只博通古今，又能學貫中西，所以在術語的使用上，
常有各家說法摻雜其間，且所作術語多發前人所未見者，足見其學識融貫儒釋
道，並常匯入於他的音學論述中，因而造成後代研究者的困擾。今即析出其中
術語，究其所指，試圖釐清研讀時所遇到的困擾。下文將所需解釋之術語，分
作幾項以澄清之。

壹　發音過程之術語

一、折　攝

　　「折攝」之意本取自佛教，有「折」破、摧伏惡人與「攝」取、納受善
人之意。方以智合折、攝爲一詞，是援佛入語音學中，含有交互應用氣流的
意思，即是轉化自折惡攝善之意，以示折服氣流於器官中並容納而執持之，

〔註53〕　《通雅》，頁 1514。

〔註54〕　《通雅》，頁 1514。

〔註55〕　《通雅》，頁 1514。

使在器官中運轉。考《通雅》論及折攝者有八項，均出自〈切韻聲原〉，其文分別有：（一）臍鼻折攝爲◎；（二）舌齒折攝，止用臍穿；（三）中土不用◎而無不用◎，所謂折攝臍鼻輪；（四）◎爲折攝中輪；（五）調臍輪、鼻輪之折攝；（六）約統於六餘聲，皆折攝臍鼻之音也；（七）以折攝之二用五，以三統之，參用兩，實以一用六也；（八）◎恩翁切，喉中折攝也，自心音唵遏，轉吽，爲噁阿之總。〔註56〕上述八例無一不與臍鼻等發音部位折衝氣流有關，可知折攝之名，是專爲描寫發音過程，以及氣流與發音部位交互作用藉以產生語音，故可見方以智音學理論之源於〈切韻聲原〉。

折攝一語在方以智語音學上的應用，乃表明氣流出入與發音、共鳴部位一同作用之意。而折攝一詞，不僅與舌齒相用，又有臍鼻等部位連用之，則是說明在舌齒等部位裡，有氣流的交互應用。

二、臍輪與鼻輪，以及折攝中輪

此三者是方以智用以解釋「發聲部位」的專有名詞，臍輪、鼻輪是「氣流通過」的器官，而折攝中輪是「使氣流轉變爲聲音」的部位。方氏用「輪」來代表相對應的發聲部位中有氣流之運轉，如車輪的轉動，亦是天地間事物運作的基礎模型，因而言曰：「輪也者，首尾相銜也；凡有動靜、往來，無不交輪，則眞常貫合，于幾可徵矣。」〔註57〕「輪」隱含有運轉不停的喻意。方以智曾描述聲音的生發之由，以爲「口爲天地門，以出呼吸，而本於脾之丹田，故呼出心肺，吸出腎肝，而皆丹田所運轉也。」〔註58〕從中可證臍輪所示當在肚臍周圍的部位，即傳統觀念之「丹田」，因此其「交輪」運轉，即爲聲氣之動，故《周易時論合編圖象幾表》中說道：「聲叶而數亦叶，足徵氣幾理定而天不違，神明不容思議，互幾互差，互爲交輪，不外參兩。」〔註59〕從聲音之道可以上推至象數理氣，亦可以見方氏之博學。

除了中國傳統與方氏家傳之《易》學認識之外，方以智深受「悉曇學」的

〔註56〕此八語分別引述自：頁 1513；頁 1479；頁 1478；頁 1476；頁 1471；頁 1511；頁 1474；頁 1511。

〔註57〕《東西均》，頁 522。

〔註58〕《周易時論合編圖象幾表》，頁 510。

〔註59〕《周易時論合編圖象幾表》，頁 446。

影響，在書中亦屢屢言及其中的知識，如「是名優陀南，是風觸七處，中土不用◎而無不用，所謂折攝鼻臍輪」〔註60〕，此語即是轉引自佛教之說，而「優陀南」正是丹田之意，亦是臍輪所處的部位。鼻輪就是鼻腔，因為這與呼吸極為相關，是氣流出入的地方，如果以發音共鳴的觀點論之，則為鼻腔共鳴。折攝中輪在〈切韻聲原〉裡又稱作折攝臍鼻輪，方氏用◎表示。察◎在《通雅》中有三種內容：作聲母用時，表示喉塞音，即「◎恩，近恩翁切，而唇腭舌齒俱不動，此聲本也，即聲餘也」〔註61〕；以韻觀察之則為六餘聲之一；另也表示發音過程中，氣流進出行止的部位，是將氣流轉變成聲音的地方；當◎用以表示將純粹的氣流轉變為聲音的地方，則稱作「折攝中輪」。對於◎，方以智強調其為喉根，處於人身之中、臍鼻之間，因此方氏從這三個部位，並且通過「折攝」的方式說明整個發音過程。氣流從鼻輪進入人體，在臍輪運轉而出，並透過「喉根」的中輪「折攝」之，最後使氣流轉變成聲音而為人所聞，即是此三輪之交互應用的成果。

貳　〈切韻聲原〉聲、調術語

一、宮倡商和

在「聲調新法」單元裡，方以智列有〈切母各狀表〉，表中按照發聲的部位和發音的特點分為宮、商兩類，其中喉宮、腭角、唇羽三類聲母總名為「宮」，稱作「宮倡」；舌徵、齒商兩類聲母總名為「商」，稱作「商和」。考方氏倡和的分別在劃分不同聲類，是其自道：「宮商角徵羽止是宮商兩端，猶五行止是陰陽也。……凡音在唇腭中，皆謂之宮；音穿齒外，皆謂之商。」〔註62〕由於方氏家傳《易》學，是以他的音學認知與《易》學互相融貫，故他多結合《易》學進入其語音學的脈絡中以解釋語音現象。方氏將五行、五音、五臟分別與唇腭喉舌齒相配列的順序，如表四十之「腭：肝角木」、「舌：心徵火」、

〔註60〕《通雅》，頁1478。按：方以智所取，蓋出自佛教之《大智度論》，其原文云：「如人欲語時，口中風名憂陀那，還入至臍，觸臍響出，響出時觸七處（頸、齶、齒、唇、舌、咽、胸）退，是名語言。」（印度·龍樹菩薩著、後秦·鳩摩羅什譯：《大智度論》，頁47。）

〔註61〕《通雅》，頁1478。

〔註62〕《通雅》，頁1481。

「唇：腎羽水」、「齒：肺商金」、「喉：脾宮土」，而「天一生水，三生木，五生土，三陽同類，故腭脣喉相通；地二生火，四生金，二陰同類，故舌齒相通。」〔註63〕三陽同類，故以宮稱之；二陰同類，共命之商。至於所取「倡和」之義，即採倡隨的觀念，認為「聲無非喉」〔註64〕，且「宮商角徵羽止是宮商兩端」，故喉宮之在前倡，商即在後隨和之，故稱「宮倡商和」。

二、發送收

用發送收以統整聲母的發音狀態，是方以智於聲母研究上的一大創見，他自道創作來源曰：「愚初因邵入，又于波梵摩得發送收三聲，後見金尼有甚、次、中三等，故定發送收為橫三，喭噇上去入為直五，天然妙叶也。」〔註65〕方氏的語音學根源自邵雍之《皇極經世‧聲音唱和圖》，但是他的知識淵博，能吸收古今中外的學術精華，因此其「發送收」的聲母模式乃本源於多處，而受中西哲人的啟發，最初從中土邵雍，而取材更革於西方梵語和金尼閣的語音學著作《西儒耳目資》，其中方氏將「發送收」配與「甚次中」，乃是著眼於輔音的氣流強弱，故方中履闡發其意曰：

> 〈聲原〉定發送收為橫三，喭噇上去入為直五，真天然妙叶，不容人力者也。何謂發送收？如唇之繃、舌之東、腭之公、齒之楼、喉之翁，初發聲也。唇之鼕、舌之通、腭之空、齒之聰、喉之烘，送氣聲也。唇之暜、舌之膿、腭之翁、齒之鬆，忍收聲也。金尼閣曰甚、曰次、曰中，即是此意。初一聲發于中；第二聲送之，謂之次；後一聲用力而忍收之，謂之甚。合於〈釋談章〉之波梵摩，更何疑乎？〔註66〕

〔註63〕《通雅》，頁1474。

〔註64〕《通雅》，頁1474。

〔註65〕《通雅》，頁1478。按：「波梵摩」出自佛教〈釋談章〉，亦有稱〈悉曇章〉者。〈悉曇章〉乃針對兒童所作梵文教材，內容闡明梵文字母等語音知識之基礎，此三字即為脣音之例字譯音，正對應幫滂並明三母，於方以智處則為發送收，如讀梵為夫母亦屬送聲，是方氏自道發送收承襲於「波梵摩」之故。另王松木以為〈普菴咒〉有「波波波梵摩」，乃「波頗婆婆麼」之訛讀，亦可資方氏「波梵摩」說法之源。

〔註66〕《古今釋疑》，頁444。按：金尼閣之論甚次中，當與元音音值有正相關：「甚者，自鳴字之完聲也。次者，自鳴字之半聲也。減甚之完即成次之半。」「中者甚於

凡是不送氣塞音、塞擦音，如：幫端見精知等聲母，即爲初發聲，〈釋談章〉之波即是全清幫母。滂透溪清夫穿等送氣的塞音、塞擦音及擦音，則稱作送氣聲，〈釋談章〉之梵正屬於次清敷（夫）母。最後的鼻音、邊音之收聲，有明微泥心疑審等聲紐，亦如〈釋談章〉之摩，是次濁聲母明母。故波梵摩正和發送收，說法後代亦有沿用者，如江永即承方以智說，爲之註曰：

> 見爲發聲，溪、群爲送聲，疑爲單收；舌頭、舌上、重脣、輕脣亦如之，皆以四字分三類。精爲發聲，清、從爲送氣，心、邪爲別起、別收、正齒亦如此，以此五字分三類。〔註67〕

江永即是按方以智之發送收聲母表而一一析出之。此外，針對發送收，陳澧亦有註解評論，曰：「發聲者，不用力而出者也；送氣者，用力而出者也；收聲者，其氣收斂者也。」〔註68〕陳澧用發音過程的角度解讀「發送收」的說法，發聲與送氣的區別在於氣流的強弱，亦即送氣與不送氣的差異。然考「收」聲之意，以鼻音、擦音和半元音者，多屬收聲之範圍，由於此類濁聲母的氣流所產生的聲響比發聲、送聲的清聲母低緩，所以用「收斂」的概念來比擬氣流通過的狀況。發送收不僅是發音方式的不同，又與其聲響大小相關。

至於來日之半舌齒、半齒舌，是泥之餘與禪孃之餘，屬次濁聲母，故作「收餘」，〔註69〕，而不在發送收的整齊排列之中。方以智在論此二母時，除了音理

次，次於甚之謂也。」「開脣而出者爲甚，略閉脣而出者爲次，是甚次者，開、閉之別名也。」（三者分別引自明・金尼閣：《西儒耳目資》，頁 153、153、157。）即知甚次中的內容應與元音相關，而非聲母、輔音之謂，故方家父子之引金尼閣所說，實有見解上的差異。

〔註67〕清・江永：《古韻標準》，《叢書集成初編》第 1250 冊（北京：中華書局，1985 年）頁 14～15。

〔註68〕清・陳澧著：《切韻考》（臺北：臺灣學生書局，1969 年），頁 483。

〔註69〕方以智在「聲調新法」中有爲〈簡法二十字〉設立一表，其中即有二十母的發送收分類，表三十六已著錄之。方氏二十母以濁音清化之故，因此全濁聲母有混入清聲母者。而疑母既爲收聲又作發聲，是因爲方氏的語音認知中，影喻二母歸入疑母，影母當是全清之初發聲，即「喉之翁」；疑喻則是次濁音收聲，即「顎之翁」，故方氏說：「角宮收，即爲宮深發。」（《通雅》，頁 1478。）此外，曉母包含了全濁聲母匣，是以方氏作「發送」。心母包含了又次濁邪、審母包含又次濁禪，只是因爲聲母配位相應之故，則方以智列心審爲收聲。另又有「合」聲，知穿審三母代表著舌音知徹澄和齒音

的驗證之外，更摻雜了其音《易》思想以說明之：「字母來日二半，陳礦菴以日附宮，來附徵，智以十二律圖證之。有自然之符，來爲泥餘，日爲孃餘，商徵之宮收也。」〔註70〕不只有音理之徵實，亦引述陳藎謨之說以論證之。

　　雖然方以智企圖建立一個新的字母分配表，不過表中配位並非全然和諧，部分位置的歸類重複或兩收，方氏即針對喉音無收聲有解釋，「或曰四音皆合發送收，宮不合者，何也？曰：凡收皆喉，◎大收也」〔註71〕，其子方中履更補充說明四音之收聲皆屬喉音，且◎屬收聲餘聲之源，故未另作一母，《古今釋疑》文云：

> 或曰四音皆符發送收，而宮獨先送後發，竟無收聲，何耶？蓋喉爲五音之統，既列之五音之尾，則在後主收，故先唱送聲，後唱發聲，無收聲者。四音之收聲，疑泥明心微禪，皆兼喉也。喉者宮土也，土分位于四時之末，則此理矣。且黃鍾之本有◎字，爲收聲餘聲之原，凡聲之忍收聲盡歸焉，即謂喉之忍收聲，寄于齒腭舌唇亦可。而宮尤與角通，角之收即爲宮之發，故疑與影同母，以五音生自宮而終子角也。〔註72〕

這說明了五行與聲母的配位關係，以及方以智在聲母設計上的《易》學寄託。據上所說與方氏聲母表之設計，可以得以下「聲母音《易》相合表」。

表四十：聲母音《易》相合表

聲母	脣	腭	喉	舌	齒
五行	水	木	土	火	金
五官	腎	肝	脾	心	肺
七律	羽	角	宮	徵	商
十二律	林鐘	姑洗	黃鐘	南呂	太簇
	宮倡			商和	

照穿神審禪，故方氏作「徵商合」，亦即舌齒相因之意，非對應於發送收。

〔註70〕明‧方孔炤著、明‧方以智編：《周易時論合編圖象幾表》（臺北：文鏡出版社，1983 年），頁 547。

〔註71〕《通雅》，頁 1480。

〔註72〕《古今釋疑》，頁 444。

三、「哐嗗上去入」五聲

關於聲調的議題，方以智認為在沈約之前，聲調只是未被證實的口語現狀，直至「沈約始定平上去入四聲」〔註73〕，並且為後世韻書所沿用。不過到元代周德清《中原音韻》所處的時空環境下，平聲因為聲母的清濁而有調值的差異，因此他將原本的平聲分作陰陽。方以智承襲這樣的觀點，又將「平聲以哐嗗為陰陽」〔註74〕，於是其聲調的稱呼便是「哐、嗗、上、去、入」五聲。方中履解釋道：

> 古人平仄互通，但儱叶耳。沈約始定平上去入四聲，而周德清《中原音韻》始分平聲為陰陽，以空喉高聲為陰，堂喉下聲為陽，此前所未發。……按《西儒耳目資》亦以清濁上去入為五聲，正與哐嗗上去入闇合。〔註75〕

方中履考其父於「哐、嗗、上、去、入」五聲之源流，實繼承於周德清《中原音韻》，亦符金尼閣《西儒耳目資》，此二者聲調皆作五類，方以智另增合於五調順序之「開承轉縱合」，而作「開哐平」、「承嗗平」、「轉上」、「縱去」、「合入」五類。方氏鑑於平聲之二調，有周德清陰陽、金尼閣清濁之異稱，雖然異名同實，但是過去的典籍裡時常混用陰陽、清濁之稱，是以方氏之陰陽則不用作分別聲調之異，而改以「哐嗗」之名替代，故論之曰：

> 平中自有陰陽。張世南以聲輕清為陽，重濁為陰，周德清以空喉清平為陰，以嗗喉濁平為陽，智故以哐嗗定例，便指論耳。……陰陽、清濁、輕重，留為泛論。〔註76〕

方以智用哐嗗以替代陰平與陽平，顯見其語音現象處於全濁音清化的環境中，是以不再採用清濁區分調值的高低，所採取的「清濁」之名只是保留傳統的稱呼，文人們所習慣使用的「陰陽、清濁、輕重」，在此時的音韻結構裡，亦只是單純的名詞，而不帶有更多音韻學的定義作用，故方氏又有言曰：

> 陰陽、清濁、輕重留為通稱。故權以哐喉之陰平聲、嗗喉之陽平聲，

〔註73〕 《通雅》，頁 1471。

〔註74〕 《通雅》，頁 1514。

〔註75〕 《古今釋疑》，頁 442。

〔註76〕 《通雅》，頁 1477。

> 例曰喤嘡，不以涵開合之陰陽、清濁之陰陽也。其輕重則曰粗聲、
>
> 細聲。其清濁則曰初發聲、送氣聲。〔註77〕

方以智表明不可用清濁判定調值，以避免產生術語的混淆，因而另造聲母分類之新詞「發送收」，取代等韻著作中的「清、次清、濁、次濁」等聲母發音方式的稱呼。雖然取消了清濁在聲母上的使用狀況而化作初發聲、送氣聲，但是方以智對於濁聲的態度仍是傾向保留，故論之曰：

> 問濁聲法廢乎？曰：「清濁通稱也，將以用力輕爲清，用力重爲濁乎？
>
> 將以初發聲爲清，送氣聲爲濁乎？將以喤喉之陰聲爲清，嘡喉之陽
>
> 聲爲濁乎？……平有清濁，即喤陰嘡陽也。」〔註78〕

方以智從語音的歷史演進上得出清濁在平聲調中的影響，即是在調值上產生陰平喤與陽平嘡的不同，在聲母的發音情況則是發聲與送氣的區別。只是濁音清化後，他未能明白清濁原是帶聲與否的差異，是以他雖分四種聲調作五聲之用，但折衷的態度仍使他不敢廢濁聲之詞。

四、粗聲與細聲

方以智在粗細的議題上，是以輕重的方式解釋其意義，「其輕重則曰粗聲、細聲」〔註79〕，實際例證則在〈切母各狀表〉中，有「庚見粗」、「京見細」、「肱見粗」、「君見細」這樣的順序，因此可以判斷所謂粗聲，即是開口呼與合口呼所拼合的語音類型，亦即爲「洪音」；細聲則是齊齒呼與撮口呼相拼的聲音，意即屬「細音」，因此他又有「以怦爲細聲，烹爲粗聲」〔註80〕之說。考方氏在語音輕重上的差異，與介音有關，由於粗聲只出現於開、合二呼，而開合沒有屬於前高元音的介音[i]、[y]，因此發音時口腔開口度大，聲音效果較爲宏亮，故以重稱之；反之，齊、撮二呼之介音[i]、[y]，發音時口腔共鳴小，聲音效果聽起來較爲輕細，故以輕謂之，是以輕重與介音的響度有著密切的

〔註77〕　《通雅》，頁 1471。

〔註78〕　《通雅》，頁 1500。

〔註79〕　《通雅》，頁 1471。

〔註80〕　《通雅》，頁 1477。按：江永曾解釋洪音、細音的差距，他根據等韻的等第內容，認爲「一等洪大，二等次大，三四皆細，而四尤細」。是洪細的相異之處即在細音之有無。（清‧江永：《四聲切韻表》，頁 3。）

關係。《通雅》即有論聲音輕重之辨，曰：

> 蹣跚，一作媻散、磻蹼，通作媥姍，蹁躚。○……《莊子》「跰𨇠而
> 鑒於井」，正蹣跚字，而人讀作輕聲，如駢先之音。……盤桓者媻姍
> 之重聲，激齶也。〔註81〕

蹣跚、盤桓爲重，駢先、媻姍、跰𨇠爲輕，即是開合與齊撮的分別。此輕重、
粗細在《通雅》中的應用，方以智另一音韻學論著《四韻定本》裡，則是在各
韻之中分成「重呼」、「重合呼」與「輕細呼」，亦即兼含輕重、粗細的觀念。在
這一點上，方氏音學前後期並未有顯著的區別。另外方氏也用「內外」來表示
聲音粗細的不同，如「外其聲則爲燦爛，內其聲則爲激灂」〔註82〕，二者的區
別亦是洪細的不同，見方以智描繪語音豐富的方式。

此外，方以智認爲「聲爲韻迮，其狀則異」〔註83〕，意指聲母是讀音的開
始，面對不同的開齊合撮，就會有不同的發音狀況，但也是有不明於此者製造
「增母」的議題。然方氏重視介音之別，因而用二十聲母統整其間，並分立各
種切狀以泯去增母之議，所以〈切母各狀表〉之「庚見粗」、「京見細」、「肱見粗」、
「君見細」，即點出介音的區別，而有開、齊、合、撮四呼的不同，於聲母處仍
舊統一於「見」。〔註84〕其他聲母的狀況亦然。

五、齊齒與闔唇

細察方以智之名詞設計，除了他匠心獨具的新創之詞如◎外，亦有承前之
稱，如齊齒等名稱即可在《切韻指掌圖‧檢例‧切韻捷法詩》中尋得，文中稱
曰：「脣上必班賓報博，舌頭當的蒂都丁。拍唇坡頗潘鋪拍，齊齒知時始實誠。

〔註81〕《通雅》，頁 254～255。

〔註82〕《通雅》，頁 405。

〔註83〕《通雅》，頁 1499。

〔註84〕按：此處需要注意的是，方以智對介音的認識，並非如今日語音學精細，他有時
　　　　將介母視爲聲母的一部份，如〈切母各狀表〉中，於齶喉之見、溪、疑、曉四母，
　　　　分別訂立開、齊、合、撮四呼，即說明此四類聲母可以分別拼合介音，則輕重粗
　　　　細與上字的關係較深。但是在〈新譜〉中，他在每撮又分作數呼，即是將介音視
　　　　作韻的一部份。正因爲他不能夠精密地區分聲母、介母、韻母等語音單位，導致
　　　　他在討論介音的聲狀時，礙於語言習慣，而產生這般模糊的使用情形。

正齒止征眞正折，舌根機結計堅經。」〔註85〕在〈切韻捷法詩〉中，列舉十四種不同的聲韻狀況，其中有爲方氏所沿用，而可以在〈十二開合說〉中求得者。求之方氏所謂齊齒，其內涵正與《切韻指掌圖》所說相符。據方以智自道發音部位的稱呼有：「切曰牙齶、曰舌頭、曰舌上，與正齒通曰齊齒、曰闟唇、曰縱唇、曰深喉、曰淺喉、曰半喉舌，以發送收唱於各韻中。」〔註86〕他將唇、舌、牙、齒、喉五個發音部位分成九個不同的細項，齊齒代表齒音，而其中又含有正齒與舌上。

考方以智正齒之例有「中、沖、朱、除、支、癡、齊、釵、征、稱、周、抽」〔註87〕。其中分屬知系、照系，亦即說明知照二系共稱齊齒，其中知照系字，發音部位均在舌齒邊緣，發音方式皆屬擦音、塞擦音，故統稱作齊齒。另有穿嘻之「齊齒必嘻脣而平出，言其脣如常張不斂也。重濁穿齒，舌上激出，亦名穿嘻」，此乃〈十二開合說〉從發音的方式描述齊齒的發音過程，故以穿嘻作齊齒之別名。

方以智描述聲母時，脣音有「闟脣」一詞，爲方氏獨創，而闟脣乃與縫脣相對，是重脣與輕脣之別。方氏解釋「闟脣」爲：「如曰幫滂合口，非合口也，乃闟脣耳。」〔註88〕方氏所採字例直以幫滂作闟脣，而非指重脣音，是明母不爲闟脣，於是他所標示的闟脣案例，皆在幫滂並二母，曰：「脣音唱領，則絣餔卑排奔般斑編波巴梆兵標彪琴凡，以閉韻無闟脣之聲，故借宮角也。」〔註89〕另在〈徽州傳朱子譜〉中以闟脣分韻，而有「絣、逋、陂、牌、賓崩、

〔註85〕宋·司馬光著；明·邵光祖檢例：《切韻指掌圖·檢例》（北京：中華書局，1962年），頁102～103。按：其中所述者有「脣上、舌頭、拍脣、齊齒、正齒、舌根、撮脣、開口、張牙、捲舌、合口、穿牙、引喉、逆鼻」，總計十四項聲韻的狀況，包含發音部位與方式，以及介音的洪細和主要元音的開口度。

〔註86〕《通雅》，頁1507。

〔註87〕見〈徽州傳朱子譜〉各韻正齒字例，《通雅》，頁1503～1504。按：齊即爲齋，而合於正齒之例。

〔註88〕《通雅》，頁1472。

〔註89〕《通雅》，頁1509。按：此處例字十六攝中各取一字闟脣爲例，然「音唵」、「淹咸」二攝陰平聲無闟脣音，脣音只有滂母上聲「品」字，故方以智無平聲以爲證，而更之以平聲的角發之見「琴」、羽宮送之夫「凡」爲例，即是所謂「借宮角也」。

波、巴、邦、包、彪、鞭、班」〔註90〕。另外，闢脣乃縫脣之對，則方以智論縫脣，其內容亦只在夫母，而無明母之輕脣微，「鵬即鳳，訛爲鵬」字例中說道：「戴侗謂：『崩、弸、棚、髣、輣皆諧朋，而無鳳聲。』夫安知鳳、風从凡，縫脣轉爲闢脣乎。」〔註91〕方氏證明鳳與朋的關係之後，再論證其聲音關係，只是他尚未明瞭古無輕脣音，因此他從兩種聲母都存在的情形下解釋其差異。縫脣又作縫口，故〈十二開合說〉有縫口之合以說明其發音過程。

六、迮　狀

方以智在論韻部的內容時，有所謂「迮狀粗細」或「粗細迮狀」，其中粗細即是洪音細音之別，那麼迮狀如何解釋？究方氏〈論古皆音和說〉中之解「迮狀」曰：

> 何謂迮狀？曰：呼見母于東韻，則爲京翁合，而無其字，故成公。
> 呼見於寒韻爲干，呼見于魚韻爲居，呼喻于透韻爲伊，呼喻于汪韻
> 爲昂，呼風于侵韻則無聲矣。惟唱眞青，諸狀不迮。〔註92〕

「迮」有逼迫、狹窄之意，而此語又建立在方以智要求切語應當有嚴整的規律之下，因此迮狀之意與音和的關係，就是反切上字與下字的開合洪細有異，當聲母和韻的開合不同時，不能夠直接切出被切字的字音，就稱之「迮」，此即「聲爲韻迮，其狀即異」〔註93〕之旨，以及「韻有大開合，聲爲韻迮，故出字有舒逼；古人舒者用之，逼者併之」〔註94〕。方以智認爲聲韻結合而產生急緩之別，其中關鍵正在介音的歸屬。但是方氏並未明白介音在反切中的定位，所以他在〈十二開合說〉中，對開合的認知是模糊且游移，時而以脣型的圓展作判斷，時而看介音的洪細作定論。

既然聲韻的結合會造成迮狀的情況，因此當時有議增母之論，希望藉增

〔註90〕《通雅》，頁1503～1504。按：此中例證即是〈徽州傳朱子譜〉十二韻之闢脣例字，亦符方以智十二統的韻目內容。

〔註91〕《通雅》，頁1333。按：在方以智的語音體系裡，全濁聲母「奉」已清化，非敷奉未有區別，在方氏的體系裡只作次清聲母「夫」，故縫脣無初發聲，僅設送氣聲夫（敷）而已。這樣的演變，也符合中古輕脣音到今日國語語音的演變結果。

〔註92〕《通雅》，頁1499～1500。

〔註93〕《通雅》，頁1499。

〔註94〕《通雅》，頁1507。

加聲母的數量，減少韻迮的狀況發生，即「凡議增母者，爲迮狀粗細不同也」〔註95〕。但方以智明白這只是開合洪細的差別，而非發音部位的相異，所以他爲使音韻之說可以簡單明瞭而不另增加聲母，於是只取二十。不過這會造成細音的上字遇到洪音的韻，切音時會有所衝突，反之亦然，所以方氏論韻迮，正是表明聲韻開合互別的現象，而〈切母各狀表〉中列出各聲之狀，用以展示各聲類的開合情況，方可以省去增母之苦，並訂有「切母例字表」以明反切上字的聲狀內容。

表四十一：切母例字表——牙顎音

見	君、公、剛、光、孤、干、今	
溪	群、空、康、匡、枯、看、琴	因各母下有韻迮之狀異，故列之。
疑	云、頤、昂、王、吳、菴、唅	

此表乃方以智針對迮狀的不同，而從牙腭的發音部位所作的說明。由於只有牙腭之音兼備四狀，因此最需加註解釋。立〈切母各狀〉卻不另增聲母的原因，也在使各聲俱有其字，不然各種聲類均有其歸屬，將多存其聲而不得其字，故曰：「若以腭喉四狀，分爲四種，復分開口合口，則每韻八聲矣。聲爲韻迮，多無其字，并不得聲。」〔註96〕既然多無其字，則另立聲母只是徒增分類上的困擾，因此方氏不從增母之說。

七、◎

方以智爲了說明聲音的起源，他自創一個符號「◎」以表示此根源，其三圈的形式正好作爲「太極在無極、有極中，而無極即在有極中」，意即「無、有、無有」三元，他說：

> 論聲以◎爲本，今取以象三極之貫。太極在無極、有極中，而無極
> 即在有極中。……中一自分爲二用，而一與二爲三。諸家之圖皆用
> 三立象以範圍之，三即一也。〔註97〕

符號◎在〈切韻聲原〉中，分別有聲母與韻兩種不同的用途，與一個作爲「折

〔註95〕《通雅》，頁 1477。

〔註96〕《通雅》，頁 1481。

〔註97〕《周易時論合編圖象幾表》，頁 20。

攝中輪」的發音部位。當作爲聲母時，代表著喉塞音[ʔ]。方以智在「總餘之合」與「六餘聲」中，皆以「恩翁」爲切，此二者同屬影母，且其發音狀況據方以智描述爲：「◎恩，近恩翁切，而唇腭舌齒俱不動，此聲本也，即聲餘也。」〔註98〕是於聲母只是喉音，其他部位未形成阻塞，而聲母之配位屬塞音之[ʔ]，乃方中履所謂喉之翁。二十六字母下之◎，所探字例有「唵、圈、遏」，亦即喉塞音之謂也。方以智不將◎歸屬於任何一個發音部位，因而稱之：「或曰四音皆合發送收，宮不合者，何也？曰：凡收皆喉，◎大收也。」〔註99〕由於喉音宮不能整齊配列發送收，於是他新設計◎，使其同時具備發、送、收三聲的性質。依照方以智的設計，明、微、泥、疑、心、審等六個收聲都要歸於喉音宮，而◎爲喉根，是收之總，因此表示收聲入折攝中輪——氣流轉變成聲音的關鍵部位。

此外，方氏在聲母的〈簡法二十字〉中，並未列入◎。◎是可作聲母的喉根，又是韻的餘聲，而例字圈、唵、遏均屬中古影母[ʔ]，所以方氏時代影母漸變爲零聲母，則與其分別之◎概擬作喉塞音[ʔ]，以明「聲無非喉」之意。◎在聲母即是氣流皆必須通過喉部，方成爲聲音之旨，不論是聲韻皆必須有氣流之流通、成阻、持阻、除阻與共鳴。另外在聲母表中他說「中土不用◎而無不用」〔註100〕，顯示這個◎、[ʔ]在中原音已不存在，對照到方言中的吳語、閩語以及粵語，都可以發現使用喉塞音[ʔ]的情形。所以其聲母表中解釋曰：「二十六母，不用非、◎，則二十四也，合知、照，則廿一也。……直法二十母，以影喻合疑。」〔註101〕即是從聲母演變的角度，說明其減省的狀態，自◎開始，至影喻合疑，都成爲零聲母，因此方以智的〈簡法二十字〉系統有「疑影喻」的內容。

參 〈切韻聲原〉韻類術語

一、撮唇及尾閉

方以智建立的音學術語，除了發音過程與聲、調的設定之外，又有關於介

〔註98〕《通雅》，頁 1478。

〔註99〕《通雅》，頁 1480。

〔註100〕《通雅》，頁 1478。

〔註101〕《通雅》，頁 1476。

音和韻的新名詞。部分詞彙可以在舊有的典籍中求得其意涵，以見方氏音學上的繼承，尚有前人未見，始於方氏之說，並反覆在〈切韻聲原〉中見到者。前文之論聲母處，已見方氏沿用《切韻指掌圖》者，考撮脣之名，亦復如此，邵光祖〈切韻捷法詩〉中又有：「撮脣呼虎烏汙塢，開口何戕我可更。張牙加賈牙雅訝，捲舌咿優壹謁嬰。合口含甘醎坎淡，穿牙乍窄澀爭笙。」〔註102〕詩中所示十四項之前八項，乃明聲母部位，此處則有介音與韻母的配合情形。究方以智使用撮脣一詞，其原可追溯至〈切韻捷法詩〉，詩中撮脣例字乃採用喉音合口呼，正與開口例字所引喉牙部位相對，而後的合口則是尾閉韻。

　　名稱雖同，然方以智之撮脣與〈切韻捷法詩〉所述有異，他在〈十二開合說〉的「撮口之合」中模擬撮脣的發音過程為：「侷甚者腮凹而味若堆焉，如吞孫是也。春恩則平撮也，都盧如蘸皆撮，吳人多涸之珠專蝺，以舌不知伏也。」〔註103〕方氏在等韻作品〈新譜〉中，吞孫同屬合口，因為舌齒聲母發合口時，舌頭向前且嘴唇需聚口以成圓形，故稱侷甚，其他諸字皆屬合口，則方氏之撮脣，即是字音從齊齒往合口的發音過程，然需與特定聲母——舌音、齒音相配，而非一狀盡為一種開合之稱呼也。是以他另外說明「都俞發聲也，喉中滿呼合脣為吾，吾侷脣為余，撮脣為都」〔註104〕，即是對於這發音過程的陳述。

　　尾閉一詞，正是〈切韻捷法詩〉之「合口含甘醎坎淡」，方以智在「尾閉之合」中以為「侵鹽覃凡，皆聲將盡而閉，如今紹興江右為甚，即咳嗽之聲皆閉口也」〔註105〕，由於這幾個韻的韻尾歷來皆收雙唇鼻音[-m]，這類語音的特性是雙唇緊閉，鼻腔共鳴，因此在方氏的概念裡，認為這類韻字的讀音，在發韻尾音時雙唇緊閉，故稱尾閉，即韻尾閉口也。

二、翁闢

　　翁闢一詞，始於邵雍《皇極經世‧聲音唱和圖》，其中用以解釋韻之開合。方以智音學本來帶有《易》學的思想成分，此類《易》、象數、《河》《洛》之學，祖宗自邵氏者甚多。在音學的部分，亦承襲邵康節之說，十六攝內外轉

〔註102〕《切韻指掌圖》，頁103。

〔註103〕《通雅》，頁1507。

〔註104〕《通雅》，頁24。

〔註105〕《通雅》，頁1507。

即本於邵雍。考方氏之用翕闢，乃貫通整幅〈旋韻圖〉，是以〈旋韻圖說〉屢屢稱述其作用，其文云：

> 邵子曰：「韻法，闢翕律天，清濁呂地。先閉後開者，春也；純開者，夏也；先開後閉者，秋也；冬則閉矣。唧凡，冬聲也。」隱老曰：「言翕闢之音，而清濁之聲在其中。」……旋爲大翕闢，析徵小翕闢，全陰全陽本乎自然，向未提出，若破天荒耳。冬夏，兩翕闢也。〔註106〕

文中方以智將〈旋韻圖〉的開合狀況配對四時與方位。不過〈旋韻圖說〉中翕闢的內涵仍需考之〈新譜〉註，其文說道：「今依邵旨，每攝分小翕闢，則蒙公翁中風，始終含口，而二冬乃侷脣放圈，是爲小闢。鍾宗之別，皆以侷放故也。」〔註107〕一東韻始終含口，故作合口呼；二冬韻雖有侷脣，然放聲稍開，故其稱闢者，即是開口，則翕當爲合口，如果一韻之中只有開口或是只有合口，方以智仍是以其相對的開合程度視作翕闢，如「烏于」攝皆屬合口，他即註曰：「重合呼者爲翕，輕侷呼者爲闢。」〔註108〕據此顯示他們開口程度的不同。因此回推至〈旋韻圖〉，其中呵阿、呀揶之開口度最大，故曰大闢；處在圖正下方的淹咸、翁雍二攝屬尾閉與含口，是合口，故稱大翕。此翕闢經由冬之閉口、含呼，轉入噫支漸開而放，放而漸收，終返侵尋之閉，當中循環，即是陰陽陽陰、翕闢闢翕之理。故方氏用循環反覆的角度解析〈新譜〉十六攝中主要元音的開合狀況，以及對韻尾的說明。

除了〈旋韻圖〉中的大翕闢之外，方以智在每攝中又分小翕闢，這在〈切母各狀表〉中即可見其異同，當中有「庚見粗」、「京見細」、「肱見粗」、「君見細」乃分別代表小翕闢的差別。由於翕闢分屬合口與開口，在各攝之中的小翕闢，即是四呼，方氏稱之「翕闢穿攝」或「開閉攝穿」。由於方以智已在〈十二開合說〉中說明其開合包含聲母、介母、韻母相對應的關係，因此一韻之中所呈現的「翕闢」，是就韻攝而論，並不及於與聲母的配應。所以展現在介音之翕闢穿攝，細分則有韻闢聲細之齊齒呼；韻闢聲粗的開口呼；韻翕聲細乃攝

〔註106〕《通雅》，頁1508。

〔註107〕《通雅》，頁1482。

〔註108〕《通雅》，頁1483。

口呼；韻翕聲粗是合口呼。今以「見母」四狀爲例，製「《通雅・切韻聲原》翕闢穿撮對應表」於下，以辨其中差異。

表四十二：《通雅》翕闢穿撮對應表──牙顎音

《通雅》用法	翕	闢	穿	撮
昷恩攝（真文）例字	裩	根	巾	君
四呼	合口呼	開口呼	齊齒呼	撮口呼
與韻相合	韻翕聲粗	韻闢聲粗	韻闢聲細	韻翕聲細
開合洪細	合口_翕洪音	開口_闢洪音	開口_闢*細音*	合口_翕*細音*
〈切母各狀表〉例字	「肱_{見粗}」	「庚_{見粗}」	「京_{見細}」	「君_{見細}」
開合稱呼〔註109〕	重合呼	重呼	輕細呼	輕侷呼

據表可見方以智「翕闢穿撮」在韻攝中的使用概況，以及其名詞於今日的使用情形，更可以說明此開閉穿撮只是韻攝中之相對，而非絕對的開或閉。

由於四狀皆備的韻攝只有「昷恩」、「亨青」，「呀揶」雖有四狀，卻以字少音逼，故併入他韻，因此方氏特別選取昷恩與亨青這四狀皆備的兩攝爲例，說明聲韻相配所產生的不同情況，而解釋曰：「聲爲韻迸，其狀即異。惟眞溫、庚青一韻聲多，于翕闢嘻縫撮侷忍送之狀，字字皆備；其次惟先天之韻，然已不如溫亨之盡矣。」〔註110〕〈切母各狀表〉「昷恩」、「庚青」二攝之例字，主要呈現各狀之別，另一用意即在說明〈新譜〉各韻的開合情形，因爲韻攝的命名亦源於翕闢，如「隁挨」攝隁翕挨闢、「央汪」攝央闢汪翕。韻攝名稱如此，〈旋韻圖〉排列亦然，依其開合而有象數義理的思想蘊含其間，「先半先翕後闢，後半先闢後翕，此陰陽陽陰之理也」〔註111〕，這樣的安排又是陰陽循環之道，是故在〈旋韻圖〉中，左八攝：「翁雍、烏于、噫支、隁哀、昷恩、歡安、灣閑、淵煙」，屬先翕後闢；右八攝：「呵阿、呀揶、央汪、亨青、爒天、謳幽、音唵、淹咸」，屬先闢後翕〔註112〕，這樣的設計可見方以智細膩

〔註109〕 按：此中定稱乃根據〈切韻聲原・新譜〉註解與《四韻定本》稱呼所設，唯開口之「重呼」，兩處皆未明言，茲根據楊軍：〈四韻定本的入聲及其與廣韻的比較〉中在「皆來攝」入聲的開口呼字，以重呼稱之爲定名。

〔註110〕 《通雅》，頁 1499。

〔註111〕 《通雅》，頁 1510。

〔註112〕 按：噫支皆屬闢音，然「支爲獨韻，不合五音，乃商齒之最出者也」（《通雅》，

的思維，以及創作音韻著作的匠心獨具。

三、十六攝三十六韻與十二統

方以智在〈旋韻圖〉外，另附有十六攝、三十六韻、十二統的設計，他通過十六攝，上承《中原》、《洪武》，下推細分之作三十六韻，並認爲三十六韻可以「約爲十二統，又約六餘聲」〔註113〕。其十六攝之名，每攝分翕闢之別，共有三十二韻，於噫支攝中作透兮尸三韻、昷恩攝中分成熏申魂三韻、央汪攝乃是央汪窗三韻、亨青攝則有亨青肱三韻，計三十六。再約十六攝爲十二統，此乃方氏「不論開閉攝穿，但以韻叶柴氏所傳〈朱子譜〉而酌定者」〔註114〕，是「統」有少馭多之喻。茲列十二統名稱及其與六餘聲之關係，作「十二統約六餘聲表」於下。

表四十三：十二統約六餘聲表

十二統	翁逢	余吾	爲支	懷開	眞青	歌阿
六餘聲	◎	烏	意	意	◎	阿

十二統	耶哇	陽光	蕭豪	尤侯	煙元	寒灣
六餘聲	邪、牙	◎	烏	烏	◎	◎

「十六攝」之昷恩、亨青與部分音唵於「十二統」裡併作眞青；同樣地「十六攝」之淵煙和部分淹咸歸入「十二統」之煙元；歡安攝、灣閑攝與部分淹咸攝歸併成寒灣統。據陳聖怡的研究，認爲「十二統」所反映出的音系當是方以智的實際口語音，其中陽聲韻尾之[-m]完全消失轉變成[-n]，並且部分陽聲韻尾[-n]與[-ŋ]合併爲「眞青統」。而陽聲韻尾的相併，對應到入聲韻尾，則本屬[-t]、[-k]、[-p]的韻尾轉變成入聲韻尾[-ʔ]。上述這些屬於徽州方言的特性。

四、六餘聲

承圖六與表四十三，方以智又有「六餘聲」之說。究餘聲有六，除◎之

外，尚有⒃⒃⒃⒃⒃五項，其內涵在〈旋韻圖說〉中解釋當是五種元音韻尾，方氏說道：

> 約統于六餘聲，◎恩翁切，喉中折攝也，自心音唵過，轉吽，爲嗯阿之總。⒃⒃⒃⒃⒃皆統于◎，而◎亦與五者分用。皆折攝臍鼻之音也，烏阿之餘聲即本聲，支開之餘聲爲⒃，邪哇之餘聲爲⒃⒃，爐謳之餘聲爲⒃，其餘則皆◎矣。
>
> 〔註115〕

五個餘聲分別代表其字之元音韻尾，⒃[u]、⒃[i]、⒃[o]、⒃[e]、⒃[a]，「餘聲」本意在音之餘，亦即韻尾的部分，元音韻尾相同的屬於一種餘聲。◎除了作爲發聲過程氣流相互運轉所形成一切聲音的根本之外，另外代表著除了五種元音韻尾以外的所有鼻音韻尾，因而稱之作「其餘則皆◎矣」。至於「入無餘聲」〔註116〕，以入聲尾音極爲短促，細察之乃雖無收音，實有收勢，是發音最末無延續性的尾音，所以方以智不另立餘聲標識。就陰聲韻與陽聲韻的韻尾而言，不論如何歸併，最終當屬這六個餘聲。因此可以說，方以智的攝和統都是將三十六韻有著相同韻尾的韻字進行歸併的整理，「六餘聲」只是依韻尾內容作更進一步地簡化。

第四節　〈切韻聲原‧旋韻圖〉之創作與結構

　　方以智的家族教育有《易》學與理學，於音韻一門未曾見其直接傳承者，於同時期的音韻學師承可追溯至楊用賓，二人關係見於方氏《四韻定本》，其中有「楊用賓座師曰：『北方入聲雖似派入三聲，而寔歷歷有入聲也』」〔註117〕，可見方氏的音韻學自有傳承。不過在著作可見同時期影響方氏最大者，乃陳藎謨《皇極圖韻》與金尼閣《西儒耳目資》。前者雜揉邵雍《皇極經世‧聲音

〔註115〕《通雅》，頁1511。按：烏阿之餘聲即本聲，正是⒃[u]、⒃[o]二項。

〔註116〕《通雅》，頁112。

〔註117〕轉引自：〈四韻定本的入聲及其與廣韻的比較〉，《中國音韻學》，南昌：江西人民出版社，2010年，頁174。按：金尼閣（1577年～1628年）、陳藎謨（1595年～1685年）、楊觀光（字用賓，生卒年約在1597年～1644年之間）、方以智（1611年－1671年），前三人生卒年或有相近處，則方以智的音韻學，於同時期且見其人音韻理論之沿用，即有可能承襲自此三人，唯楊用賓著作不明，影響程度亦不可知。

唱和圖》，將象數與聲音統合爲一，與方家學術傳承一致，並和方以智互爲師友，陳藎謨以「密老」稱方以智，方氏亦直稱其字「獻可」，知二人關係之友好。後者金尼閣的「甚次中」學說，以及〈音韻活圖〉等概念，在內容與形式上間接影響了浮山之音學理論，可見先後二人之說顯露於方氏創作中的痕跡。亦可知方氏著書取韻，依於上述諸人，此即〈小學大略〉中所論：

> 陳藎謨《黃極韻圖》則發源邵子，而聲字取《正韻》者也。郝氏
> 但刪爲十二韻。要之，切法呂獨抱、李士龍約之甚便。西域音多，
> 中原多不用也。又當合《悉曇》、《等子》，與大西《耳目資》通之。

〔註118〕

諸家學說綜合而成方以智音學，其中〈旋韻圖〉乃方氏音學和《易》學的承載體，是其音學理論的總集合，因此探求方氏音學，不可不從〈旋韻圖〉入。

〔註119〕

壹 〈切韻聲原·旋韻圖〉之創作起源

一、邵雍《皇極經世·聲音唱和圖》

前人於方以智〈旋韻圖〉的設計，論述主張源自中西二者，羅常培從〈旋韻圖〉的註解中探求其脈絡，以爲受到陳藎謨和金尼閣的影響，其文曰：

> （方以智）他的《旋韻圖說》大部份是受了邵雍《皇極經世·聲音
> 唱和圖》跟陳藎謨《皇極統韻》的影響，攪雜很濃厚的道士氣！雖
> 然同金尼閣的〈音韻活圖〉不無關係，可是比起楊選杞《同然集》

〔註118〕《通雅》，頁53。

〔註119〕按：《周易時論合編圖象幾表》卷六中錄有〈旋韻十六攝〉，此圖收在圖四，不過形式與〈旋韻圖〉有所不同。〈旋韻十六攝〉只有方位、四季、十六攝，大約《周易時論合編圖象幾表》非專門小學之作，故詳略不同。且《通雅·凡例》有：「少受《河》、《洛》于王虛舟先生，又侍中丞于法司，聞黃石齋先生之《易》，別有折中論說。此天人大原、象數律曆之微，盡本諸此。《通雅》類中，或偶舉大概，不敢細述，別作《圖考》。」（《通雅》，頁5～6。）侯外廬以爲《圖考》即《周易時論合編圖象幾表》，則〈旋韻十六攝〉與〈新譜〉關係應屬相近，所異只在性質稍別。以其論述不足，更以圖解補述之，此即方中履「言之不足，必資於圖」的概念。（《古今釋疑》，頁24。）此語亦顯方氏一家於學術上圖文相參之一貫傳承。

裡的幾個盤圖來，自然有遠近親疏的不同。〔註120〕

羅常培認爲主要影響方以智者在邵雍和陳藎謨，這可以從〈切韻聲原〉的論述中察知。在〈旋韻圖說〉裡，方氏自言將「三十六韻分作十六攝」的來歷及其設計概念，源於對傳統學術的繼承，「此內外八轉，以《洪武正韻》酌陳礥菴三十六旋，本《易》、邵、一行」〔註121〕，可見方氏音學設計的最高指導原則仍是根源於家族所傳之《易》學。

圖七：邵雍《皇極經世·聲音唱和圖》

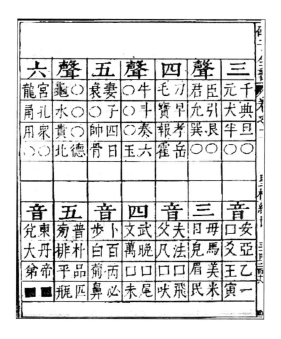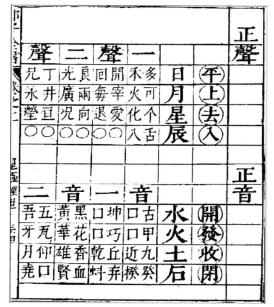

究邵雍《皇極經世·聲音唱和圖》的結構形式，每組字例均以「關翕」爲序，共分十四組，如〈韻考·邵子衍〉所示。在方以智的〈旋韻圖〉裡亦然，只是十六攝的例字分成前八組之「翕關」相對，後八組則是「關翕」相應，以符「陰陽陽陰之理」，然其本乃源於邵雍的關翕之說，兩者皆是因介音開合所作的區別。左圖之〈四正四隅圖〉的支逼、灣逼、開逼、閉逼，乃聲音逼狹之意，主要是建立在音和字例的數量，依多寡而相併，與開合的關係稍淺，但音《易》相合正是邵雍一脈的研究思維。

〔註120〕 羅常培：〈耶穌會士在音韻學上的貢獻〉，《羅常培語言學論文集》，北京：商務印書館，1930 年，頁 299。

〔註121〕 《通雅》，頁 1506。

圖八：〈四正四隅圖〉及說明〔註122〕

方以智全書　第一冊，

易用中于二，而旋四藏五，即大一也。

一五一二

四正，中和均平之聲，四隅，爲逼狹之聲。

　　方以智〈旋韻圖〉的編排採「先半先翕後闢，後半先闢後翕，此陰陽陽陰之理也。」〔註123〕其音學上的開合，帶有《易》學陰陽相對之觀念，並且在觀念與形式上承襲邵雍的《皇極經世・聲音唱和圖》，王松木更引《周易時論合編圖象幾表・河圖》，說明〈旋韻圖〉結構之五層，應乎「虛五藏中」之理數，〔註124〕足見方氏音學理論之繼承於邵雍《易》學象數之說。而且驗之

〔註122〕《通雅》，頁1512。

〔註123〕《通雅》，頁1510。

〔註124〕王松木：〈知源盡變──論方以智切韻聲原及其音學思想〉，《文與哲》第21期，2012年，頁322。按：方以智於〈四正四隅圖〉中解釋曰：「《易》用中于二，而

於〈新譜〉韻攝的字例安排，方氏的入聲設計，原[-t]、[-k]之韻尾多與陰聲韻相配，顯示其入聲韻漸轉作喉塞音[-ʔ]，閉口韻的入聲韻尾[-p]仍保持原本狀態，這樣的現象亦與邵雍《皇極經世‧聲音唱和圖》相一致，更見方以智的承傳之處。

二、陳藎謨《皇極圖韻》

陳藎謨雖長方以智約十五歲，但兩人於音學創作中亦多相唱和，互為師友，陳藎謨晚年稱方氏為「密老」，更稱方氏乃其音學著作之「第一真知己」。兩人互相吸收彼此的音學知識，其源同於邵雍，源一而流分為二，卻也同歸於音《易》。究方氏引用陳藎謨音學成就者不只一處，他在〈音義雜論〉中有：「陳藎謨《黃極韻圖》則發源邵子，而聲字取《正韻》者也。郝氏但刪為十二韻。」〔註125〕文中凡稱獻可、礦菴，俱是稱及陳藎謨。究陳氏所作《皇極圖韻》，其自謂內容之設乃沿襲自邵雍〈聲音唱和圖〉，曰：「《皇極圖韻》者，從康節先生《皇極經世》聲音唱和之說而推衍之者也。」〔註126〕《皇極圖韻》包含了總述、〈經世四象體用之數圖〉、〈正聲正音圖〉、〈四聲經緯圖〉、〈經緯省括圖〉、〈聲音舉要圖〉、〈天門地戶圖〉、〈洛書圖〉、〈九宮圖〉、〈九宮聲音唱和圖〉與〈初學辨聲音次第訣〉十一項，尤以〈經世四象體用之數圖〉、〈正聲正音圖〉受邵雍的影響最深。圖九之〈正聲正音圖〉，其結構形式與圖七邵雍的〈聲音唱和圖〉如出一轍。

陳藎謨之〈正聲正音圖〉，形式與邵雍〈聲音唱和圖〉相同，只是例字乃依據〈四聲經緯表〉的三十六個例字而設，例字的聲母雖不一致，卻有順序；另外，平聲與上聲則是始於止攝、終於通攝；入聲列乃始於咸攝、終於臻攝，縱使並非整齊地按照過往韻書、韻圖的設計模式，但也正是透過這錯位的安排，

旋四藏五，即大一也。」（《通雅》，頁 1512。）較之〈旋韻圖〉可見其中心二層乃《易》之八卦，以先天八卦包後天八卦，即「《易》用中于二」，〈旋韻圖〉的音《易》之四層，中心細分之為先天、後天八卦則為五，即是「旋四藏五」，此兩個觀念總為一圖，故稱「大一」。可見〈旋韻圖〉中包含了方以智的《周易》象數之學，並灌輸在音學理論之中。

〔註125〕《通雅》，頁 53。

〔註126〕明‧陳藎謨：《皇極圖韻》，《四庫全書存目叢書》第 214 冊（臺北：華嚴文化，1997年），頁 609。

陳藎謨據以展現天體及聲氣複雜卻循環的性質，而聲音的順序有一定規律，亦是參究天體運轉之不可逆，可見陳礦菴《皇極圖韻》之《易》音相合，並企圖從音學符契天地運行。

圖九：陳藎謨《皇極圖韻・正聲正音圖》

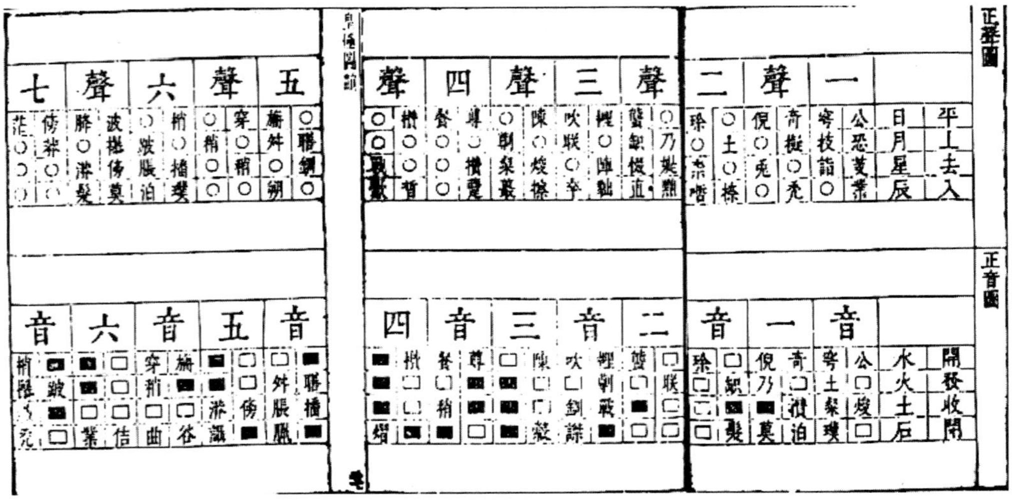

方以智之設三十六韻，其自道乃參酌自《洪武正韻》與陳藎謨之作，而〈旋韻圖〉的韻目內容又多取材於《中原音韻》，可知方以智在音韻內容的安排，根源於此三部作品者甚多。究《皇極圖韻》有三十六韻與《中原音韻》、《洪武正韻》之說亦多相承，故將說明其前後關係，茲列「方氏韻攝始末相承表」於下，以相互參證諸家之說。

表四十四：方氏韻攝始末相承表

《中原音韻》	《洪武正韻》	《皇極圖韻》	方氏三十六韻	《中原音韻》	《洪武正韻》	《皇極圖韻》	方氏三十六韻
1 東鍾	1 東	1 東屋	1.翁	12 歌戈	14 歌	23 歌鐸	19.呵
		2 冬燭	2.雍			24 戈郭	20.阿
5 魚模	5 模	6 模屋	3.烏	14 車遮、13 家麻	15 麻、16 遮	27 麻轄	21.呀
	4 魚	5 魚燭	4.于			28 遮屑	22.揶
4 齊微、3 支思	3 齊、2 支	10 灰末	5.逶	2 江陽	17 陽	24 陽藥	23.央
		4 齊櫛	6.兮			26 唐鐸	24.汪
		3 支質	7.尸				25.窗

6 皆來	6 皆、7 灰	7 乖刮 10 灰末	8.隈
		8 哈曷 9 皆轄	9.挨
7 眞文	8 眞	11 眞質	10.薰
		12 文物	11.申
		13 魂沒	12.魂
9 桓歡	9 寒	15 桓末	13.歡
		14 寒曷	14.安
8 寒山	10 刪	17 還刮	15.灣
		16 刪轄	16.閑
10 先天	11 先	19 元月	17.淵
		18 先屑	18.煙

15 亨青	18 庚	29 庚陌	26.亨
		30 青昔	27.青
		31 肱獲	28.肱
11 蕭豪	13 爻	21 豪鐸	29.燆
	12 蕭	20 蕭藥	30.夭
16 尤侯	19 尤	32 侯屋	31.謳
		33 尤燭	32.幽
17 侵尋	20 侵、21 覃	34 侵緝	33.音
		35 覃合	34.唵
18 廉纖、19 監咸	22 鹽	36 鹽葉	35.淹
			36.咸

從《中原音韻》到《通雅》的時間經過三百年，是以聲韻難以完全配應，且四部著作各有其分韻狀況，《中原音韻》「皆來」自爲一韻，然而在《洪武正韻》中作皆、灰二韻，其他韻類亦然，入聲的有無更是顯著的區別。表中可知方以智的韻目名稱多是自創，但基本概念多沿襲於《中原音韻》，因此〈旋韻圖〉附有周德清之十九韻，是其相承之跡。而三十六韻的數目，確實是從陳藎謨《皇極圖韻》處得來。

三、金尼閣《西儒耳目資》

方以智除了受到邵雍和陳藎謨的影響以外，其〈旋韻圖〉的創作亦與金尼閣《西儒耳目資》的〈萬國音韻活圖〉、〈中原音韻活圖〉有著相似的圓圖結構，因此任道斌肯定金尼閣《西儒耳目資》對方氏的影響，因而說道：「（方以智）仿西文列漢字成字母，依音韻變化，撰成〈旋韻圖〉得以付梓。」[註127]羅常培與任道斌皆肯定了西人金尼閣對方密之的影響。即使王松木以爲方以智〈旋韻圖〉乃取決自「陶均」的圓盤設計，對金尼閣的圓圖形式只是偶然的相似，但方氏的發送收與〈韻考〉著錄之字父字母之數，可見方氏仍有貫通於金尼閣之說者。

考金氏製作〈萬國音韻活圖〉時的創作理念，其說云：

〔註127〕任道斌：《方以智年譜》（合肥：安徽教育出版社，1983年），頁90。

所謂元音俱不同響，西國有號以爲字，其號相對會，實生萬音，而
不止一國之音已也。本圖共作五圈，每圈有二十九元音之號。……
此五圈欲會之以成萬音，故宜活動以便參對。五圈之內另有一圈，
五聲所備，中各有甚有次，惟外一圈不動，餘圈動而從之。……他
字每每如此，且不但有字之音寓於中，凡萬國俚語，即所不用者，
按圖對之無不於此會歸焉。〔註128〕

〈萬國音韻活圖〉之說如此，其中包含五個「自鳴」的元音、二十個「同鳴」
的輔音，與四個他國用，中華不用的「不鳴」輔音。而拼音的方式就是通過每
一圈各自旋轉搭配而成，據此而可以通萬國之音，是以稱〈萬國音韻活圖〉。於
形式上，其主要組成的音標分作五層，以通四方之人所用，〈旋韻圖〉的五圈及
各自成旋之形式與之相合。其他的最內以「甚清次」等表示聲調及元音音值，
最外則是中文音例，以助時人之用。

圖十：金尼閣〈萬國音韻活圖〉、〈中原音韻活圖〉

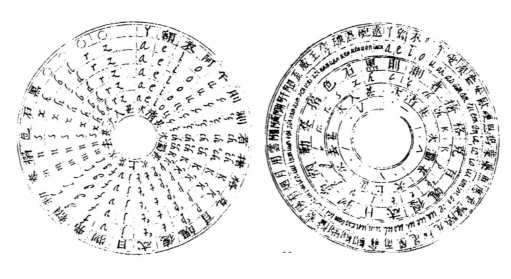

左〈萬國音韻活圖〉　　　　　　　　右〈中原音韻活圖〉

〈萬國音韻活圖〉藉由旋轉以達成通萬國之音爲目的，〈中原音韻活圖〉
則是專主通中原之音，內容分成三個部分，最外圈的「字母」爲韻母五十個，
中西語各爲一層；其下者「字父」的聲母二十個，中西語亦各爲一層；最內

〔註128〕《西儒耳目資》，頁56～58。按：〈萬國音韻活圖〉、〈中原音韻活圖〉分別節錄自
　　　　《西儒耳目資》頁55、60。

的部分爲聲調，以「甚清次」等作聲調與元音音值之標示，中西語亦各爲一層。使用方法同〈萬國音韻活圖〉，亦是通過旋轉以達成拼音的功效，金尼閣文曰：

> 〈中原音韻活圖〉，繼〈萬國音韻活圖〉而設也。……圖凡三圈，外圈大者分方五十。五十者，字母圈也，上是中字，下是西號，母共五十字，中有元母、子母、孫母、曾孫母之別。中次圈，分方二十。二十者，字父圈也，上是中字，下是西號，父共二十，中有輕重之別。內小圈分方惟五，五者，五聲雙平清濁、三仄上去入也，上是中字，下是西號。蓋雖西土未知平仄之妙，今旅人定有五號可以分之。每聲左右另有甚次，甚次之中不必寫，以中爲號是也。外一圈不動，內二圈宜活動，便用父對母，以生字子之音。父母既對，又對內小圈平仄甚次之號，則字子之音韻定矣。……萬音萬字總倣此。
>
> 〔註129〕

金尼閣的二十個字父除少去影喻所化作零聲母外，與周德清之聲母系統相符。金尼閣〈中原音韻活圖〉的形式，其內圈作甚次中兼以五調，中圈爲二十字父，外圈則是五十字母。

查方以智〈旋韻圖〉的三圈形式，由內而外分別爲後天及先天八卦、《中原音韻》十九韻、十六攝三十六韻，數目正應〈中原音韻活圖〉。此外，金尼閣的〈萬國音韻活圖〉與〈中原音韻活圖〉，乃採取旋轉拼合字音的形式，其「外一圈不動，內二圈宜活動，便用父對母，以生字子之音」；方以智〈旋韻圖〉雖然是以「陶均」爲原型，然〈旋韻圖說〉有：

> 天地成壞一輪，一年一輪，一日一輪，一時一輪，則一呼吸，元其元矣，何訝開承轉縱合不應天地之輪哉？知其說者，原始反終，始之一圓也。〔註130〕

亦即說明整體爲一個「旋韻」，但是各自成輪可旋，須藉交輪以應音韻之機，故稱「旋元則一切可輪」〔註131〕，以及整體與個別俱可分立之「旋爲大翕闢，析

〔註129〕《西儒耳目資》，頁 61〜62。

〔註130〕《通雅》，頁 1514。

〔註131〕《通雅》，頁 1508。

微小翕闢」〔註132〕，則其性質並非連動。

　　究金尼閣兩部〈音韻活圖〉與方以智之〈旋韻圖〉，所同者在其圓圖形式，於三圈、五圈的結構亦相符映，方氏於《四韻定本》中自道：「因邵子、一行，而悟一切皆在圓圖中，故旋韻以配之。」〔註133〕可知〈旋韻圖〉強烈的《易》學原理，然而其音學的概念，以及「韻旋」的方式，與金尼閣之說亦可相襯，即作「旋均東西源流表」，試圖說明方氏在〈旋韻圖〉所承襲之音《易》概念。

表四十五：旋均東西源流表

源自《易》學原理	金尼閣之圓圖學說
「虛五藏中」：後天八卦、先天八卦、《中原音韻》十九韻、十六攝、三十六韻	〈萬國音韻活圖〉共作五圈
◎的「太極、無極、有極」三圈結構；由內而外的三圈分別為後天及先天八卦、《中原音韻》十九韻、十六攝三十六韻	〈中原音韻活圖〉凡三圈
原始反終，始之一圓也。 旋元則一切可輪。	〈萬國音韻活圖〉惟外一圈不動，餘圈動而從之；〈中原音韻活圖〉外一圈不動，內二圈宜活動

　　方以智〈旋韻圖〉最內圈包含先天八卦與後天八卦，以為二者即二即一，不可相離。其三圈、五圈，「一切可輪」。最外二圈以十六攝、三十六韻，但輪轉應自有順逆之別，故王松木以為最外一圈順逆可行，正應先天八卦；次外圈則僅限於左旋，符應後天八卦。此各自運轉、一切可輪的形式，雖似陶均，卻也超越陶均單一圓盤的規矩，即似金尼閣二圖的運轉模式，這或許是羅常培與任道斌以為方以智〈旋韻圖〉與金尼閣二圖相繫的依循根源。

貳　〈切韻聲原・旋韻圖〉結構

　　〈切韻聲原・旋韻圖說〉中又有〈四正四隅圖〉，此與〈旋韻圖〉相合而成《周易時論合編圖象幾表》卷六所附〈旋韻十六攝圖〉，該圖已列於圖四中，是三者各有內容偏重之不同，然〈旋韻圖〉實呈現出結合音學於《易》學的理念，即如其《圖象幾表》的各式圖象，如〈陳策分六層為六圖〉等圖中，皆以

〔註132〕《通雅》，頁 1508。

〔註133〕轉引自王松木：〈知源盡變——論方以智切韻聲原及其音學思想〉，頁 320。

圓的形式呈現出六十四卦的循環，並且納八卦於環中，所引王宣〈密衍〉諸圖，也清楚展示出中五的宇宙觀，正可以應〈旋韻圖〉之五圈。考方以智之作〈旋韻圖〉，其名實源於〈韻考〉註中記載：「古韻作匀，又作均，成均所以教也。均爲旋瓦器。又一絃均鍾亦謂之均，後作韻，取其圓也。圓元之聲，古亦讀匀。」〔註134〕此文是說明韻、旋與其形、名之關係。三圖之中，〈旋韻十六攝圖〉是方以智揉合音學與《易》學的圖象代表，而〈切韻聲原〉的兩個圖則是主於音學，故取向不同，卻都呈現出方氏的音學觀，也是他觀察古往今來語言現象的成果。

一、〈旋韻十六攝圖〉

此〈旋韻十六攝圖〉已收錄在圖四中，乃出自《周易時論合編圖象幾表》卷六，考究其中內容與〈切韻聲原〉所述並無二致，只是篇幅較少，所呈現者多主於《易》學與音學的融合，不似〈切韻聲原〉有著完整的音學論述。〈旋韻十六攝圖〉結構分作三層，最外是方以智十六攝，次一層爲四時與逼狹的穿插，藉以顯示他《易》學與音學的混合，四時與韻攝的配位在方氏的系統裡有不可更動的地位，分別代表著《易》音融通的語音思想，最內一層以中表示「中和南北之衝矣」〔註135〕，更爲突顯了音韻「中和」的思想，也是《易》學得中的思維模式。

二、〈四正四隅圖〉

方以智〈旋韻圖說〉中另有〈四正四隅圖〉，已收在圖八，此乃補充〈旋韻圖〉而設，位在六餘聲之說後，圖下又有條例補充曰：「《易》用中于二，而旋四藏五，即大一也。四正，中和均平之聲；四隅，爲逼狹之聲。」〔註136〕前一條補充〈旋韻圖〉的設計規則，後一條則是說明此圖的內容。結構計有兩層總共三項，外層乃四方配以四季，以後天八卦爲基準，即〈旋韻圖〉之正中；另一項則依翕闢之狀作「支逼」、「灣逼」、「開逼」、「閉逼」，以明其開合的逼狹，即〈音韻通別不紊說〉所謂：「旋韻以中和均平之聲音爲四正，支

〔註134〕《通雅》，頁1502。

〔註135〕《通雅》，頁1509。

〔註136〕《通雅》，頁1512。

灣放閉爲四隅，倫論森然，其通轉之幾，于發送收餘，可知矣。」〔註137〕正中一層安置◎，以表示聲音之所從來，即〈旋韻圖說〉「聲氣不壞，風力自轉；五音皆宮，五行皆土，臍鼻折攝爲◎，而疑泥明心皆喉，是其端矣」〔註138〕，表示語音通過折攝中輪◎而生。疑泥明心在「聲調新法」中分別爲角宮、徵宮、羽宮、商宮，五行裡「正中」是土，發音部位是宮、是喉，故◎設在〈四正四隅圖〉正中，以示聲音之所從來，並表現「聲氣不壞，風力自轉」的聲氣運行之輪動處。

三、〈旋韻圖〉

〈旋韻圖〉已在圖三收錄。觀察〈旋韻圖〉可以發現，其內容正與〈旋韻十六攝圖〉及〈四正四隅圖〉相應，此三圖大抵相同，只是內容的音學或《易》學偏向有所差異。方以智在〈旋韻圖〉中主要展示音學思想，並融入其《易》學觀念，而在〈旋韻圖說〉裡則闡述聲音與天地間的關係，藉音理以建構對世界的認識。五層由內至外分別爲後天八卦、先天八卦、《中原音韻》之十九韻、再外以十六攝三十六韻，故方氏自註：「以《洪武正韻》酌陳礦菴三十六旋，本《易》、邵、一行。」〔註139〕

研究此三圖，可以發現方以智在〈旋韻圖〉中將十六攝依照「由翕而闢、由闢轉翕」的順序排列，藉由元音開合的變化，與四時相應，並且在原圖中用先天八卦與後天八卦，其旋轉應對，正可以代表事物形成的根本原理，以其排序象徵宇宙萬物生成變化的軌跡，此亦正是「陰陽陽陰之理」，證天地之循環往復。更甚者三圖交疊，則呈現出〈旋韻圖〉的形式，即如◎的符號代表語言聲響之源，「太極：無極、有極」的「一極參兩」之說。〈旋韻圖〉以三層視之，則內圈爲八卦之《易》，屬萬事萬物的源頭，亦即聲音之本；中圈之《中原音韻》，乃方氏最重視的音學承傳；最外圈的十六攝，屬於今音的體

〔註137〕《通雅》，頁 24。

〔註138〕《通雅》，頁 1513。

〔註139〕《通雅》，頁 1506。按：最外二圈原圖皆作十六攝，獨亨青攝作三十六韻之亨青肱。蓋其外二圈之十六攝，乃呼應其輪轉配對的形式；而用亨青肱，提示內外不同，當可以包含方氏自註三十六韻之說，亦符於陳蓋謨三十六之數。是一個〈旋韻圖〉而生多種使用方式。

系，乃明代《洪武正韻》以來的語音範疇。

另外，按照〈旋韻十六攝圖〉所示，其「四正，中和均平之聲」分別對應於「翁雍」、「呵阿」、「昷恩」、「亨青」四攝，而「眞庚能備各母異狀」之故，是以春均、秋平之位對應「昷恩」、「亨青」二攝，此二攝能配合四類介音，故收字多於其他諸攝，於是方以智將此二攝置於春均、秋平之位，藉以表達他對春、秋二季利於眾物萌發、萬物滋長之自然現象的《易》學思想。
〔註140〕

第五節　〈切韻聲原‧旋韻圖〉析論

方以智〈旋韻圖說〉總計有十七項條例，其中所述用以闡發〈旋韻圖〉的設計概念與使用規則，表達了方氏創作的理念與法則，因而貫通了他的音、《易》之學，並結合象數、律曆，以解釋和聲音的關係。今釋其說以解〈旋韻圖〉之設計與用途，進而釐清方氏灌輸其中的音學思想。

壹　創作規則

一、音與《易》相合

〈旋韻圖〉既然與邵雍、陳藎謨之音學思想相關，二人亦皆是《易》學的研究者，從資料中觀察，方以智的〈旋韻圖〉顯然也是《易》學與音學的結合體，因此他在〈旋韻圖說〉中屢屢傳達出結合音《易》二者的理念，其文曰：

> 一極參兩，而律曆符之。呼吸之身，不必以數而後用。然天地生人，適此秩序，《易》豈窮天下之物以合數而後作哉？自然理數吻合，

〔註140〕按：〈旋韻十六攝圖〉中十六攝的位置將以「秋平」對在「爄天」，然〈圖說〉中有「眞文而與升鼻之庚廷相對，爲春秋平分矣」句（《通雅》，頁1508。），〈旋韻圖說〉本爲解析〈旋韻圖〉所作，故以〈旋韻圖說〉內容爲準，將春、秋對「昷恩」、「亨青」二攝。且春均、夏和、冬中均各自叶韻，秋平之韻正應亨青，亦即「〈旋韻〉眞青，正當春秋二分之候，故其聲和平，自然相應，以此調唱，其竅自諧」之旨。（《通雅》，頁1499。）且〈旋韻十六攝圖〉中四季僅「秋平」爲全稱，其他爲春夏冬，應是秋字之韻不同亨青，故全稱以示其本源處。

> 而至大至微無遺者，人與天地萬物同根，而心聲爲神明之幾，不可
> 言數，而數與應節，即可度其數而即物則物矣。以旋韻周期爲臆乎？
> 亦天地之臆也。天地成壞一輪，一年一輪，一日一輪，一時一輪，
> 則一呼吸，元其元矣，何訝開承轉縱合不應天地之輪哉？知其說
> 者，原始反終，始之一圓也。〔註141〕

此即方以智音學與《易》學相結合的解說，所重者正在「旋韻周期」，並且說
到韻圖的呈現要通過圓圖的方式，貫串天地終始，因此他說「心聲爲神明之
幾」，以示聲音乃天地間最細微的觀察基準，於「即物則物」上表示物物皆有
此「神明之幾」，不可失去觀察的各種可能。而聲調與《易》之動靜結合的「開
承轉縱合」，闡述「旋韻周期」之順序性有不可逆的循環依據。是故此圖以圓
爲概念，不只源於天地終始的循環觀點而來，還有藉圓圖旋轉的設計理念貫
穿其中，因此〈旋韻圖說〉曰：

> 聲音之幾至微。因聲起義，聲以節應，節即有數，故古者以韻解字，
> 占者以聲知卦。無定中有定理，故適値則一切可配，縷析而有經緯，
> 故旋元則一切可輪。〔註142〕

既然「數與應節」、「聲以節應，節即有數」，故「聲數應節」〔註143〕，並依「旋
元則一切可輪」之道，表示通過旋轉而配出一切聲音，此即〈旋韻圖〉設計成
圓形的概念起點。有圖形而後探求其內容，可以發現方以智對其韻攝的安排，
是按照開合的模式進行先後順序的配位，並將此與天地應和。

二、開合順序與天地相應

　　考察方以智設計〈旋韻圖〉的基本規則，他主要是承襲邵雍《皇極經世·
聲音唱和圖》以開合相對的方式排列韻攝，方氏文云：「邵子曰：『韻法，闢翕
律天，清濁呂地。先閉後開者，春也；純開者，夏也；先開後閉者，秋也；冬
則閉矣。銜凡，冬聲也。』」〔註144〕邵雍已有四季配開合的觀念，以說明其開
口度的關係，方氏繼承於此，另闡述從《易》學角度切入的規則，曰：

〔註141〕《通雅》，頁1514。

〔註142〕《通雅》，頁1508。

〔註143〕《通雅》，頁1512。

〔註144〕《通雅》，頁1508。

聲爲迠狀，其狀即異。惟眞溫、庚青一韻聲多，于龠闢嘻縫撮侷忍送之狀，字字皆備；其次惟先天之韻，然已不如溫亨之盡矣。〈旋韻〉眞青，正當春秋二分之候，故其聲和平，自然相應，以此調唱，其竅自諧。春秋之用，豈人力可思議者哉？〔註145〕

方以智承邵雍之旨卻另立新論，將十六攝分作四時，並將之分配「春：均」、「夏：和」、「秋：平」、「冬：中」，其中「昷恩」、「亨青」二攝搭配春均、秋平之位，方氏以爲此乃應乎自然之氣。蓋因春、秋二季氣候溫暖和諧，而可以生養萬物，故用以闡釋「眞溫庚青」能備各母異狀，即配萬物滋養、生息不已之旨。此觀念深植於方氏音學理論，是故他晚年所作《四韻定本》亦不改此道，而有言曰：

眞、文、元、庚、青、蒸、侵韻最廣，狀最備。今樂曲守此，以論內外中聲。中者，鼻音也，字無不引臍輪轉鼻輪者，而庚、青、蒸獨訇訇鼻腭間爲最顯，故無分、文縫脣及撮口、穿齒之字，合眞文則歷歷鏗鏗矣。故曰：「眞文、庚青可以表春秋均平之度焉。」〔註146〕

這些排列的規則都說明了方以智有意通過〈旋韻圖〉韻攝開合的安排，以呈現他音學和《易》學循環不已的理念，尤其方氏認爲《易》之象數理氣與聲音的關係密切相繫，是故他又曰：「聲之觸幾，蓋其微哉！聲義相因，聲數應節，則適值之位，龠闢之理，無非表法，無非心幾，何不可引觸乎？」〔註147〕認爲聲音除了配合天地的生成變化之外，對應到人身上的展現，既可以是最爲內在的心之音聲，亦可以是最外的表徵，故其用至大，是爲方氏所重。

〔註145〕《通雅》，頁 1499。
〔註146〕轉引自王松木：〈知源盡變——論方以智切韻聲原及其音學思想〉，頁 307。
〔註147〕《通雅》，頁 1512。按：《物理小識》有：「爲物不二之至理，隱不可見，質皆氣也，徵其端幾，不離象數。」故在方以智的哲學思維裡，天地由象數組成，而所組成的「物質」，都是從氣而來，故象數理氣在方氏的思想中，都是屬於高層次的形上本體，是以《物理小識》首倡「象數理氣徵幾」，即通過象數理氣可以體察世界上最細微的變化本源，而氣是聲之源，故《物理小識》從實測的角度闡明象數理氣徵幾，〈切韻聲原〉則是從聲數同源之道以徵幾。（明‧方以智：《物理小識》，《國學基本叢書四百種》第 246 冊，頁 1。）

　　方以智將語音的變化推展至對天道的認識，他重視語音開合的發展，認為其中當有相應相承的狀況，而可以與四時相配應。另外他又從開合與韻尾的轉換過程解釋排序的方式，故〈旋韻圖說〉又曰：

> 愚以《洪武》酌準。若欲考古，可徵貫也。旋為大翕闢，析徵小翕闢，全陰全陽本乎自然。……含呼為東逢韻，而旁轉迂模，至淒支而略開矣，皆來正開矣。至眞文而與升鼻之庚廷相對。……歡桓而山寒而先天，則三元之音正圓矣。此如調中之換頭也。歌和則以和應中，為中和南北之衝矣。東烏之韻，阿口而含；先歌之韻，則阿口而放也，家車則極放也，江陽則放蕩而復轉庚廷之鼻音矣。再轉蕭豪而幽侯收，侵尋廉咸則閉口矣。〔註148〕

這說明方以智乃遵從《洪武正韻》作為他聲韻創作的主要參考。而整個〈旋韻圖〉十六攝乃「陰陽陽陰」之大開合，至於三十六韻的成立，就只是各攝之中再分開合洪細。引文另說明方氏對〈旋韻圖〉的安排，不只有十六攝的安置，還有著開合與韻尾的考量，並設計有三十六韻韻目的編排，亦即〈旋韻圖〉的基本理念，而開合的排序即是方氏之音學再次與《易》相聯，足見他的哲學認知中，兩者俱佔有相當重要的地位。

貳　使用規則

　　在方以智的〈旋韻圖〉中，所呈現的不僅是一個靜態的圖，而是一個可以活動的旋，即〈韻考〉註中所釋之「均」——旋瓦器，此動態之韻甚至是所有語音發生之源，方氏以「交輪幾」稱其間運行的原理，曰：「元會呼吸，律曆聲音，無非一在二中之交輪幾也。……無定中有定理，故適值則一切可配，縷析而有經緯，故旋元則一切可輪。」〔註149〕一與二即是事物靜態與動態的差異，在音學上則為氣與聲、無聲的關係〔註150〕，萬事萬物的變化都發生在「交輪幾」

〔註148〕《通雅》，頁1508～1509。

〔註149〕《通雅》，頁1508。

〔註150〕按：〈等切聲原序〉有：「天地間一氣而已矣。所以為氣者，無有無，統天地之天也。氣發而為聲，聲氣不壞，雷風為恆，世俗輪轉，皆風力也。」（《浮山文集後編》，頁361。）於此可知聲乃源自於氣。

的過程中，亦即聲氣的生發和聲音的止息與延續俱依於此，方以智於多年後的通幾著作《東西均》中解釋曰：

> 何謂幾？交也者，合二而一也；輪也者，首尾相銜也；凡有動靜、往來，無不交輪，則真常貫合，于幾可徵矣。……幾者，微也，危也，權之始也，變之端也。〔註151〕

交是整合對立、輪是對立的往還相續、幾是對立相互轉化的幾微、本源處，這三項的循環結合，是天地萬物運行的軌跡。方以智強調「一在二中」、「合二而一」，即是認為本體與現象雖有豐富且獨立意蘊的特性，卻也不脫這簡單的規律。因此對應到音學上，則是依於氣而有聲與無聲在本源處循環相轉，故曰：

> 聲義相因，聲數應節，則適值之位，翕闢之理，無非表法，無非心幾，何不可引觸乎。……聲與無聲之交輪，一聲之開收交輪，盡如是也。已上之剜灣圓，與尾閉相應，而侵為閉首，即為收終。乃春秋用中和之聲音，平分其名，成此三輪，使禁聲而尋音也。故曰：「三元應三閉，而外中內三聲，分三韻以交收其音，此一輪論倫之表也。」東西為春秋平分之門庭，南北為中和圓通之公用。旋而論之，引觸頗微。〔註152〕

方以智既用「交輪幾」解釋聲音的變化發展，那麼在呈現〈旋韻圖〉上就是開發收閉的原始反終。而〈旋韻圖〉中所包含的《中原音韻》十九韻，與先天八卦、後天八卦，還有〈四正四隅〉及「◎」，則分別代表設計規則的音、《易》結構，此二項「一在二中」、「合二而一」，不可相離。

參 〈切韻聲原‧旋韻圖說〉之聲與調

一、聲 母

方以智在〈旋韻圖〉中所呈現者只在韻部，於聲母和聲調則未設計於此，是稍異於金尼閣〈中原音韻活圖〉，但他仍補充於〈旋韻圖說〉之中。首先他

〔註151〕《東西均》，頁 522～523。
〔註152〕《通雅》，頁 1512。

再次強調聲母只需二十個，便可以一統中土之音，而曰：「中土常用二十母。」
〔註153〕這個聲母系統的數量與《中原音韻》、《西儒耳目資》一般〔註154〕，但
他說是直接承襲自張位《問奇集》之〈早梅詩〉，其內容方中履《古今釋疑》
有明確地說明：

> 張洪陽惟用二十字，以〈早梅詩〉約之，曰：「東端風非夫奉破滂並早
> 精梅明，向曉匣暖泥孃一疑影喻枝知照開溪群。冰幫雪心邪無微人日見見，春徹
> 澄穿牀從清從天透定上審禪來來。」〈切韻聲原〉讀曰：「幫滂並明、見溪群
> 疑影喻曉匣、夫非奉微、端透定泥孃來、精清從心邪、知照徹穿澄牀審禪日，
> 可謂省易矣。」履按：「增母而不減，舊母實多雷同；減母而不增，
> 各母俱有異狀。故〈聲原〉母止二十，又定粗細之狀四十七。母各
> 二狀，而微惟一狀，見溪疑曉則有四狀。」〔註155〕

《中原音韻》的聲母系統，據陳新雄研究有二十一，其時疑[ŋ]、影[ø]尚有分
別，而蘭茂《韻略易通》的系統裡疑與影同屬零聲母。方以智據前人論聲母
者，明顯可從有溫守座之三十字母、《韻鏡》三十六字母，而後「張洪陽定二
十字，李如真存影母括二十一字」〔註156〕，除去作為喉塞音的中古影母與疑
母併作零聲母，所得〈早梅詩〉二十字母為方氏採納以解釋今語，即〈切韻
聲原〉二十字母是也。則方氏之聲母系統，於古聲母倡三十六者，即《韻鏡》
神珙之說，其後減省之二十一、二十者，正與周德清和金尼閣、蘭茂的內容
相符。

〔註153〕《通雅》，頁 1510。按：〈切韻聲原〉細數古往今來聲母發展時，有：「珙溫用三
十六，以後或取二十四，或取二十一，今酌二十。」（《通雅》，頁 1473。）當中
二十一正與《中原音韻》無所分別，方以智最後所取的二十聲母乃疑影相合，歸
併為零聲母。

〔註154〕按：《中原音韻》聲母數二十一；《西儒耳目資》字父二十，加上自鳴之音——零聲
母，則二十一，皆是二十母加一零聲母所組成，可見兩者聲母系統相同。而方以智
的二十一聲母，其內容與《中原音韻》如出一轍，更可見他聲母系統的淵源與發展。

〔註155〕《古今釋疑》，頁 439～440。

〔註156〕《通雅》，頁 1477。按：李登《書文音義便考私編》聲母二十一者，其疑母依舊
獨立而未零聲母化，故疑影仍然有別。此與方以智二十一母系統相同，亦同於《中
原音韻》及《西儒耳目資》之聲母總數。

二、聲　調

聲調部分，方以智融合《中原音韻》與《洪武正韻》的內容，以爲「《洪武正韻》依德清而增入聲者也」〔註157〕，故更挺齋陰陽上去入作哐嗔上去入五聲，此數量與內容亦符金尼閣清濁上去入五調之說。考方氏於聲母無清濁之別，其平聲分陰陽，所別者應在調值，他審音後認爲聲調的內容爲：「平聲以哐嗔爲陰陽，上去亦一陰陽也；入聲有起有伏，亦一陰陽也，是應六爻。脣齒腭舌喉鼻亦應六爻。」〔註158〕方以智察覺到聲調的細微區別，將原本的四個聲調分作三組，平聲分哐嗔爲一組、上去作一組，入聲之起伏爲一組，融貫音《易》，恰應一卦之六爻，而分成天人地三才，聲母發音的六個部位、三個組別亦然。不過平聲的哐嗔之與陰陽，其分立的原因在於聲母清濁所造成平聲調值的差異，據此方中履解釋聲調高低的狀況爲：

> 周德清《中原音韻》始分平聲爲陰陽，以空喉高聲爲陰，堂喉下聲爲陽，此前所未發。……按：「《西儒耳目資》亦以清濁上去入爲五聲，正與哐嗔上去入闇合。」〔註159〕

可見陰聲調爲高平聲，陽聲調爲低平聲，方中履以爲是前所未發之新證。此外，聲調之應六爻，其中將入聲起伏分作陰陽，方以智註曰：「如云符府付復之類是也。以四字唱，則云『夫府付伏』、『符府付復』。」〔註160〕當中所要傳達的消息，據楊軍在〈四韻定本的入聲及其與廣韻的比較〉中指出《四韻定本》的入聲乃依聲母清濁而分陰陽兩調，方以智亦自道入聲起伏之異而說道：

> 挺齋謂平聲有陰陽，上、去無陰陽，入則散入三聲矣。智謂：「上爲陰，去爲陽可也。入聲如福與服、束與熟、博與薄，俱微有別，非若絕與節以撮別，發與法以韻別也。其入之陰陽乎？方言難各處轉

〔註157〕《通雅》，頁1501。

〔註158〕《通雅》，頁1514。按：方以智有「沖氣輪于丹田，而上竅于鼻」之語，故氣流必須從鼻腔出入，而後方能製造聲音。是直以臍（丹田）鼻視作另一發音器官，並且因爲來乃鼻音泥母之餘、日爲泥母整幷後的孃之餘，故此處冠以鼻即爲六也。（《通雅》，頁1474。）

〔註159〕《古今釋疑》，頁442。

〔註160〕《通雅》，頁1514。

習，然方言亦一理也。」〔註161〕

方以智的語音現象中，全濁聲母清化，因此他所舉的字例，在他的認知裡，於聲母部分應當毫無區別。但在細微的審音過程中，卻發現在同韻開合的字例下，發音情形有著「俱微有別」的兩組字，在他的聲母體系中有難以言喻的區別。其「福束博」皆屬清聲母、「服熟薄」則爲全濁聲母，方氏只知有別，卻未能明確解釋其中不同，於是入聲調的差異只是現象，但他並不明白造成這現象的原因爲何，是以他審定此二者的分別，用感官聽覺判定之作「起伏」，並且以應陰陽、對六爻，以及用方言的角度說明入聲起伏的合理存在。

方以智所處的時代，全濁聲母已然清化，平聲變成同部位之送氣音、仄聲則變爲不送氣音，原本的全濁喉音匣母則清化與全清曉母并。在聲調上也出現與濁音清化相關的影響，其中平聲分陰平、陽平，以及全濁上聲變去聲，這兩個現象在方氏的語言環境中亦可見其發展的痕跡。由於方氏的聲母系統已無全濁聲母，因此他不明清濁對語音的影響，於是對於入聲，方以智雖知其聲音有別，卻也只能以起伏配陰陽，楊軍以爲陰入爲起聲，陽入乃伏聲，此聲調調値的高低性質與方家自評之「高聲爲陰」、「下聲作陽」一致，兩者的差別也在聲母之清濁，以陰清高、陽濁伏是也。則上去亦得以配位陰陽之說，方氏將上聲屬陰、去聲歸陽，則上聲之無全濁音故屬陰清，去聲聲母皆備，又參濁上歸去則爲陽，亦可知其調高低也。

肆　〈切韻聲原‧旋韻圖〉之說韻

一、韻部設計與安排

方以智在〈旋韻圖〉中所採用的音韻體系，主要是十六攝三十六韻與十二統的內容，這當中的區別在於介音、韻尾的精細程度不同，即是所稱：「細分十六攝之小翕闢，爲三十六。先半先翕後闢，後半先闢後翕，此陰陽陽陰之理也。」〔註162〕這是十六攝與三十六韻的關係，若論與十二統的分合狀況，方氏於後再度解釋，曰：

> 若略外內中聲，開闔阿支之狀，而渾叶之，曰翁從、曰于吾、曰逶

〔註161〕〈四韻定本的入聲及其與廣韻的比較〉，頁173～174。

〔註162〕《通雅》，頁1510。

支、曰隈開、曰溫清、曰阿摩、曰哇邪、曰汪陽、曰爊蕭、曰謳侯、
曰烟元、曰歡灣，十二韻耳。〔註163〕

方以智韻目名稱的設計，因其學術廣博及時地不一，故創作前後或有出入，
翁從即是翁逢，其他名稱之異於「十二統」內容者亦然。究此語之意即在省
去聲母、介母間的細微差異，並合併部分的輔音韻尾，因而可以從《洪武正
韻》的平聲二十二韻變成十二韻。方氏在引文之後又加以描述十二韻的編排
理念：

> 閉口韻本與元灣相應，而天亦讀汀，故始閉之，侵亦應之，此所以
> 移灣元作亥方之輪也。姑以最多狀全之溫清一韻言之：齊齒收眞，
> 侷脣收君，升鼻收庚青蒸，而重撮收呑，閉則收侵。是以韻自全叶，
> 而呼時析之。〔註164〕

方以智的〈旋韻圖〉理論是專主於十六攝，然亦兼及十二統之說，認為十二統
亦自有相應。其中閉口韻有「音唵」、「淹咸」相對於「歡安」、「灣閑」、「先天」，
升鼻之庚青蒸是放蕩而轉，開口將轉閉合，而「天讀汀」意指語音相近，開口
將閉，則鼻音韻尾之近於閉口，故天汀侵韻尾相近。方氏移灣元作亥方，以其
本在昆恩之後，因為相對的關係，是以安置於此，以應閉口，亦是十二統順序
之對應十二時辰的排序之意。最後他從十二統之「眞青」說明介音與開合的情
況，及切母之狀也。至此則十二統之循環、發音情狀方為齊整。由於方以智的
學術態度崇古尊今，因此在音學呈現上，十二韻韻尾的整合帶有時音的面貌，
他從「用今」的角度整併十六攝的陽聲韻尾◎，〈旋韻圖〉中的「灣閑」與「音
唵」既相對應，卻也可以涉入其間，正是此「今用」的音學思想之表露，並且
融合《易》學的角度解釋之。

　　不過方以智在此強調十二統是「韻自全叶，而呼時析之」，亦即表示「略外
內中聲，開閉阿支之狀」，所以在不加區辨的情況下是可相通，但是在語音的表
達上，仍然有著不可忽視的分別，因此若以口語音的角度面對十二統的語言環
境，恐將模糊方以智創建攝、韻、統不同語音用法的心意。

　　考方氏論韻，所倡者即是《洪武正韻》，其下三十六韻乃參酌陳藎謨《皇極

〔註163〕《通雅》，頁 1510～1511。

〔註164〕《通雅》，頁 1511。

圖韻》三十六韻而來，而後逐減省爲十六攝，再簡化字音中的開合洪細則作十二統，當中緣由正在省去十二開合所析別者。〈旋韻圖〉所作十六攝，其原始反終之旨，融合了方以智的音、《易》思想，其等韻圖〈新譜〉則是全然的音學創作，內容以十六攝爲準，而另含三十六韻之說。其順序如〈旋韻圖〉所示，十六攝據外圈之圓，而詳細的內容則以〈新譜〉作字紐排列。在聲母的部分，每個聲母所分配的數量不同，原因在於切母各狀之異。考究韻攝的組成，其字例的總數亦有偏重的區別，如「翁雍」攝「此韻從閉初轉，聲故不多」〔註165〕，即說明韻中收字多寡之故，特別是「淹咸」攝之廉纖監咸、「呀揶」之家麻車遮，與支韻、兒字韻等韻攝的字例尤少，方以智解釋之：

> 收《中原韻》而併廉纖監咸于西北，併家麻車遮于西南者，⋯⋯此二處韻皆大開大閉，而開處之字與閉處之字皆少細分，其音皆逼，非至理乎？細論雖分小闢翕，然字少音逼，所謂併之以便用者也。支爲獨韻，五音俱不相配，故附逶而立韻。又有兒爲獨字韻，亦當附此。〔註166〕

因爲這些韻的地位異常，淹咸攝屬閉口韻之閉逼；呀揶攝之韻在大開之開逼；支韻自爲獨立，只有舌齒音；兒字依支韻而存。支、兒歸在支逼；灣閑攝因其音韻內容與歡安攝重複過高，不僅是音韻之相叶，後來的十二統與《四韻定本》皆與歡安相併，故其音亦逼，即是灣逼之意，見此四隅之音，字少音逼，故編排時併入他韻。而韻當春秋之「昷恩」、「庚青」二攝字多，正展現出與多之「翁雍」攝、夏之「阿呵」攝不同的型態。亦說明方以智之用春秋比擬其音韻收字狀態之與四季之中萬物化育、自然生發之諧和。

二、韻攝順序與開合關係

韻部安排如此，方以智更解說其中的音韻內容，首先說明的是開合與韻尾的轉換過程與排序關係，此於創作規則中已論述之。其次將十六攝配應音樂的七種曲調，即是「律曆聲音」之通，而通「聲數應節」之理，其文曰：

> 東烏概黃鍾宮，支皆概太簇商，眞溫概姑洗角，灣先概蕤賓變徵，歌阿概林鍾徵，陽庚概南呂羽，尤閉概應鍾變宮。閉則轉逼上鼻，

〔註165〕《通雅》，頁1481。

〔註166〕《通雅》，頁1510。

加清復起，何謂不可以古今人聲論十五等之七調乎？〔註167〕

方以智之音學與《易》相合，而律呂之學與《易》學關係至為密切，是以他在音韻學說中貫通以音樂之學，三者互為表裡，而曰：

> 吾謂自然之理，自然之數，一合無所不合。……惟聲難定，而聲之所協，數即符之，故因數以考其聲焉。而所中之數度，即為開務成物之舉，即寓制器尚象之宜，非徒為諸管設也。參天兩地，其能外乎？故邵子以聲定物，數學者當知聲數之理，極數知來，聽樂知德，亦無所能外於天地之自然也。〔註168〕

《周易時論合編圖象幾表》卷六論及聲音律呂之關係，並闡述與天地造物之本質。因為聲音與律呂相通，並且統於《易》、象數，所以方以智整合三者為一個循環的圓圖，以顯示他們的相互輪轉，因而製成〈旋韻圖〉。

〈旋韻圖〉的順序包含律呂的循環以外，其韻攝之往還尚有諸多變化，如四季的中和均平帶有萬物在春夏秋冬之間的發展，此又兼及韻攝歸字的數量，因著春秋適宜化育萬物，故字例的數量較夏冬為多，此即季節的循環；從開合的情狀作歸類，則是翕闢之循環，此二者相合之內容，方以智如是論曰：

> 起冬至含呼為東逢韻，而旁轉迂模，至淒支而略開矣，皆來正開矣。至真文而與升鼻之庚廷相對，為春秋平分矣。春開復平，交夏入徵，猶調發徐平而後縱之，乃收也。歡桓而山寒而先天，則三元之音正圓矣。此如調中之換頭也。歌和則以和應中，為中和南北之衝矣。東烏之韻，阿口而含；先歌之韻，則阿口而放也，家車則極放也，江陽則放蕩而復轉庚廷之鼻音矣。再轉蕭豪而幽侯收，侵尋廉咸則閉口矣。〔註169〕

方以智將音韻開閉的循環，搭配春夏秋冬四季的變化。此變化乃太陽運轉週期的轉換，當太陽在夏季時，日正當空，方氏譬之作發音開口度最大，屬闢和純開，故「呵阿」攝居離之夏南；冬季時，太陽與天頂的角度最為偏斜，方氏譬

〔註167〕《通雅》，頁1510。

〔註168〕《周易時論合編圖象幾表》，頁542～543。

〔註169〕《通雅》，頁1508～1509。

之爲發音時開口度最小，屬翕及純閉，故「淹咸」、「翁雍」攝居坎之多北；春秋兩季日照角度介於夏多之中，太陽沿黃道北移，季節變化是多夏相轉之半，所以開口度的狀況也是從純閉與純開的相互交替。

判別開口度的大小，方以智認定與介音、主要元音、韻尾有著極大的關係，在「昷恩」與「庚青」時，他所判定的對象在於主要元音的開口度大小，而二者屬春秋之正，當是相同開口度的央元音，取其不偏不倚之意，故春季之「昷恩」攝，屬震之東；代表秋季的「庚青」攝，隸於兌之西，此間變化之理，即如〈旋韻圖說〉所言「東西爲春秋平分之門庭，南北爲中和圓通之公用。旋而論之，引觸頗微」〔註170〕，因此據方以智之論，十六攝是翕闢闢翕的過程、是四季的循環，亦是陰陽陽陰之理，「春聲聚，夏放聲，秋收聲，冬侷聲，秩敘變化，妙哉叶乎」〔註171〕，相與配應的關係推展至天地宇宙，則是動態發展的過程，其開發收閉，亦是萬物生成化育的痕跡。

方以智在〈旋韻圖說〉中有諸多關於旋韻韻攝的安排說法，試以從其內容列表，以解析方氏音《易》之說，並總合其人韻攝名稱之轉換。即據〈韻考〉、〈旋韻圖〉與〈旋韻圖說〉的內容相對應，可以得以下「旋韻律呂開合統攝表」。

表四十六：旋韻律呂開合統攝表

〈韻考〉之《中原音韻》〔註172〕	十二統（柴氏所傳《朱子譜》）	十六攝三十六韻	開口度	律呂
1.東逢	翁逢（翁從；繃）	翁雍翁雍	含呼	黃鍾宮
5.迂模	余吾（于吾；逋）	烏于烏于		
3.支詞、4.淒微	爲支（遲支；陂）	噫支遲分尸	略開	太簇商
6.皆來	懷開（隈開；牌）	隈挨隈挨	正開	

〔註170〕《通雅》，頁1512。

〔註171〕《通雅》，頁30。

〔註172〕按：因爲方以智調動周德清《中原音韻》的韻目順序，是以在〈韻考〉之《中原音韻》一列下，用數字代表原本韻目順序，而今排序則是從方以智之說，他依據開合的關係，以及古韻親近的程度爲憑據，而設定此十九韻的次序，藉此展現出方氏的語音學理念。

7.眞文	眞青（溫清；賓崩）	昆恩黑申魂	縱	姑洗角
9.歡桓	寒灣（歡灣；班）	歡安歡安		
8.山寒		灣閑灣閑		蕤賓變徵
10.先元	煙元（煙元；鞭）	淵煙淵煙	放	
12.歌摩	歌阿（阿摩；波）	呵阿呵阿		林鍾徵
13.家麻、14.車蛇	耶哇（哇邪；巴）	呀揶呀揶	極放	
2.江陽	陽光（汪陽；邦）	央汪央汪窗	放蕩	南呂羽
15.庚廷	同眞青	亨青亨青肱	平	
11.蕭豪	蕭豪（燶蕭；包）	燶天燶天	收	應鍾變宮
16.幽侯	尤侯（謳侯；彪）	謳幽謳幽		轉逼上鼻，加清復起（反復終始）
17.侵尋	同眞青	音唵音唵	侵收終閉首。閉口	
18.監咸、19.尖廉	同寒灣	淹咸淹咸		

　　方以智更動周德清《中原音韻》的韻目名稱，藉唫噎的結構，以明「平聲以賅上去入」的原則。變動順序則呈現方氏對語音的多種想像，他依據開合調換順序，將魚模前置、寒山與蕭豪之調後，並把江陽後調以接庚廷，更顯韻尾形式的相合，如此一來方能使其音韻結構變得更加符合天地開闔的運轉模式。此外，這樣的安排更能應合方氏古韻歸部的設計順序，因而自稱：「古皆來與凄支相通，寒山先天相通，歌麻相通，陽庚相通，蕭尤相通，侵覃相通，鹽咸相通，爲其連也。」〔註173〕原本諸部之間或雜以其他韻目，方以智在調整開合順序之後，又兼顧其古韻歸部的觀念，因此〈旋韻圖〉不僅只是方氏對今音的整理，又是他徵考古音的道具，故曰：「愚以《洪武》酌準。若欲考古，可徵貫也。」〔註174〕

三、韻部之合撮開閉

（一）翕闢以分韻

　　方以智論韻之翕闢結構以旋韻作循環，而可以應宇宙萬物的發展，是以從十六攝的形式作細部分析，則〈旋韻圖〉屬於完整的結構。他又有「旋爲

〔註173〕《通雅》，頁1509。

〔註174〕《通雅》，頁1508。

大翕闢，析徵小翕闢，全陰全陽本乎自然」〔註 175〕之語，表示在大的旋韻結構下，可以分析其中細部的開合差異，意指十六攝可再以開合翕闢的角度分析之，故可得三十六韻，最終的叶音則取十二統，顯示方氏設計三種不同的韻類，是針對不同的語音情況而建立的語音系統。然其中分合的依據除了十六攝的開合順序之外，韻攝中的翕闢亦是方以智關注的焦點。

察方氏論開合有〈十二開合說〉，其中包括聲母、介母、主要元音、韻母及發音過程，因爲檢驗的標準不一，故難以從結果中發現一以貫之的規律，於是一個合口可以有十二種不同的形式，名爲開口也有十一種稱呼，據此方中履在《古今釋疑》論音韻開合之說「韻則尤審其陰陽合撮開閉之貼叶焉」語下，自註道：「陰陽謂啌嘡也。合如翁烏，撮如春孫，開如哇湯，閉如侵監之類，細分則又有偈口如鍾光，舌抵如支珠之類。」〔註 176〕陰陽爲聲調，在平聲爲啌嘡，入聲爲起伏，上去聲則分屬陰陽，已是三種狀況；於韻則概以合撮開閉四者爲代表，卻又可細分諸類，實見其繁瑣。合撮開閉四種的開合關係是依據〈旋韻圖〉的開閉爲主，翁烏爲〈旋韻圖〉之始的含呼，至最終之侵監的尾閉，故分屬合口與閉口。而春孫之撮則是昷恩攝之合口，哇湯之開則是開口度最大。而後偈口、舌抵等更打破韻攝的限制，用更多元的方式解釋之，通過聲母與介音的配合而得，即是根源於方以智之〈十二開合說〉。足見方氏對開合議題的認識有著特別的見解，擺脫只是觀察介音的開合狀態，他更看見每一個字音的獨特性，因此其開合狀態是包含聲母、介母、主要元音、韻母的整體字音，超越了韻的限制。

值得注意的是，在各個韻攝裡皆各有翕闢之道，如「烏于」攝「乒丁庚京俱無狀。《洪武》分魚模二韻，今以重合呼爲翕，輕偈呼爲闢」〔註 177〕，表明了此韻攝中只有開合相對的重合呼與輕偈呼，二者皆屬合口，只是程度不同，但仍可以翕闢析之。論「翁雍」攝則曰：

今依邵旨，每攝分小翕闢，則蒙公翁中風，始終含口，而二冬乃偈

〔註 175〕《通雅》，頁 1508。

〔註 176〕《古今釋疑》，頁 428。

〔註 177〕《通雅》，頁 1483。按：方以智「翕闢」之別在於開合洪細的不同，其洪音爲翕、細音作闢，「烏于攝」中的翕闢差異，擬音之則爲烏[-u]、于[-y]，詳細論證見於第六章。

脣放圈，是為小闢。鍾宗之別，皆以侷放故也。……如冬，都宗切

亦謂都撮近之；而德紅切東，則欲其用力含口也，要為不善分例，

今定以當翁切東。〔註178〕

每韻之中各有相對的開合等呼，因此各韻攝皆有翕闢之分，是可以得三十六韻，而其中區別即是以「翕闢穿撮」為分合的根據，故方以智另說：「支為獨韻，雖開而逼狹也，麻車正開而細分靴瘸，不為不逼狹也。」〔註179〕他闡述了支韻、麻韻的分韻原因，尤其「呀挪」攝於撮口呼字少，故并字以便用，曰：「《洪武》分瓜嗟二韻，細論亦可分翕闢作四唱，以韻迍逼，紐字少，故并之以便用。」〔註180〕字少韻逼，即意在并用，故〈新譜〉「呀挪」攝第四行只有靴瘸決等韻字，其他則因字少，亦相併合。

（二）三元韻與三閉韻

每韻翕闢各狀在〈新譜〉中皆有完整呈現，於所無之狀多採〈切母各狀表〉之角宮聲母作標示，如「翁雍」攝只有肱君之合口呼，方以智故以ⓔ表示此列為相對的細音〔註181〕，如此可以在各韻攝中清楚展示開齊合撮的區別。在旋韻的大翕闢之外，各韻中有小翕闢，此乃分韻之源，故翁雍攝收有二韻、噫支攝錄有三韻。此外在十六攝中又有三元韻與三閉韻之別：

剜灣圓，與尾閉相應，而侵為閉首，即為收終。乃春秋用中和之聲

音，平分其名，成此三輪，使禁聲而尋音也。故曰：「三元應三閉，

而外中內三聲，分三韻以交收其音，此一輪論倫之表也。」〔註182〕

〔註178〕《通雅》，頁1482。

〔註179〕《通雅》，頁1509。

〔註180〕《通雅》，頁1491。

〔註181〕按：方以智在「翁雍」攝中註：「只有肱君二狀，端母無細狀，故以侷脣之冬泑當丁汀；精母無細狀，故以宗從當精清；知母真嗔，收變諄春，故以中冲與鍾衝分之。」（《通雅》，頁1512。）方以智會在有音無字的聲母下，說明此列聲狀，於「翁雍」攝則在細音處表示ⓔ，即表示此狀屬細音。另有ⓨ是代表叶音：「《中原》、《洪武》收為一韻是也，兄崩肱朋收此，亦可叶庚。江如工、降如烘，則收此，否則入陽。」（《通雅》，頁1513。）即是說明部分音讀的古今異音，因此他用□展示之。此即〈新譜〉中○、□之別。

〔註182〕《通雅》，頁1512。

歡桓、寒山、先天三韻爲三元韻，相對即侵尋、廉纖、監咸稱三閉韻〔註183〕，二者在「十二統」中除去「開閉撮穿」即相并爲一，顯見聲音相近。其密切的關係不只是主要元音的相同，韻中結構亦有著緊密的聯繫：「侵咸尾閉固逼狹矣，而歡山轉元亦逼狹也。」〔註184〕說明二者在結構上都因爲音近而并合韻字的情形，因此〈新譜〉註曰：「古南、耽、鐔皆與侵、心同叶，今取譖、南，恰應歡桓。若讀堪、三、藍、談，則叶咸韻。」〔註185〕除了表示它們在〈旋韻圖〉中的對應原理，並說明之間的相應關係，是以晚年所作的《四韻定本》，於後補充三元、三閉的相承情形，曰：

> 自侵尋爲眞文、庚青之尾閉，謂之心韻。而甘南乃爲歡桓之尾閉，監咸乃爲寒山之尾閉，廉纖乃爲先天之尾閉。故入聲緝合、葉洽應之，讀合葉洽則緝以應侵，而合、葉止兩韻耳。可悟音暗、淹咸兩攝兼應之故。〔註186〕

方以智以爲眞文、庚青屬春秋均平的相對韻攝，從語音分析的角度說明即是主要元音相同，於〈十二開合說〉中分別屬於撮口與升鼻之音，而侵尋爲二者之尾閉，三者之異在鼻音韻尾的不同，則其主要元音亦屬相同。求之音唵攝中又有音唵二韻，其「唵」之甘譖南即是應於歡桓之閉韻、眞文則對與「音」韻，是以成三元三閉之相應，則三閉之中當有四韻，亦與韻收舌尖鼻音之四韻相對，於此《四韻定本》又有解釋：「《中原》合覃與咸，故一例呼耳。不見寒、干、丹、難、潘、盤、搬、班之有兩類聲韻乎？彼分攝而此合之，韻閉故也。」〔註187〕方以智從兩者音韻關係闡述相合的理由，雖然〈旋韻圖〉

〔註183〕 按：依照方以智的規劃，三元韻是採《中原音韻》的系統，其代表字剜灣圖，即爲歡桓、寒山、先天三個韻，所對應的三閉韻乃侵尋、廉纖、監咸。然而侵尋是對應眞文而設，韻中包含音唵兩類，是此「唵」乃剜之歡元的對韻。故以方便言，三閉韻雖取侵尋爲韻，但其實只是韻中之唵。但若以十二統論之，則眞青、煙元、寒灣正是三元三閉之統。而時音的角度，歡桓與寒山相并，則三元即眞文、歡桓_{寒山}、先天，正對侵尋、廉纖、監咸之三閉。

〔註184〕 《通雅》，頁 1509。按：「歡山轉元亦逼狹也」，故《四韻定本》只作十五攝，將歡桓與寒山合併，「十二統」亦是相并只作「寒灣」。

〔註185〕 《通雅》，頁 1496。

〔註186〕 轉引自〈四韻定本的入聲及其與廣韻的比較〉，頁 183。

〔註187〕 轉引自〈四韻定本的入聲及其與廣韻的比較〉，頁 183。

仍分立「寒山」攝與「桓歡」攝，但在十二統中只作「寒灣」，即是去除「開閉攝穿」，在晚期的音學總結《四韻定本》中，方氏音韻統整後的結果是將寒山併入歡安而作十五攝，更證明《四韻定本》的十五攝系統所反映的是他審音後的時音觀，是更爲減少《中原音韻》的影響，因此就算沿用周德清的韻名，他仍屬意保存語音實錄，並兼容其音韻思想，故曰：「挺齋名侵尋以配例，《正韻》爲侵、寢、沁、緝。智定爲音譜攝，而仍還獨韻，以示閉尾之始。」〔註188〕晚年的《四韻定本》修正了等韻創作〈切韻聲原〉中難以融貫全篇的論述與形式，而以韻書呈現之，他更從十六攝的體系調整成十五攝，使寒山併入歡安，而可以讓相對應的情況更加緊密，並完整其音學體系。

四、音聲之總和

方以智在〈旋韻圖〉中的順序安排是以開合翕闢的張閉程度爲基準，韻尾的性質並不是首要考量。但是在〈旋韻圖說〉中，他仍特別強調韻尾餘聲的觀念，且分別說明元音韻尾的五個餘聲，以及提到所有的陽聲韻尾都總歸於◎，其文曰：

> 約統于六餘聲，◎恩翁切，喉中折攝也，自心音唵過，轉吽，爲噁阿之總。⑪⑫阿邪牙皆統于◎，而◎亦與五者分用。皆折攝臍鼻之音也，烏阿之餘聲即本聲，支開之餘聲爲⑫，邪哇之餘聲爲邪牙，燻謳之餘聲爲⑪，其餘則皆◎矣。
>
> 〔註189〕

◎於人體器官中稱折攝中輪，在聲母上作爲喉塞音使用，於韻尾則是所有輔音韻尾的代表。從氣流到形成聲音而爲人所聽聞的整體過程，都有◎作用於其間，是一切聲音的總集合。方以智用外圈○比作餘聲，⑪⑫阿邪牙即是取烏意阿邪牙之韻尾餘聲。此條之後所附〈四正四隅圖〉，即是從韻尾的角度分析〈旋韻圖〉的結構，一切陽聲總歸於◎、一切音聲總歸於◎，方以智並以之比擬爲《易》之太極、八卦，與四時共循環，同四季共輪轉。

在聲母上，◎則作喉塞音，五行屬宮，而方以智又認爲「五音皆宮」，故聲音皆發於◎，且發送收之收聲亦屬喉，顯示◎可以兼容聲母與韻母的特性，則作語言之源可知也，故方氏強調其作用曰：「聲氣不壞，風力自轉；五音皆

宮，五行皆土，臍鼻折攝爲◎，而疑泥明心皆喉，是其端矣。」〔註190〕方氏以◎爲所有音聲的總和，因此認爲◎的作用如《易》之陰陽，是日用而不知，是聲、是韻、是呼吸、是發音的根本。因此聲音與《易》相比，即二即一，故又論之：「一極參兩，而律曆符之。呼吸之身，不必以數而後用。然天地生人，適此秩序，《易》豈窮天下之物以合數而後作哉？」〔註191〕方以智認爲聲音◎與《易》是一物之變現，因此有著各種不同的面貌，而可以通過律曆、象數等面貌呈現，故最末論之，曰：

> 知聲數同原，則《易》律曆不相離也明矣。……姑以二十母乘三十
> 六韻，爲七百二十。五聲乘爲三千六百矣。二十四母乘三十六韻，
> 爲八百六十四，以五聲乘爲四千三百二十，以五聲輕重乘爲八千六
> 百四十，則與貞悔爻、具爻、通期、甲子會矣。〔註192〕

方以智論音韻，與《易》、象數、律曆的關係密不可分，他將音學和這些學術內容相互結合，企圖通過聲音，整合人在天地間的定位，因此他提出「聲數同原」的概念，肯定聲音對瞭解世界的幫助。因此他對聲音的認識，不只是單純的聲音而已，更是溝通世界的仲介，進而成爲體察世界脈動的工具，其效果可以與方家祖傳的《易》學作連結，更可以上推至邵雍的學說，而成爲研究象數《易》學的學術根基。

第六節　結　語

在研讀方以智的音學著作後，可以發現方氏在《通雅‧切韻聲原》中所建立的音韻內容是複雜的。從體例上說，他的論述不只針對當時的語音現象，於〈韻考〉一節論及古今音韻，所記載的語音跨越千百年之久，並陳述他自身音學研究所受到的影響，則其音學源流非只有一人一家之說，乃包含著古今中外的音韻學說。從思想的層面而言，他的音學術語來源廣泛，既採用《易》學研究者邵雍、陳藎謨之說，又有佛教悉曇學的論述內涵，兼及利瑪竇、金尼閣的西方拼音，使得他的音學面貌顯露東西合璧的思想層次，這些內容構

〔註190〕《通雅》，頁1513。

〔註191〕《通雅》，頁1514。

〔註192〕《通雅》，頁1514。

成〈切韻聲原〉最主要的素材來源，因而讓方氏的音學帶有各家學說之色彩。據今研究，可以得以下數點，說明方氏音學理論之特色。

一、體例謹嚴，以成一家之說：方以智在〈切韻聲原〉中，分門別類作數項以闡述他的音學理念，從聲音之所由，至灌輸其音《易》思想的〈旋韻圖〉，先後辨析古今等韻著作之設計，而後提出「以《正韻》爲宗」的觀念，奠定他的韻學理念。其中所論聲、韻、調均有個人主張，非唯遵守古人之議，所作〈新譜〉、〈旋韻圖〉，即展現他的「折衷（中）」思想，既在呈現時音，又能不廢古音的「遵古用今」之研究方法，因此他祖《中原》、尊《洪武》，而用今音。在〈旋韻圖〉中以周德清十九韻爲代表，並多次說明其韻學淵源於《洪武正韻》，「各土各時有宜，貴知其故，依然從之，故以《洪武正韻》之稱謂爲概」〔註193〕，可見他在遠近兩者間的承傳。主張以「發送收」統二十母、定十六攝、三十六韻、立「開哤平、承噹平、轉上、縱去、合入」五調，更是發前人所未有，其成果乃是參古酌今的音學表現。

二、考古決今，駁辨音韻之正：方以智之作《通雅》，其旨本在考古決今，而〈切韻聲原〉辨古今音韻，意在通神明、定音和，去門法之非，正音韻之叶〔註194〕。因此方氏考察各地方言、歷代語音，專以《正韻》雅音爲宗，故曰：「愚者徧考經籍，證出歷代之方言，始知其所以訛，所以通耳。音定塡字，倫論不淸，豈人力哉？今日定序《正韻》，爲萬世宗。」〔註195〕方以智既承襲於此，而後通過考證古今音韻，以建立新的音韻體系，於是他研議增母之辯，制訂以二十母爲準的聲母系統；定迸狀、明逼狹，務求聲韻之音和；論字韻、考叶音，折衷古今音韻之異；究開合、察洪細，細索前人所粗分。所作《通雅・切韻聲原》正在發前人所未明，制訂中土新聲，以啓初學之蒙昧，務使天下共知此不可移易之新法。

三、參天兩地，折衷音《易》關係：方家學術專主《易》學，融合到音

〔註193〕《通雅》，頁1471。

〔註194〕按：方中履《古今釋疑》說明方以智音學著作的用意，曰：「聲音之道，通於神明，如欲深求，當從《河》、《洛》律曆，推見原委。……今〈切韻聲原〉專定同類音和者，求其至親切，爲一定不可移之法，則天下共知。倘欲考質古人，則便以新例辨證之。」（《古今釋疑》，頁428。）是故據此而可以統整成文中四項內容。

〔註195〕《通雅》，頁37。

韻上，則有方以智以韻解字、以聲知卦的音《易》論，是以專立《易》學的著作《周易時論》中亦有考究音韻之說。在〈切韻聲原・旋韻圖〉之以開合排列，方以智配應春夏秋冬；十六攝的先後順序，可徵貫以八卦律呂、時辰方位；七聲、五調之說，既配五行，兼以六爻，是合象數律曆，以成方氏音《易》合一之思想。他通過〈旋韻〉圓圖的安排，呈現他對天地宇宙的認識，而論曰：「天地成壞一輪，一年一輪，一日一輪，一時一輪，則一呼吸、元其元矣，何訝開承轉縱合不應天地之輪哉？」〔註196〕在方以智的認識裡，「聲數同原，則《易》律曆不相離也明矣」〔註197〕，因此萬事萬物莫不可以通過聲音體認天地造化之幾，藉由黃鍾律呂以驗象數之用，而這些都可以從〈旋韻圖〉中考索求得，所以方氏在〈切韻聲原〉裡所揭示的不僅是音學原理，還有他音《易》相合的主張，並藉由二者闡發他對事物發展的理念。

四、遍考古今，證音系之非一：雖然方以智自認音系的設定是以《洪武正韻》爲準，而《正韻》的審音原則是「壹以中原雅音爲定」〔註198〕，但是「《洪武正韻》改沈約矣，而各字切響，尚襲舊註」〔註199〕，顯示宋濂所著音系已有南北相混的現象，且方氏〈旋韻〉等處多參酌周德清《中原音韻》，如果以二者分別屬於南北音系的基礎，則方氏所建立的音系必然兼含南北音韻之大要。而〈新譜〉的內容又反映出方以智兼顧古今音讀的證明，以及部分的方言語音，因此方氏所建立於《通雅・切韻聲原》的音系，絕不只是一人一時一地的語音現象，更多的是融合「南北是非，古今通塞」的語音體系。所以他對金尼閣《西儒耳目資》的吸收，顯示接受西方學者研究下的中國語音。因此語音角度下的「十六攝」、「三十六韻」、「十二統」，不僅僅是古今中外對中國語音分析研究的總和，更是他尊古用今的思想體現。對所採用的《洪武正韻》音系，不只是符合其心目當中的「中原雅音」，也展現他忠於明朝政府的愛國之心。

〔註196〕《通雅》，頁 1514。

〔註197〕《通雅》，頁 1514。

〔註198〕明・樂韶鳳、宋濂等：《洪武正韻》（《四庫全書》第 239 冊，臺北：臺灣商務印書館，1970 年），頁 4。

〔註199〕《通雅》，頁 1472。

　　方以智早年的音學論述主要建立在〈切韻聲原〉之中，而《通雅》與《周易時論圖象幾表》則有分散的幾條音韻學說，從中可以見識到方氏的音學與象數、《易》是分不開的。但是在形式上，只有〈新譜〉與〈旋韻圖〉屬於專門的等韻著作，其他解說則是展現其音學思想。晚年所作《四韻定本》，以韻書的編排方式，作爲方以智的韻學總結，在韻書的形式下又有案語以呈現語音的歷史發展，藉以顯現方氏的音《易》思想。雖然兩部作品著作時間相去十數年，於整體語音體系卻未相隔太多，聲母二十、五調，十六攝之併寒山入歡安爲十五攝，這在〈新譜〉中也已顯露跡象，因此研究《通雅·切韻聲原》所得到的音學體系，即是方以智的音學面貌。唯音韻學說既成，而方氏所採體系，諸家解釋不一，今當試析其中音韻結構，而可以知方氏所述音韻之定位。

第六章　《通雅‧切韻聲原》音系性質研究

　　前輩學者研究方以智音學體系，有趙蔭棠與林平和持「北音說」，以爲所記乃北方音系者。黃學堂解析〈切韻聲原‧新譜〉後，主張內容記載屬官話音系兼含讀書音。從方言音的角度詮釋者，有孫宜志以爲〈切韻聲原〉屬桐城方音，另楊軍與王曦從《四韻定本》的例外字音，求得方氏之方言音乃安徽樅陽縣浮山鎮的語音存留。另有從十二統研究方氏音學者，認爲音系混雜各地語音，非只有一地之說。

　　考方以智之說音韻，其自道承襲於《中原音韻》與《洪武正韻》，此觀點可在《通雅》各篇中求得，則其語音上的尊古用今、「祖《中原》、遵《洪武》」的音學體系於斯呈現。只是方氏距元末明初有三百年之久，語音內容不可能沒有發生變化，且挺齋、宋濂之說，音系已然不同，因此判定方以智音學體系，猶需還原明末清初時空背景，以及方氏音學之源流傳承，當可以得其體系之正。爲證明其音韻學說先後之異同，則先述《通雅》音說與《四韻定本》的關係，證密之前後期音學之同異，於此乃得方氏所持音學整體之音系性質。

第一節　《通雅》音說與《四韻定本》

壹　《四韻定本》與〈切韻聲原〉之關係

　　方以智音學作品中，斐然成章者首推〈切韻聲原〉，其他相關論述則散見於《通雅》各卷之中。然方氏晚年韻書著有《四韻定本》，惜未出刊，僅安徽博物館藏有方以智六世孫方寶仁手抄本。究其全名本爲《四韻定本正叶》，「四韻」之稱取自〈音韻通別不紊說〉，其中說道：「旋韻以中、和、均、平之聲音爲四正，支、灣、放、閉爲四隅，倫論森然。」〔註1〕則四韻即是四正與四隅之總稱，而「定本」之意正在將此作品視爲其音學研究之總成，故成書在方氏晚年。

　　考方以智的其他著述，不見論及《四韻定本》者，尤其〈切韻聲原〉的性質與之相近，然所述亦不及此，則兩作先後亦可知也。此外，《四韻定本‧凡例》錄有〈旋韻圖說〉，並於文中說明其創作時間，其文曰：

> 宓山愚者向約等母，列〈旋韻圖〉。崇禎戊寅（1638年），舍弟直之已刻于《稽古堂韻正》之首矣。因經史謠諺，證出往古方言，而決門法聚訟之疑。因邵子、一行，而悟一切皆在圓圖中，故〈旋韻〉以配之。〔註2〕

據此即見方以智音學的前後關係。尤其究《通雅》之設，內容所誌有遊歷閩粵之間，實乃方氏流寓嶺南之事，其時當在順治九年（1652年）以後，而《通雅》計畫出版在康熙元年（1662年），其間或有補充，卻無一言及《四韻定本》，是《四韻定本》成書時間當在康熙元年之後，於方氏粵難辭世之康熙十年前（1671年）。

　　觀察《四韻定本》的內容，封面和魚口作「四韻定本」，正文則稱「四韻定本正叶」。全書分爲上下兩卷，卷首有〈四韻定本正叶‧凡例〉、〈四韻定本正叶‧約式〉，卷末有後人附錄的〈正叶韻卷上參考〉和〈正叶韻卷下參考〉。

〔註1〕明‧方以智著，侯外廬主編：《方以智全書‧通雅》（上海：上海古籍出版社，1988年），頁24。

〔註2〕轉引自王松木：〈知源盡變——論方以智《切韻聲原》及其音學思想〉，《文與哲》第21期，2012年，頁320。

〔註3〕其中結構形式類於韻書。韻依《中原音韻》十九部，順序與〈旋韻圖〉排列相同，另又如〈切韻聲原〉設有韻攝，為原十六攝併灣閑與歡安作桓安為十五。今將《四韻定本》所作十九韻與十五攝分列於下表，並與《中原音韻》、〈切韻聲原〉相較，以明其中區別，其順序按照《四韻定本》的排列，以示主從，當中不同處，以粗體標明，作「《四韻定本》與〈切韻聲原〉韻攝對照表」。

表四十七：《四韻定本》與〈切韻聲原〉韻攝對照表

《四韻定本》十九部	《中原音韻》十九韻〔註4〕	《四韻定本》十五攝〔註5〕	〈切韻聲原〉十六攝三十六韻	十二統（柴氏所傳《朱子譜》）
東鍾	東鍾／東逢	翁雍	翁雍翁雍	翁逢（翁從；綳）
魚模	魚模／迂模	嗚于	烏于烏于	余吾（于吾；逋）
齊微	齊微／淒微	嘻支 隁挨	噫支 透分尸 隁挨隁挨	爲支（逯支；陂）
支思	支思／支詞			
皆來	皆來／皆來			懷開（隁開；牌）
眞文	眞文／眞文	溫恩	昷恩黑申魂	眞青（溫清；賓崩）
歡桓	歡桓／歡桓	桓安	歡安歡安	寒灣（歡灣；班）
寒山	寒山／山寒		灣閑灣閑	同寒灣
先田	先天／先元	淵煙	淵煙淵煙	煙元（煙元；鞭）
歌何	歌戈／歌摩	阿何 哇耶	呵阿呵阿 呀揶呀揶	歌阿（阿摩；波）
家麻	家麻／家麻			耶哇（哇邪；巴）
遮車	車遮／車蛇			
江陽	江陽／江陽	央汪	央汪央汪窗	陽光（汪陽；邦）
庚青	庚青／庚廷	亨青	亨青亨青肱	同眞青
蕭豪	蕭豪／蕭豪	爊夭	爊夭爊夭	蕭豪（爊蕭；包）
尤侯	尤侯／幽侯	謳幽	謳幽謳幽	尤侯（謳侯；彪）

〔註3〕楊軍、王曦：〈四韻定本見曉組細音讀同知照組現象考察〉，《東方語言學》2014年01期，頁106。

〔註4〕按：方以智另有爲《中原音韻》新設韻目名稱與順序，今先列周德清所定，後陳方氏之說，可以見兩者區別。而方氏更改周德清韻目名稱者，以粗體字標注之。

〔註5〕按：以下欄位格式不一，即依照《四韻定本》與〈切韻聲原〉的韻攝相比，如名稱不同者，以黑體置中，以示區別。右側〈切韻聲原〉欄位設計亦然，故不另加註。

侵尋	侵尋／侵尋	音韽	音崦音崦	同眞青
廉纖	廉纖／尖廉	淹咸	淹咸淹咸	
監咸	監咸／監咸			同寒灣

　　表中可以發現，《四韻定本》的韻目設計與〈切韻聲原〉相去不遠，二者皆宗祖《中原音韻》，只是將十六攝的寒山併入桓歡，不過這現象在〈切韻聲原〉裡已現蹤跡，即〈新譜〉歡安攝開口呼與灣閑攝的韻字多重複，是故方以智最終將兩攝相合。時建國在研究〈切韻聲原〉時，以爲元明之際[uɔn]與[uan]的對立已然消失，因此方氏在十六攝裡雖保有此二者的分立，但是在十二統中即併合之〔註6〕，所以後來《四韻定本》的合併也是反映出這樣的語音現象。各韻之中的體例是先依陰平咥、陽平嘡、上、去、入分別聲調，各調之下再以「重粗呼」（翁）、「輕細呼」（闍）劃分韻類，即似〈新譜〉烏于攝所謂重合呼、輕侷呼的分類方式。

　　察《四韻定本》的形式是各韻依照聲母次序排列小韻，其順序亦依照〈切韻聲原〉「宮倡商和」，彼此之間用「○」分開，較特別的是〈切韻聲原〉中的清母，在《四韻定本》作從母，一如〈簡法二十字〉作「從清」，但明顯可見濁音清化的跡象。中古從母至明代變成平聲與清母混、仄聲與精母并，而疑母部分變成零聲母、少部分變作泥母字，總計二十聲母，與方以智推尊之〈早梅詩〉相同。聲類下有字則列字與反切、直音、標明聲調等音注的內容。大致呈現的音韻特色是顎化音尚未出現，是以見組與精組在細音前仍不混，微母依然獨立爲唇齒濁擦音，影、喻與疑的一部分合流爲零聲母，疑母的一部分細音與泥母合流，全濁塞音、塞擦音聲母按平聲送氣、仄聲不送氣分別與同部位塞音、塞擦音聲母合流。〔註7〕

　　入聲的部分，據楊軍所示，《四韻定本》的入聲分別歸在東鍾、齊微、皆來、先田、歌何、庚青、侵尋、廉纖、監咸九個韻部，已突破傳統韻書陽入相配的組合。而考之〈切韻聲原・新譜〉，可以發現十六攝的入聲亦多有重複，約可分爲「翁雍、烏于、謳幽」；「噎支、昷恩」；「限挨、灣閑、呀揶、央汪」；

〔註6〕 時建國：〈切韻聲源研究〉，《音韻論叢》，2004 年，頁 459。

〔註7〕 楊軍：〈四韻定本的入聲及其與廣韻的比較〉，《中國音韻學》，南昌：江西人民出版社，2010 年，頁 173。

「歡安、呵阿、爣夭」；「淵煙」；「亨青」；「音唵」；「淹咸」〔註8〕，共爲八組。兩者差別在《四韻定本》的廉纖、監咸各自獨立，而〈新譜〉只收在淹咸攝裡。雖然前後兩部著作在入聲分配上多有異同，但可以發現入聲韻與陰聲韻相配，縱使部分只與陽聲韻相配。但卻也可以發現中古[-t]、[-k]韻尾已逐漸合流，甚至有些恐怕已經失去韻尾塞音。不過[-p]韻尾尚保持完好之獨立，而與陽聲韻[-m]尾韻相應〔註9〕，這樣的現象和〈新譜〉韻攝的字例安排一致，亦符合邵雍《皇極經世·聲音唱和圖》的入聲配置，並也是《四聲等子》、《切韻指掌圖》、《經史正音切韻指南》三部宋元韻圖的一貫現象。

就編輯特色而言，《四韻定本》基於韻書形式，其中列有相當多的反切資料，楊軍以爲多是根據時音所創，又在小韻中收錄若干同音字。方以智另設按語說明列韻、設字、定音的原因，清楚地表達了方氏對過往韻書韻字分合的看法，與自己設計韻目的理由，並闡述該韻特點的分析與總結，據此作爲當時代的語音資料，而能夠輔助研究明末清初的語音系統，以及分析古今音韻的演變。楊軍就是利用這些資料，研究《四韻定本》的入聲韻，證明入聲調因著聲母的清濁而有「起伏」的差異，於是通過音理的認知，判定入聲的起伏與調值的高低有關。

考察方以智的兩部音學著作的內容，可以發現《四韻定本》和〈切韻聲原〉的音韻體系差距極小，只是在資料的陳列上，《四韻定本》的呈現較爲完整，非如〈切韻聲原〉在音學中又帶有《易》理、象數、律曆之學。而且《四韻定本》錄有方氏自製切語，與研究語音後所作按語，更便利於考察方以智定音立韻的思想脈絡。只是《四韻定本》乃晚近才爲人發現，所以相關研究仍有待學者進一步挖掘以確立其價值。今日所見論題乃由楊軍所主持，有〈四韻定本的入聲及其與廣韻的比較〉與〈四韻定本見曉組細音讀同知照組現象考察〉二文，待出版本完成，定可吸引更多研究者投入方以智的音學研究。

貳 《四韻定本》音說之《通雅》溯源

考方以智的音韻學主要組成在〈切韻聲原〉與《通雅》各篇的案語中，今

〔註8〕 按：《四韻定本》的入聲雖然只在九個韻中出現，但是在韻攝的安排上，仍然有著數韻同一入的現象，內容亦與〈新譜〉相近，此論證將待後文詳述之。

〔註9〕 〈四韻定本的入聲及其與廣韻的比較〉，頁173。

人研究方氏音學多以此二者爲主。安徽博物館藏有《四韻定本》手抄本，主要研究者爲楊軍教授。這三個部分組成了方氏音學的全貌，其他《周易時論圖象幾表》之說，內容僅是排序不同，實不離《通雅》所述。然《四韻定本》僅知其形式，未能明察其說，雖有數篇研究，亦僅可以窺知其中大概，而不能見原本面貌。是故究方氏音學，仍須依於《通雅》紀錄，然《四韻定本》，亦是方氏音學代表，今將研究者所列一一檢出，以與《通雅》之音韻學說相較，探求二者所代表的方氏前後期音學異同，作「《四韻定本》與《通雅》音說內文對照表」，並考較其中差異。〔註10〕

表四十八：《四韻定本》與《通雅》音說內文對照表

《四韻定本》	《通雅》音說溯源
古時南、耽、簪、鐔皆與侵韻同叶，今取甘、諳、酣、南，恰應歡桓韻。若讀堪、三、藍、談，則叶咸韻。	古南、耽、鐔皆與侵、心同叶，今取諳、南，恰應歡桓。若讀堪、三、藍、談，則叶咸韻。（頁1496）
自侵尋爲眞文、庚青之尾閉，謂之心韻。而甘南乃爲歡桓之尾閉，監咸乃寒山之尾閉，廉纖乃先天之尾閉。故入聲組合、葉洽應之，讀合叶洽則緝以應侵，而合、葉止兩韻耳。可悟音喑、淹咸兩攝兼應之故。	上之剜灣圓與尾閉相應，而侵爲閉首，即爲收終。……故曰：「三元應三閉，而外中內三聲，分三韻以交收其音，此一輪論倫之表也。東西爲春秋平分之門庭，南北爲中和圓通之公用。旋而論之，引觸頗微。」（頁1512）
宓山愚者向約等母，列〈旋韻圖〉。崇禎戊寅（1638年），舍弟直之已刻于《稽古堂韻正》之首矣。因經史謠諺，證出往古方言，而決門法聚訟之疑。因邵子、一行，而悟一切皆在圓圖中，故旋韻以配之。	同聲易簡，惟是音和；門法支離，乃不達前人方言而附會者耳。詳見《等切聲原》。（頁54）

此內外八轉，以《洪武正韻》酌陳礦菴三十六旋，本《易》、邵、一行。（頁1506） |
| 挺齋謂平聲有陰陽，上、去無陰陽，入則散入三聲矣。智謂：「上爲陰，去爲 | 仄聲直而入聲斂，足驗字頭。平聲則有餘聲，發喉收喉，皆其用也。 |

〔註10〕 表中所引用《四韻定本》之正文，乃摘自楊軍：〈四韻定本的入聲及其與廣韻的比較〉，《中國音韻學》，南昌：江西人民出版社，2010年，頁172～182。以及王松木：〈知源盡變——論方以智切韻聲原及其音學思想〉，《文與哲》第21期，2012年，頁285～350，故不再另外註明出處。而《通雅》之說於每則後標明頁碼，以供參考。（《通雅》頁碼見侯外廬主編：《方以智全書·通雅》，上海：上海古籍出版社，1988年。）

陽可也。入聲如福與服、束與熟、博與薄，俱微有別，非若絕與節以撮別，發與法以韻別也，其入之陰陽乎？方言難各處轉習，然方言亦一理也。入聲之韻斂少而字頭無餘音，以之取證，自宜辨定，又挺齋所未嘗細論者。楊用賓座師曰：『北方入聲雖似派入三聲，而寔歷歷有入聲也。』茲故於首攝之，尾及之。」	（頁30。按：是方中通記方以智所述，亦可以爲方氏論音學之旨。） 《中原音韻》，高安周德清著，……其平聲分陰、陽，前所未發也；入聲派入三聲者，廣其韻耳。張萱謂之「北雅」。智謂：「北人未嘗無入聲也。《洪武正韻》，宋濂、王僎、趙壎、孫蕡等定正，本高安而存入聲。」（頁53）
眞、文、元、庚、青、蒸、侵韻最廣，狀最備。今樂曲守此，以論內外中聲。中者，鼻音也。字無不引臍輪轉鼻輪者，而庚、青、蒸獨𠲿𠲿鼻腭間爲最顯，故無分、文縫脣及撮口、穿齒之字，合眞文則歷歷鏗鏗矣。故曰：「眞文、庚青可以表春秋均平之度焉。」	專取眞、文、恩、庚、青、蒸、侵之韻而帖切諸母，以其字多而聲狀皆備，無迫迮窘紐之苦。（頁1479） 此（庚青蒸）與眞文殊者，彼以穿齊輕脣混撮，此升鼻爲用也。（頁1493） 眞文而與升鼻之庚廷相對，爲春秋平分矣。（頁1508）
挺齋名侵尋以配例，《正韻》爲侵、寢、沁、緝。智定爲音諳攝，而仍還獨韻，以示閉尾之始。	侵爲閉首，即爲收終。（頁1512）
以六位配之，亦一端幾也。哐平爲陰，喤平爲陽；上聲爲陰，去聲爲陽；入之伏聲在中爲陰，發聲出外爲陽。如伏與復、直與質、敵與的、決與節、罰與發、食與市、昨與作、集與輯之類是也。此處最微，言語隨人，亦無所害。然在審音格物者，不可不知。	平聲以哐喤爲陰陽，上去亦一陰陽也；入聲有起有伏，亦一陰陽也，是應六爻。脣齒腭舌喉鼻亦應六爻。如云「符府付復」之類是也。以四字唱則云「夫府付伏」，「符府付復」。（頁1514）
沈之錫韻與質韻皆細聲時，錫韻多的、歷之音。脣亦輕點而質有縮舌勢耳。若百、陌、格、責，自成一格，與錫、歷異。《正韻》反合爲一，何耶？智按：「粗呼則成百、格一類，細呼則成壁、滴一類。庚、梗、亘、格，丁、頂、訂、滴，故爲庚青之入聲。如欲細分，定從〈譜〉取。」	《通雅》無。不過〈新譜〉在設計上，於亨青攝中，有粗呼、細呼之不同，因而各別分屬一格。故方以智最後說「如欲細分，定從〈譜〉取」，當是要從〈新譜〉中求知。
既取覺韻與陌韻之莫、索、拍以入藥韻，而《正韻》猶守孫切，此其未決也。以中原、江淮、楚聲讀，則曷韻之褐、末、括、撥字，陌韻之獲、虢字皆可彙矣。	《通雅》無。此條說明入聲韻尾[-t]、[-k]有相混的情況。

《正韻》十葉仍沈之舊，江淮、楚讀月、闕、陌、白、色、默、葉俱叶屑，但叶閉口細呼耳。	《通雅》無。此條說明入聲韻尾[-t]、[-k]相混的情況，而[-p]雖存，亦漸混入其中。
《中原》合覃與咸，故一例呼耳。不見寒、干、丹、難、潘、盤、搬、班之有兩類聲韻乎？彼分攝而此合之，韻閉故也。	《通雅》無。然〈切韻聲原〉三元三閉的變化，正可以說明韻攝分合的流變，從歡桓、寒山、先天應侵尋、廉纖、監咸，而改成真文、歡桓寒山、先天對侵尋、廉纖、監咸。

由於《四韻定本》是韻書的形式，因此字例較〈切韻聲原・新譜〉豐富。此外在收字之餘，作者會以案語的方式在註解中摻入自身的音韻思想，用來闡述對音韻發展的見解。從三篇收錄《四韻定本》文句的論文中，三位作者所引用的語句，相同的概念皆可以在〈切韻聲原〉中發現，因此能夠證明方以智對語音的認識，並沒有因為創作時間相去十餘年，而產生巨大的差異。雖然在韻攝的安排上，前後期分別作「十六攝」與「十五攝」，但這之間的區分在於「歡桓」與「寒山」之分合，而這分合的情形在〈新譜〉中已現出雛形，在「是以韻自全叶，而呼時析之」〔註11〕的「十二統」中已然統一。兩攝雖在〈切韻聲原〉分立，但在韻字的安排卻有很大程度的重複，因此時建國論之曰：

> 第六圖歡安攝開口呼韻字與第七攝灣閑攝韻字多有重出，可知元明
> 之際原[uɔn]、[uan]的對立已經消失，反映共同口語系統的十二統，
> 把十六攝中的歡安與灣閑合併為寒灣就是證據。〔註12〕

時建國依開口程度的不同解析兩攝的語音差異，雖然是就十二統與〈旋韻圖〉為觀察對象，但這分合的情形也確實展現在《四韻定本》裡。這正說明了兩部作品的韻部有分合的差異，卻也不是憑空生成，無例可循的現象。

　　觀察《四韻定本》的引文，可以發現它與〈切韻聲原〉對語音的認知並無二致，再從後人的研究成果考察兩者於聲韻調的異同，得知《四韻定本》和〈切韻聲原〉都採用二十聲母，且順序相同，則聲母內容並無可疑。《四韻定本》的聲調同〈切韻聲原〉之說，作陰哐、陽喤、上、去、入五調，入聲雖有起伏為陰陽，但不另外分調，故聲調只作五種。較大的差異顯現在韻上，

〔註11〕《通雅》，頁1511。

〔註12〕時建國：〈切韻聲源研究〉，《音韻論叢》，2004年，頁459。

《四韻定本》沿用《中原音韻》之十九種韻部而整并作十五攝，〈切韻聲原·新譜〉則從十九韻減省而設置十六圖以應對十六攝。爲顯前後兩作音系概況，今作「《四韻定本》、〈切韻聲原〉音韻對照表」〔註13〕，用以闡明兩者語音關係之分合。

表四十九：《四韻定本》、〈切韻聲原〉音韻對照表

	〈切韻聲原〉	《四韻定本》
聲調	平聲分陰陽哐嚜、全濁上聲變去聲、入聲承陰陽。總共作陰陽上去入五個調。	平聲分陰陽哐嚜、入聲承陰陽。總共作陰陽上去入五個調。
聲母	聲母二十。全濁聲母清化，濁塞、塞擦音聲母多按平聲送氣、仄聲不送氣的情形，分別與同部位塞音、塞擦音聲母合流。非敷奉合一作夫母、知莊照三系合流、喻爲影疑零聲母化、腭化音尚未出現、微母[v-]獨立。	全濁聲母清化，濁塞、塞擦音聲母按平聲送氣、仄聲不送氣的情形，分別與同部位塞音、塞擦音聲母合流；影、云、以與疑的一部分合流爲零聲母，疑母的一部分細音與泥母合流；見組與精組在細音前不混，則顎化音尚不顯著；微母獨立爲唇齒濁擦音。
韻母	入聲兼配陰陽，顯示部分轉作[-ʔ]，然音唵、淹咸之入聲依舊獨立。探十六攝，其中歡安、灣閒二攝分立。	入聲部分兼配陰陽。中古[-t]、[-k]韻尾部分已合流，其中有些恐怕已經失去韻尾的塞音性質。但[-p]韻尾保持尚完好，並與陽聲韻[-m]尾韻相配。主探十五攝，合歡安、灣閒爲桓安。

因爲楊軍的創作並非專門研究《四韻定本》的音韻內容，是以在聲、韻、調上所得到的成果，只可得其大概而未見其精細處。然當中所作的分析，實和前人探究〈切韻聲原〉所得成果相去不遠，可證方氏音學前後期之一致，則研究〈切韻聲原〉亦同於自《四韻定本》中所獲取的成效。執此而得之聲、韻、調的結論，亦可謂方氏音學總成。

〔註13〕按下表〈切韻聲原〉之研究乃據黃學堂：《方以智切韻聲原研究》，高雄市，高雄師大國文所碩士論文，1989年，並摘錄自本文第六章的結論。《四韻定本》處則參酌兩篇文章：楊軍所作〈四韻定本的入聲及其與廣韻的比較〉，《中國音韻學》，南昌：江西人民出版社，2010年，頁172-182。以及楊軍、王曦二人合著：〈四韻定本見曉組細音讀同知照組現象考察〉，《東方語言學》2014年01期，106～111。至於〈切韻聲原〉的擬音則是採用本文研究成果。

第二節　方以智聲母說

音韻之學主從聲、韻、調著手，研究方以智音學亦從此入，主張時音聲母作二十，聲調為五音，於韻則有十六攝、三十六韻、十二統之別，所採取的觀點不同，而有相異的韻目數量。不過方氏探究聲母，自有其音學傳承，而以折衷思想貫通之，他以古聲母作三十六為宗，故〈切韻聲原〉聲母表列三十六字母，作增減之源，而後方有二十六至二十之說，其文曰：

> 聲音為微至之門，切韻乃字頭之端幾耳。……《華嚴大般若》用四十二，舍利用三十，珙、溫用三十六，以後或取二十四，或取二十一，今酌二十。此中自有不定而一定之妙，可顢頇乎？〔註14〕

方以智認為聲母是字音的起點，是故他配五行，以統括天地。西方宗教的四十二、三十，以及古聲母三十六字母並不符合方氏的語音習慣，因此他逐步減省作二十六、二十四、二十一、二十。為說明其聲母數量的變化，於下闡發方氏之說，以明其旨。

壹　「宮倡商和」之聲母順序

方以智在第一個聲母表中，於聲母順序主張從《四聲等子》的編排形式「腭舌脣齒喉」為序，而非《韻鏡》之脣舌牙齒喉為準，這樣的安排不只是音學著作的繼承，另外他又有音《易》相合的思想改造，體現了他以聲音配應世間萬物的音學理念，是以方氏言曰：

> 端、幫、精三列皆兩層，而見、曉二列止一層，故置兩頭。……首腭終喉列一層，舌、脣、齒列二層者，舌、齒相通，腭、脣、喉相通也。疑泥明心皆喉，其猶土旺四季乎？天一生水，三生木，五生土，三陽同類，故腭脣喉相通；地二生火，四生金，二陰同類，故舌齒相通，此概也。聲無非喉，而脣為總門，腭為中堂，故宜其近，齒為中門，舌為轉鍵，獨能出入靈動，與齒相切。來、日二變，實符襄應；來乃泥之餘，日乃禪孃之餘，此徵商之究宮也。徵商會于知，而宮角羽會于疑影微。脣司開閉，舌為心苗。沖氣輪于丹田，

〔註14〕《通雅》，頁 1472～1473。

而上竅于鼻，常用之氣畜于肺管。〔註15〕

端幫精等兩層為一組、見曉等一層為一組，故「首腭終喉」，自見至曉，顯現形式上的齊一。而腭脣喉和舌齒的個別相通，方以智以三陽、二陰的概念解釋之，「疑泥明心皆喉」則是中宮喉之土旺四季——春木、夏火、秋金、冬水，從循環的理念貫通其音學，足見方氏音學與《易》學的結合。據此他用五行、五方、五臟配列五聲，亦是此思想的融合。

聲母表中以「腭舌脣齒喉」為序，〈新譜〉則採「宮倡商和」的「脣腭喉舌齒」為準則。究方以智在「宮倡商和」的聲母排序時，除了《易》學為主的哲學影響之外，音學上的審音認知也主導著這樣的安排，方氏說道：「五音統于宮而備于商。人稱五音而曰宮商者，猶稱平上去入而止曰平仄也。」〔註16〕五音只取宮商，以簡馭繁之外，更有「宮商角徵羽止是宮商兩端，猶五行止是陰陽也。……凡音在脣腭中，皆謂之宮；音穿齒外，皆謂之商」〔註17〕之音《易》原理。方以智解釋「宮商」之旨，而延引入「宮倡」、「商和」。

考「宮倡」之音即是同類之「三陽」：「宮倡，羽角總曰宮——脣腭激喉在中為一類：幫滂明見溪疑曉夫微」。而「商和」的內容即是「二陰」同類：「商和，徵商總曰商——舌齒用喉穿外為一類：端透泥來精清心知穿審日」〔註18〕。方以智先揭宮商之理，而後標明〈新譜〉的二十聲母順序，這樣的排序方式是從發音部位所作的分類。尤其他已經意識到喉腭的發音部位相近，這是傳統等韻作品所未見的設計理念，卻符合音韻的發展原則，尤其喉牙聲母在古音中時常相通，民初章太炎〈古雙聲說〉始詳論之〔註19〕，方氏的安排乃上有所承，

〔註15〕 《通雅》，頁 1474。

〔註16〕 《通雅》，頁 904。

〔註17〕 《通雅》，頁 1481。

〔註18〕 此二條乃〈切母各狀表〉等表格中整理而得。見《通雅》，頁 1479～1482。

〔註19〕 按：章太炎〈古雙聲說〉有：「齊莊中正，為齒音雙聲，今音中在舌上，古音中在舌頭，疑于類隔。齒舌有時旁轉，錢君亦疏通之矣。……及夫喉牙二音，互有蛻化，募原相屬，先民或弗能宣究。證以聲類：『公』聲為翁為公，『工』聲為紅。……昔守溫、沈括、晁公武輩，喉牙二音，故已互易。韓道昭乃直云深喉淺喉。斯則喉牙不有異也。」（原文詳見章太炎：《國故論衡》，頁 28～32。）從古音的考證可以發現牙腭音與喉音在古聲母發音部位相近，故多相通。而後羅常培評之曰：「若以音理衡之，則『正

又能指引後來研究者一條可遵循的道路，也顯現出方氏過人的審音功夫。

此外，「商和」的內容為舌音和齒音，其合併原理固然一部分源於方以智的《易》學思想，其論五行與發音部位的關係為：「天一生水，三生木，五生土，三陽同類，故腭脣喉相通；地二生火，四生金，二陰同類，故舌齒相通。」這不僅說明了商和的聲母組成，也解釋了宮倡的《易》學根據。而「商和」中所顯現出的音學觀念，正是當時舌上音與正齒音的相混。方氏從古語中察覺到舌齒相混的情形，而有「舌齒常借」的認知，另外又有舌上音與舌頭音在古語中的混用，在方言語音裡則見識到齒頭音和正齒音的雜存，再加上知照兩組的語音在現實生活中已然不分的情況，因此他綜合三者，使之並立在「商和」之中，於是在排序上作舌音端系、齒音精系、舌齒音知穿審，隱然有舌音融齒音而成舌齒音的想法，因此方以智將知照二系相併，取知徹澄與照穿牀的融合，而作知穿二母，另外審禪則清化為審，故「知照第二層互用」只作「知穿審」，日母則隸屬在「禪孃之餘」，亦是舌齒一脈，即置於最末，而與舌音來母相對。此即方氏聲母相混與宮倡商和的排序關係。

貳 聲母之減省

方以智在聲母的變革上，將神珙、守溫所作，及《韻鏡》類等韻著作所採用的三十六字母逐步簡化，其中步驟即是依語音變遷所引發的全濁聲母清化現象，普遍的規律是濁塞音、塞擦音聲母按平聲送氣、仄聲不送氣的方式分別與同部位塞音、塞擦音聲母合流。這和《中原音韻》的全濁聲母發展一致，屬於北方官話的音系現象。但〈新譜〉中仍有著不少的例外，下表為「《通雅》全濁聲母非規律清化表」，用以呈現濁音清化的例外現象：

表五十：《通雅》全濁聲母非規律清化表

字　　例	《廣韻》聲、調	〈新譜〉聲、調
孛、雹	並母入聲	滂母入聲
弁、畔	並母去聲	滂母去聲

紐』、『旁紐』部位相同，『喉牙』、『舌齒』發音近似，互為雙聲，於勢較順。唯舌、齒、脣之於喉、牙，部位懸殊，蛻化不易，其所以相諧相通者，蓋別有故，未可以聲轉目之也。」（羅常培：《羅常培文集》第 6 冊，頁 329。）方以智雖未有明確的古聲母知識，但是他注意到發音部位的相近，而分立牙喉與舌齒，當是其審音功夫的顯現。

瘝〔註20〕	並母上聲	滂母上聲
並〔註21〕	並母上聲	滂母去聲
弶	群母去聲	溪母去聲
爹	定母上聲	端母平聲
突	定母入聲	透母入聲
沌、窀	定母上聲	透母上聲
鄼	從母平聲	精母平聲
皁〔註22〕	從母上聲	精母上聲
捷、捽	從母入聲	清母入聲
藉、臟	從母去聲	清母去聲
帙、轍	澄母入聲	穿母入聲
杼	澄母上聲	穿母上聲
撞	澄母去聲	穿母去聲
雉〔註23〕	澄母上聲	穿母去聲

〔註20〕 按：方以智在《通雅‧疑始》中「不有十四音」條之下有：「又〈否卦〉音瘝。德明備美切，孫愐符鄙切。否、瘝同音，古切尚疎，其拘者又守門法；備美、符鄙，皆輕重交互門也。……今依《中原》定音瘝，貧弭切。」（《通雅》，頁54。）瘝字在《中原音韻》之後韻書已清化同滂母，則濁音清化的語音中，貧已不屬全濁並母，亦當以滂母視之。

〔註21〕 按：此例乃第一聲母表中並母所示，原文為：「並：蒲靜，今篇靜。」（《通雅》，頁1474。）原來當是全濁上聲，然時音「靜」據《中原音韻》判斷作去聲（《中原音韻》淨靜音同，方以智〈新譜〉只收淨，考慮體系相承，亦當視作兩字同音），而聲母從全濁並母之蒲改為次清滂母的篇。此例顯示全濁上聲變去聲以外，兼及濁音清化的現象，並且不從反聲歸作全清聲母的規律狀態。

〔註22〕 按：方以智「皁，作早切」（《通雅》，頁1142。），此屬精母上聲，然考之《廣韻》作「昨早切」，為從母上聲。兩者聲母有清濁之異，且不在規則裡，故視為例外演變而置於此。

〔註23〕 按：此例取自《通雅‧釋詁‧重言》：「退之〈柳碑〉『白石齒齒』，劉熙引《錄圖》曰『嘽嘽嗃嗃，紛紛雉雉』，猶齒齒也，古讀雉上聲。……緯書雖偽造，然可以察漢人之方言，以證古音之轉變，故載之。」（《通雅》，頁401。）據「雉雉，猶齒齒也，古讀雉上聲」之說，見方以智以為雉古音當是上聲讀同齒，一如〈新譜〉安排，而後因為語音中的濁音清化，故方氏將全濁雉的讀音視作次清齒，於是這全濁澄的清化雖為反聲，亦作次清穿母。而古讀上聲，則今當作去聲，此即濁上變去之例，故置於此以明聲母清化的非規律演變。

〈新譜〉字例已然不多，從中要搜尋例外字又是更少，上表中的例證是非典型的濁音清化狀況。方以智的聲調分配雖然有承襲自周德清處，但這些例外現象並不完全與《中原音韻》同步，故不可單純視爲北音，如「畔」在《中原音韻》屬於幫母，但方以智在〈新譜〉中卻置於滂母之下，則傳承之外，又見其獨特性。且方氏不好門法，訂音必以音和，故不當視爲例外，更何況他以爲門法是用來解釋方言所造成語言上的隔閡，「同聲易簡，惟是音和；門法支離，乃不達前人方言而附會者耳」〔註 24〕，因此〈新譜〉中的特殊現象，當依循此方言拼音的觀點予以解釋。此外，這些清化的現象，與方氏自道聲母歸併方式——〈簡法二十字〉相同，因此不當忽視這些案例所代表的意義〔註 25〕，其中正表現方氏語言習慣與〈新譜〉所示「五方異言」的包容性。〔註 26〕

方以智的語音現象中已然除去十個全濁聲母，而分別歸入相對應的清聲母中，所餘二十六即是他在〈切韻聲原〉的第二個聲母表中所說的數量，「共

〔註 24〕《通雅》，頁 54。

〔註 25〕按：另外又有部份聲母濁音清化後，〈新譜〉的聲母設置不同於《切韻》系韻書者，示以：「例外字例表」：

字　例	古今聲、調
詞、囚、詳	邪母作清母
（平）蟾、成； （仄）檲	（平）禪母作穿母； （仄）禪母作知母
（平）蛇； （仄）術、實	神母作審母

字　例	古今聲、調
撥	幫母作滂母
警	見母作溪母
磴	端母作透母
輒	知母作穿母
奘	從母變知母

不過這些字例過於單薄，難以形成一個體系，因此只能視作特殊現象。

〔註 26〕按：方以智在《通雅》中所選用的反切，其來源不只一端，然多數選自傳統存濁系韻書，如《廣韻》、《洪武正韻》，因此原本的濁上部分，仍保留過去的全濁情形，並不因爲他自身的語音習慣已經濁音清化而有所改變，此即方以智研究語音的考古方法，其中在於引用典籍例證，以論證語音的發展與相通的情形，如：「麤之於犓，等之於埒，此不可一也。◯世之學古者，皆以犓即麤字，此緣陸、孫而誤也。……考《公羊傳・注》『犓，音才古反』，是也。《廣韻》卻以俗作之粗爲徂古切，此則當時鄉語矣。」（《通雅》，頁 88。）此例即是從文獻證據考證語音的使用狀況。而文中所用反切分別爲《公羊傳・注》與《廣韻》，非方氏自創，因而猶有全濁聲母之遺留。但〈新譜〉中「才」已歸入清母，因此面對這類反切須知其來源，而不致落入方氏「古皆音和」的審音認知中。

二十六母，不用非、◎則二十四也，合知、照則廿一也」〔註27〕。奉歸入敷母，其時非、敷二母又無分別，故合併作夫母；◎代表字例爲「唵圈遏」，以其時中古深喉影喻已先爲零聲母化，故方氏用◎替代原屬喉塞音之影[ʔ]，而此喉塞音在明末又已不用，故減去之而得二十四〔註28〕。知、照二系在《中原音韻》時已經融合，方氏於此更無意外，故僅餘二十一。最後二十一母減去影喻母更作疑影喻三母，均并作零聲母，則得〈簡法二十字〉，曰：

> 縫脣無初發聲，深淺喉無忍收聲。……今表◎字爲折攝中輪，非字
> 爲外脣風始，故存二十六切，實二十四，若通知、照則二十一也。
> 直法二十母，以影、喻合疑，而以曉居夫微之初。〔註29〕

方以智將◎從喉根獨立成「折攝中輪」，是取消它在發音部位上的限制，而拓展成「聲本」，變成發聲過程氣流出入的啓始與必經階段。此即二十字母的減省歷程。

參 脣音──幫滂明夫微

方以智在脣音的部分以鬭脣和縫脣分別稱呼「幫滂」二母與「夫」母字，「鬭脣」取其上下脣拼合湊起，而明母的發音方式爲雙脣鼻音，與幫滂之塞音有別，因此方氏例證不用，故不以鬭脣呼之。「縫脣」亦是依循其發音方式定名，使聲音從脣縫中擠出，部位全在脣齒，屬塞擦音，故以縫爲名，「非、微乃外脣之最

〔註27〕 《通雅》，頁1476。按：在方以智的語音系統中，夫敷音同，故聲母可互爲代表，只是方氏取夫爲例，其實並無二致。

〔註28〕 方氏自言「◎爲喉根」以及「◎思近恩翁切，而脣腭舌齒俱不動，此聲本也，即聲餘也。」（二則分別引自《通雅》，頁1476、1478。）故◎當視爲喉塞音[ʔ]，而別於當時影母所產生的零聲母。然表中尚有影母與疑母，所舉字例則是影：喻翁依，含影喻二母。疑：云頤昂王吾菴唫，含疑影喻三母，則其時雖有分別，但其中區隔已漸漸消失，故聲母尚存，而例字相混。是以二十六聲母中，喉音三母當爲影喻曉◎，此影喻已相并作零聲母[Ø]。

〔註29〕 《通雅》，頁1476。按：中古發音部位中有牙齶、喉音之說，其牙齶包含見溪群疑，喉音影曉匣喻，其中又可分成深喉影喻、淺喉曉匣，後人有將牙音視作淺喉者，於是淺喉內容爲見溪群疑曉匣，不論其作如何，可見牙喉音的發音部位相近，而有此分類，這也是方以智在聲母排序中，牙喉音相配的道理。

微者。非、夫二字皆送氣聲，以非字最輕，標外脣之起耳」〔註30〕，雖然方以智能分「非夫」之別，但仍將二者歸作同母，正是在於發音的過程並無二致，區別只在非字最輕——輕細音，故視之作縫脣之始，而有方中履解釋其發音方式，曰：

> 非爲外脣之最輕聲，以上齒壓下脣，而氣挨下脣出聲，出聲則脣即
> 開，夫則始終不開脣，脣中微有縫放聲出耳。今以非爲細狀，夫爲
> 粗狀，則可括一母矣。然字中用非音者寔少。〔註31〕

因爲輕脣音皆屬合口三等，故爲合口細音，審音之則夫母較非母的合口性質更爲明顯，故方中履修正方以智〈切母各狀表〉的說法。文中方中履採用審音的角度解釋非與夫兩字個別的發音過程，但是對於純粹聲母的說明，其韻味更減。不過非夫兩母終是有別，但對於時音的辨識過程則無辨義作用，故合一之。而以夫之送聲，正合宮倡商和的發送收對應，而與徵商合送的穿相對。

　　方以智另考證微母的使用，其中說道：「微字之用最少，惟萬、物、無、文、問、味等字，中原人多讀深喉影母，吳人或切焚扶，又混夫矣。智按：『萬物至微，故取此聲。』」〔註32〕方氏明確使微母獨立，理由正在他尚能分辨時音中微母與零聲母影母、脣齒清擦音非夫奉的不同。就語音的發展過程與音韻內容來說，中古影母之喉塞音發展至明末清初已然零聲母化，故方以智在他聲母結構中，疑影喻三母歸併爲零聲母。從今日國語語音而論，微母亦已零聲母化，但是方以智清楚地認知到在他的語音時空下，微母與中原的深喉影母——零聲母有所不同，因而獨立之。另外他說「吳人或切焚扶，又混夫矣」，因爲方氏音學中「非夫奉」三母合一作夫，微母又與「非夫奉」的發音部位同屬脣齒，並且吳人以之切「焚扶」等古脣齒濁擦音，則音當構擬作[v]，用以凸顯微母之混奉母，清化作夫。〔註33〕另外在其音學的哲學觀裡，可以發

〔註30〕《通雅》，頁1476。按：夫本非母，但《中原音韻》以後，非敷奉三母合流，明末敷、夫二字語音已然無別，故方氏之夫母，實爲送聲之敷母所致。且非、夫在實際語音裡，有翕闢之別，而屬闢音者少，故方中履補充「字中用非音者寔少」，即是因於開合聲狀所論。

〔註31〕《古今釋疑》，頁440。

〔註32〕《通雅》，頁1476。

〔註33〕《中原音韻》影母已經零聲母化，而微母仍舊存在，此狀況與方以智所述音系相

現方以智有意地將微母的收字數量與「萬物至微」的哲學理念相互結合，說明方氏的音學與哲學有著密不可分的關係。

　　既然幫滂以雙脣齟合，發音部位在雙脣幫爲全清[p]、滂爲次清之[p´]，明母作[m]，始終不變。非、夫乃外脣之起，又「二字皆送氣聲」，縱使方以智知兩字發音有別，然亦只是開合相異，而非送氣與否的不同，故擬以[f´]。輕脣音最後的微母則依然獨立爲一紐，吳人以其混焚扶，所以其鼻音的特色甚不顯著，故立[v]，而非中古對應明母的[ɱ]，此是脣音之概。〔註34〕

肆　舌音——端透泥來

　　舌音四母「端透泥來」，此四者向來擬音無有疑義，究等韻圖均列於舌音之下，而舌音的發音脣型方以智說：「按吾于之聲，嗒脣點舌，則爲都盧。唐人以觜尖爲都盧。」〔註35〕則「嗒脣點舌」、「觜尖」是端母、來母發合口音的方式，除去合口的嗒脣特性，點舌即舌音的發音方式。考金尼閣定端之德作t、透之忒作`t，來母之勒作l，泥母之搦作n。雖然各部等韻圖將來母置於半聲，但方以智認爲「來乃泥之餘」〔註36〕，因此〈新譜〉之順序安置在端

同，茲引以爲鑑，作平行音系之輔助。雖然陳新雄擬《中原音韻》微母作[m]，而此處擬方氏微[v]，但正符合官話音系微[m]向[v]靠攏的現象，於是知周德清與方以智二人音韻縱有相乘承者，亦見不同之處。

〔註34〕擬音本非中土所有，而方以智亦未有同於西方拼音的學說，則擬音恐失其眞。唯方氏所習有金尼閣《西儒耳目資》，〈切韻聲原〉常隨其說，則擬音佐以金氏所述，以構擬方氏語音。雖然金尼閣《西儒耳目資・自序》稱：「然亦述而不作，敝會利西泰、郭仰鳳、龐順陽實始之。」（明・金尼閣：《西儒耳目資》，頁50。）不過縱使拼音方式並非全由金尼閣個人所創，亦可作方以智學習西方語音拼讀漢語之起點，對方氏有著典範性的效用。此外，《中原音韻》影響方氏亦屬深刻，因此今擬音主從方氏所述發音方式，而後佐陳新雄所著《中原音韻概要》的成果以及金尼閣《西儒耳目資》之說，以求拼音之眞。《洪武正韻》處則遵循應裕康〈洪武正韻聲母音值之擬定〉與〈洪武正韻韻母音值之擬定〉兩篇文章，以作指歸。而金尼閣的擬音，主從金氏標音之說，而輔以羅常培〈耶穌會士在音韻學上的貢獻〉一文的擬音結果。

〔註35〕《通雅》，頁190。

〔註36〕《通雅》，頁1474。按：方以智在聲母歸併處，將孃母歸於泥母之下，亦是帶有古音相近的眼光，只是他並未有古音歸併的認識，只說是舌齒常借，而非重新制訂

透泥之後，即示其發音部位之相近。於是舌音四母擬作端[t]、透[t´]、泥[n]、來[l]。

伍　牙喉音——見溪疑曉

中古牙顎音的見溪群疑，因全濁聲母「群」弱化，而在平聲歸入次清溪母、仄聲併入全清見母。金尼閣在《西儒耳目資》中標見母之格為 k，溪母之客作 ´k，此擬音歷來並無二致，然疑母則呈現部分歧異。

考牙喉音聲母的音素失落，其發展並非一瞬而成，中古的影母、喻母的輔音聲母在《中原音韻》裡已合併化作零聲母，疑母也大多皆變成零聲母，《西儒耳目資》亦然。在金尼閣處，零聲母以自鳴字母的方式存在著，而本為疑母之「額」作 g，其例字包含中古影、喻、疑，是以時代變遷，連帶著語音產生變化，原本屬於牙音的舌根鼻音疑母[ŋ]，因為音素失落的關係，在金尼閣的系統裡產生轉變，造成零聲母與疑母糾纏不清。不過，以金尼閣二十字父自為一系，自鳴字母必屬零聲母的角度視之，則其疑母仍以獨立的[ŋ]為準。

方以智雖然受到《中原音韻》與《西儒耳目資》這兩部著作的影響，在〈切韻聲原〉裡，也依然認為疑母和零聲母是有區分的方式，但最終仍是合併為一，所以他說：「細別：……疑喻之分，猶疑用力靳顎，聲橫牙間，而喻影但虛引喉，與顎無涉也。」〔註37〕方氏表明疑喻之別正在顎喉部位與發音方法的不同，顯見方氏可以分辨兩者的相異之處，不過從分的角度有喉牙之別，從合的觀點則見疑影喻三母合併為「疑影喻」。究方以智聲母歸併順序乃喉音的影母與喻母先行合併，而後方與疑相混作「疑影喻」一母，因而「中土常用二十母」〔註38〕，他直截地表示三母的歸併情形，其中理由即在音素的失落，所以原本中古的[ŋ]、[ʔ]、[j]零聲母化〔註39〕。方氏〈新譜〉已然合併

古聲母的說法。

〔註37〕《通雅》，頁 1475。

〔註38〕《通雅》，頁 1510～1511。

〔註39〕按：中古擬音遵照陳新雄：《廣韻研究》，臺北：臺灣學生書局，2004 年。不論喻三（為[j]）或喻四（喻[ø]），兩者在《通雅》中都變成零聲母，故只舉韻圖和〈切韻聲原〉所述喻母，不另示為母之所在。而今國語語音中，微母與日母也有零聲母化的現象，但是《通雅》保留著日母和微母的傳統語音狀況，音素並未失落。

疑影喻，他更說明相混的原因，曰：「愚考孫、陸于安、恩、咢、昂等，俱用五字、烏字作切響，而今半作腭聲，果古未精但趨近似邪？」〔註40〕方氏確實發現疑影兩種聲母的相混，而時音則多半屬於腭聲之影[ø]（零聲母）。另外他在舉例聲母例字時，有「疑：云、頤、昂、王、吳、菴、唵」；「影：喻、翁、依」〔註41〕，是以此演變過程當從下列發展：「喻→影→零聲母」、「疑→零聲母」。

　　方以智的二十聲母中，見溪二母的發展與今《切韻》系韻書的擬音研究相合。依照聲母的發展變化，影母字的輔音聲母音素失落而轉變為零聲母。在語音的發展過程中，並不會憑空增加舌根鼻音，由影母變疑母的情形並不符合語音的發展規律，因此今將原疑母和影母的擬音過程視作輔音的失落，而作[ø]，喻母亦然。喉音本有影曉匣喻為，分二類則為深喉影喻、淺喉曉匣。疑影喻零聲母化，而原本牙喉音的發音部位即為相近，故唐宋以來即有視之為雙聲者，後來章太炎、羅常培亦是如此對待，因此方氏〈新譜〉置於前後，正顯示牙音與喉音的界限隱然消失，而匣母因濁音清化的緣故，只作曉母，方以智認為「惟角宮有四狀」〔註42〕，即是從發音情況整合了發音部位牙音與喉音的關係，因此〈新譜〉中將見溪疑與曉相配應。且觀察切母各狀的情形，此四母乃聲母中獨有四狀者，亦見其間的密切關係。

　　陳新雄在《中原音韻概要》擬喉音曉作舌根擦音[x]，金尼閣《西儒耳目資》則作黑 h，其性質屬於喉擦音，而 x 配應於石。究方以智在〈新譜〉中將曉歸入角宮腭，則發音部位宜屬舌根部位的牙音，故擬以舌根擦音[x]。如此方氏之牙喉音即分別擬作見[k]、溪[k′]、疑影喻[ø]、曉[x]。

陸　齒音——精清心、知穿審日

　　方以智「商齒金之精清心」與「徵舌火的知穿審」與半齒舌之日，此三者同列商和之側，其根源除了「地二生火，四生金，二陰同類，故舌齒相通」

〔註40〕《通雅》，頁 1475。

〔註41〕按：疑、影聲母例字，見《通雅》，頁 1475、1476。雖然疑母例字包含影喻為三母之字，但方以智已然不分的情況下，「影：喻翁依」更能顯示方氏影喻相合的優先性勝於影疑互併。

〔註42〕《通雅》，頁 1479。

〔註43〕的《易》學原理之外，還有發音部位「齒爲中門，舌爲轉鍵，獨能出入靈動，與齒相切」〔註44〕，故舌齒相近，因此在聲母歸併的部分，方氏作「精清從心邪」、「知照穿徹澄牀審禪」，顯然見濁音清化與知系、照系相混的情形。然而二者的演變過程並不一致，雖然等韻如《七音略》的齒音一欄作精系、照系二列，但是在方氏的語音環境中，兩者的發展並非逐漸靠攏，而是獨自保留變化的空間。

一、「精、知照」互別

傳統等韻著作，於齒音一欄有「精清從心邪」、「照穿牀審禪」二系，方以智在切母三十六紐中即採用此聲紐的安排。由於全濁從紐清化，平聲多併入清母、仄聲多併入精母，而邪紐則不分平仄一律歸於心母。考量齒音在語音中的一致性，《中原音韻》擬作[ts]精、[ts′]清、[s]心，而《西儒耳目資》則依序爲 ç、ˋç〔註45〕、s，兩者在發音上並沒有區別。

不過知系與照系的設置，歷來爭議較多，於〈切韻聲原〉裡，也佔有較爲特殊的定位。究方以智採用的是傳統等韻著作之照系聲紐「照穿牀審禪」一系，而未再細分照二、照三之別，一來方氏的聲紐是根源自《七音略》的三十六字母，原莊系字「莊、初、牀、疏、俟」至中古後期與照系「照、穿、神、審、禪」合併爲正齒音「照、穿、牀、審、禪」。二者是因爲〈切韻聲原〉並不以等分洪細，而是訂立翕闢穿撮作爲開合的憑據，因此沒有莊照二等、三等的分別。

在方以智的系統裡，舌音的知系字與齒音的照系字相互混併，這樣的現象在「三十六母并作二十六母表」中早已經產生：

〔註43〕 《通雅》，頁 1474。

〔註44〕 《通雅》，頁 1474。

〔註45〕 按：據王松木表示：「在《葡漢辭典》中，原本傾向義大利文特點的拼法，在《西字奇蹟》與《西儒耳目資》裡逐一被取消了，更換成葡萄文的拼法。……[ts-]由 z 更換成 ç；原本具有葡萄牙文特點的拼法則被繼續保留。……除了力求語音精確對應的考量外，或許也與來華耶穌會士以葡萄牙籍者居多有關，爲協助新進的神父學習漢語因而改用神父們最爲熟悉的拼音方法。」可見金尼閣《西儒耳目資》中標音與葡萄牙文的關係，而 ç 之與[ts-]並無發音上的區別，只是不同國家間的符號。（王松木：〈從明末官話記音資料管窺西儒中介語音系〉，頁 35～50。）

表五十一：三十六母并作二十六母表——知照系

知：*折珠眞*張	徹：澄除*嗔昌*	孃：*攝殊神商*
照：專*逐諄莊*	穿：牀觸春窗	審：禪熟純霜

表中斜體加底線者，即知照系相混。自《中原音韻》以來，知照已無分別。方以智在表中所列知系與照系的字例，也顯示他早已知照無別，而照系也列有莊系字，則三系在他的語音環境中未見歧異，亦符他所說「舌上正齒相通」〔註46〕。於是「知徹澄」的舌音爲方氏所棄，最後他將知照二系八母歸併爲「知照穿徹澄牀審禪」，這並不是單純的舌音併入齒音，或齒音歸於舌音的案例，而是兩者在語音上的融合，因而齒音與舌音的聲母變得相近，正如吳語之混用例，方氏引方言以證之，曰：

> 吳音呼照如皂，呼牀如藏，則同精從矣。度《譜》曰：「知字眞吹切，之字舌不抵齒，枝字舌抵齒而顫聲。」既有此別音，即當存此音狀，徹穿對較，當是折徹攝與專穿拴之別。〔註47〕

方以智在《通雅》中大量引用當時的方言語音，其中不止一次延引吳語、吳人的語言現象，這一例即是從發音的狀況說到吳語精系字與知照系字的相混，與他所採用的音系不同，顯見兩者發音部位的接近。而方言音正是古語展現形式之一，是以他考索古音亦見精知聲母之互通，曰：

> 《潛夫論》『拜良爲信都』，又曰：『信都者，司徒也。』《楚漢春秋》作「信都」，《注》「信音申」。此與《史記》「申徒」可互推。古人信與申通，司因信轉之故。〔註48〕

此例即時音現象中吳語精系心母與知照系審母的相混，之後他更檢討古知照念法的相異，即引方中履所誌而解說，曰：「或謂：『知照、非夫終別，知以舌卷舐中腭，而照乃伸舌，就上齒內而微縮焉。』今以知爲細狀，照爲粗狀，

〔註46〕按：孃母所列之「攝殊神商」，是因爲方以智認爲「孃則嘗穰之間耳」（《通雅》，頁1475。），及「孃讀穰同日，讀嘗同審」（《通雅》，頁1478。），則其發音部位接近日母與審母，而不與泥母相近。究孃有汝陽切、如陽切，並音穰的記載，是以方氏取其讀同穰，而非娘，故置於嘗穰之間。

〔註47〕《通雅》，頁1475～1476。

〔註48〕《通雅》，頁681。

則可括一母矣。」〔註49〕方氏稱知為舌上，發音方式為「以舌捲舐中顎」；照為正齒，發音方法是「伸舌就上齒而微縮」，此乃兩者發音部位與方式的差異。雖然知照終是有別，但是後來方中履解釋之，以為實屬例字翕闢的不同，於是在聲母的發音過程沒有太大的區別。方以智認為的知照之別，到方中履則只是粗細不同，顯見父子對例字的認知有異，但知照的聲母發音已經沒有太大的辨義作用，因此方家音學的傳承裡，總是概括其說，不另分辨。而從「知照徹穿二列，只有眞諄二狀」〔註50〕，正對應到〈切韻聲原〉中的「議增母」之說「凡議增母者，為迸狀粗細不同也，今分注其下，因決曰：『眞嗔神，諄春純，張昌商，莊窓霜。』則知母之粗細狀耳」〔註51〕。知照的不同只在輕重粗細，故不另立聲母，而中古所分的等與發音部位，方以智即用「舌上正齒相通」〔註52〕解釋之，故將二者相併。

二、「知照穿徹澄牀審禪」之音值構擬

據上可見方以智的知系字其源流如此，縱使本源互異，卻終歸一母。不過構擬聲母時，猶須考量其始末，「知徹母」的發音部位與方法和端系同屬塞音，而方氏明言知系的發音部位在舌上接近舌尖，並且抵住上腭，故知作[ȶ]，送氣聲母徹當為[ȶʻ]，這樣發音部位偏後，且可對應知系的細音。不過方氏的聲母內容並沒有專為此二項定音，在「舌上正齒相通」的情形下，知系照系相併。照系語音依據方以智所述，並結合傳統韻圖與〈新譜〉的結構，齒音當是塞擦音的形式，再加上知照容易造成混淆的情況，顯示其發音部位接近，故將照母擬作[tʃ]，於穿母擬為[tʃʻ]，審作[ʃ]，這樣可以兼顧照系的三等性質，與其舌齒塞擦音的形式，又能和知徹等聲母的聲音相近。

雖然金尼閣的「知：者」作 ch、「穿：撘」作ʻch、「審：石」為 x，但其實際語音內容仍舊是以[tʂ]、[tʂʻ]、[ʂ]與[tʃ]、[tʃʻ]、[ʃ]為主，兩者的區別在於知系中古有二、三等，分別切與洪音和細音，而照系亦有二、三等，當兩者相互混併時，知二與照二相合、知三與照三相併，這現象也普遍存在於〈新譜〉之中

〔註49〕 《古今釋疑》，頁 440。

〔註50〕 《通雅》，頁 1480。

〔註51〕 《通雅》，頁 1477。

〔註52〕 《通雅》，頁 1476。

〔註53〕，因此知照切二等字構擬作[tʂ]、[tʂ′]、[ʂ]，切三等字則是[tʃ]、[tʃ′]、[ʃ]，不過兩者的差異在於[tʂ]、[tʂ′]、[ʂ]不與細音相配，所以前人構擬語音時，對「知穿審」縱有兩種不同的組合，但這兩種對方以智而言並沒有明顯的辨義作用。此外，方氏在面對「孃增母」的紛爭時，所採取的態度是將之合併，而不因其洪細而分立二類聲母，縱使「細別：知以舌卷舐中腭，而照乃伸舌就上齒內而微縮焉。愚謂若氊專之類也」〔註54〕，但這仍舊與「非夫」相類，只是例字的洪細所產生的差異，不是真的兩類聲母發音過程的描述。是以基於存其系統的考量下，取方氏「知照穿徹澄牀審禪」擬作[tʃ]、[tʃ′]、[ʃ]，表示可以搭配洪音與細音，而這樣的構擬既貼近方以智對語音的描述，也可以符合陳新雄對《中原音韻》的研究成果，以及金尼閣的標音結構。

至於日母的拼讀，陳新雄於《中原音韻概要》擬作舌尖面濁擦音[ʒ]，金尼閣取j。考慮方以智對日母的認識有「來乃泥之餘，日乃禪孃之餘」〔註55〕一說，除了唐末三十字母主張「知徹澄日」，而後才有「知徹澄孃」，故「孃日」二紐古曾相通，且譯音資料裡從日紐拼音轉爲孃母，都顯示二者的分合狀態，因此原屬於舌面前的鼻塞擦音。然鼻音性質消失，故方以智於〈切母各狀表〉中又說：「日字乃禪之餘。」〔註56〕更加顯示舌齒部位之審禪的擦音性質，更勝泥孃之鼻音，因此在同部位的擦音，作爲禪之餘的日母當擬作[ʒ]，如此結構上既符合「禪孃之餘」的濁音性質，並且可以對應「知照穿徹澄牀審禪」的舌齒部位，因而表現語音的一貫性。

三、精、知互用例

在大部分的語音用法中，方以智的精系字與照系字多是分別使用，兩系相近處只在發音部位與發音過程，因此他說：「智謂：『徘徊爲傍徨，舒徐爲徜徉；急遽則舌齒激聲爲張皇，又穿齒憤聲爲倉黃，則更迫矣。』」〔註57〕相同的詞例

〔註53〕 方以智的輕重洪細屬於相對的概念，所以不能單純地以「等」視之，然上述所論是針對單一韻攝之中的翕闢穿撮而論，同一韻攝的知照二系，必然會有二三等的差異，就是洪細的不同。

〔註54〕 《通雅》，頁 1475。

〔註55〕 《通雅》，頁 1474。

〔註56〕 《通雅》，頁 1480。

〔註57〕 《通雅》，頁 244。

在不同的情況有著不一樣的發音，而精系的發音部位更向外了一點，精系部位屬於舌尖，照系則是舌尖面。雖然二者多是自爲一例，但是在很多時候，兩個語音的使用出現相混的情形，這現象尤其以「疏母——心母」的十二次最多，轉換成清母有十一次爲第二，以下即以齒音、舌齒音的順序列出「精照二系〈新譜〉互用表」說明兩系互通的狀況：

表五十二：精、照二系〈新譜〉互用表

	字 例	《廣韻》攝、聲	〈新譜〉攝聲
1	譖	深開三，莊母去聲	音唵攝，精母去聲
2	楚	遇開三，初母上聲	烏于攝，清母、穿母上聲
3	篹	山合二，初母去聲	歡安攝，清母上聲
4	潺	山開二，牀母平聲	灣閑攝，清母陰平
5	傖	梗開二，牀母平聲	亨青攝，清母陰平
6	愁	流開三，牀母平聲	謳幽攝，清母陽平
7	岑	深開三，牀母平聲	音唵攝，清母陽平
8	磣	深開三，初母上聲	音唵攝，清母上聲
9	讖	深開三，初母去聲	音唵攝，清母去聲
10	摻	咸開三，初母平聲	淹咸攝，清母陰平
11	讒	咸開二，牀母平聲	淹咸攝，清母陽平
12	插	咸開二，初母入聲	淹咸攝，清母入聲
13	數	遇合三，疏母上聲	烏于攝，心母上聲
14	率	臻合三，疏母入聲	噫支攝，心母入聲
15	瑟	臻開三，疏母入聲	噫支攝，心母入聲
16	灑	蟹開三，疏母上聲	限挨攝，心母上聲
17	所	遇合三，疏母上聲	呵阿攝，心母上聲
18	省	梗開二，疏母上聲	亨青攝，心母上聲
19	眚	梗開二，疏母去聲	亨青攝，心母去聲
20	搜	流開三，疏母平聲	謳幽攝，心母陰平
21	森	深開三，疏母平聲	音唵攝，心母陰平
22	瘆	深開三，疏母上聲	音唵攝，心母上聲
23	滲	深開三，疏母去聲	音唵攝，心母去聲
24	澀	深開三，疏母入聲	音唵攝，心母入聲
25	拴	山合三，心母平聲	灣閑攝，審母陰平

方以智視〈新譜〉的定位等同於他心目中最重要的韻學著作——《洪武正韻》，是故他比附之曰：「形聲事意，皆有轉借，而縱之平仄，橫之宮商，填字歸韻，倫論必不可紊。使宣尼生今日，吾知其必樂遵《正韻》、用〈新譜〉也。」〔註58〕這說明了方氏對〈新譜〉的期許甚高，而內容上是用在今音，故他稱「使仲尼生今日，必樂遵《正韻》，用〈新譜〉」，即表示〈新譜〉的實際效益在於「用今」，亦符合方氏「尊古用今」的理念。不過這精照互用的情形，恰恰顯示出其音韻系統與時音之衝突，卻也反映出對時音的包容性，以其齒音聲母本是精照有別，但於此則見精照互用，究方以智曾言：「吳音呼照如皀，呼牀如藏，則同精從矣。」〔註59〕顯示吳音確實有相混的情況，而這現象王力在朱熹的叶音資料中業已發現，故論之曰：「莊母字一部分併入精母，一部分併入照母；初母字一部分併入清母，一部分併入穿母；山母字一部分併入心母，一部分併入審母。」〔註60〕這表示〈新譜〉的時音認知中，不只有方氏所慣用的一種音系，其中亦當包含了明代方言的語音內容。

四、齒音小結

考察方以智的齒音，其中有齒頭音之精清心，亦有「舌上與正齒通曰齊齒」〔註61〕的知穿審，這兩者雖然自為一類，卻也有不少相混的情形，顯現出〈新譜〉追求「尊古用今」的時音觀，因此在建構語音內容時，包含了部分的方言語系，然而其主體仍然是方氏的今音音系。

齒音在明代的發展，有與「齊齒聲母」相混的情形，於後代的演變過程，產生顎化的現象，造成尖團不分。考察現在國語語音中的顎化聲母，其來源乃是中古見系與精系聲母，遇到細音產生顎化後所造成。然《中原音韻》與《西儒耳目資》兩部作品中，尚未有顎化的情況，而推之〈早梅詩〉所屬的《韻略易通》，亦未見顎化音的出現。對照到方以智的韻學著作《通雅》、《四韻定本》，喉牙音之「見溪疑曉」與齒頭音的「精清心」判然分立，不見因顎化所產生兩系之間的混淆聲母，是可知方氏的語音環境中，顎化並未發生，仍舊維持著顎、

〔註58〕《通雅》，頁14。
〔註59〕《通雅》，頁1475。
〔註60〕王力：《漢語語音史》（北京：中國社會科學出版社，1985年），頁261。
〔註61〕《通雅》，頁1507。

齒發音部位於細音上的分別。

　　尖團音與顎化音的出現與否，是聲母發展過程中的一個重要議題，影響了牙喉音與齒頭音的相混，因而發展出新的顎化聲母。不過方以智的語音系統裡，不論是早期的〈切韻聲原〉，或是晚年的《四韻定本》，都未增設顎化聲母，縱使當時有「議增母」的論題，但也只是針對「迕狀」——開齊合撮所發。不過增母主要是因爲韻有開合，而方氏與同時代的音韻研究者認爲音和的切法應該保持開合的對立，因此要以合口聲切合口音、開口聲切開口音。方氏主張音和，反對繁瑣的門法，但他以爲因聲韻的翕闢穿撮而設立新的聲母，雖然可以眞實地反映聲母的多樣性，但是無法在部分韻攝中取得設計上的優勢，只是使聲母更加零碎，即如「翁雍」攝註曰：

> 此韻從閉初轉，聲故不多，如見母四狀只有肱君二狀，端母無細狀，
> 故以侷脣之冬浺當丁汀，精母無細狀，故以宗從當精清；知母眞嗔，
> 收變諄春，故以中沖與鍾衝分之。〔註62〕

此攝只有重合之肱狀與輕侷之君狀，而沒有輕細之京丁狀與重呼的庚狀，十六攝中只有「昷恩攝」、「亨青攝」四狀俱全，所以沒有必要爲每一種聲狀制訂聲母，這是方以智從齒音的案例說明他對議增母議題的看法。從方氏不另立聲母的觀念看顎化音的出現與否，可知當時見系、精系判然分別，並不在細音之齊齒呼與撮口呼前相混，因此顎化音尚未出現在他的語音系統之中，所以聲母仍作二十而無新增顎化。

柒　《通雅・切韻聲原》聲母擬音

　　方以智的聲母系統，與〈早梅詩〉關係密切，他折衷諸家取聲之後，以二十字母爲最約，而可以符中土之用，並代表當時的聲音系統，因此方氏取〈早梅詩〉作爲他聲母的代表字例。方氏雖以爲出於張位《問奇集》，實際上此系統乃取材自蘭茂《韻略易通・早梅詩》，而後金尼閣設二十字父，亦是與此系統相近。後來方氏父子即據此而陳說其聲母分合理念，曰：

> 泰西曰父，即中國之三十六母也，其輕者即今所謂初發聲；其重者
> 即今所謂送氣聲；其十父謂不能輕重推之，蓋今所謂忍收聲，與脣

〔註62〕《通雅》，頁1477。

下之二列與二半及喉母也。西法以喉聲爲自鳴字母，曰丫、額、衣、阿、烏。⋯⋯如新法當曰則測色，乃齒也；者撦石，乃知照二列合舌齒之二層爲一也；格克額，乃牙也；德忒搦，乃舌也；百魄麥，乃唇也；弗物，乃唇音之敷微，并非敷奉爲一也；勒乃來字，日是日字，此已了然矣。⋯⋯詳見《西儒耳目資》。〔註63〕

方以智採用《西儒耳目資》的字例，與其專有名詞，藉以闡發其聲韻的概念，以及發送收的輕重之說，足見他在金尼閣學說中所汲取的知識。今即以方氏所述，並論〈早梅詩〉二十母，二者相互比較，擬音本之西土金尼閣《西儒耳目資》而有所更革，作「〈新譜〉二十字母擬音表」，以見其內蘊之分合與傳承。

表五十三：〈新譜〉二十字母擬音表

〈早梅詩〉二十字母	金尼閣《西儒耳目資》二十字父	方以智簡法二十母	二十字母擬音〔註64〕
冰	百 p	幫	p
破	魄 ˋp	滂並	p´
梅	麥 m	明	m
見	格 k	見	k
開	克 ˋk	溪群	k´
一	額〔註65〕 g／自鳴字母	疑影喻	ø

〔註63〕《古今釋疑》，頁 427～428。按：「額」在方家父子的認知中，既是喉聲的自鳴字母，又是牙音疑母的代表字，是可知其疑影已然混淆。而方中履於此之說，亦可見方氏父子對金尼閣音學的繼承。

〔註64〕按：此擬音依據前文所論，折衷金尼閣《西儒耳目資》，以及陳新雄《中原音韻概要》所述。因爲方以智的音韻學承襲自周德清《中原音韻》處甚多，聲母的部分以方氏所襲用西語拼讀漢語之語言學著作《西儒耳目資》的標音爲主，再佐以陳新雄所作，折衷其間，亦符方氏考古審音之志。唯《西儒耳目資》與《中原音韻》皆爲二十一母，較方以智多一疑母[ŋ]的獨立，今以方氏音系爲準，姑不另立此聲紐，以二十紐爲依歸。

〔註65〕按：金尼閣的字父「額」猶屬顎音，而不與自鳴字母相并，故知疑母與零聲母之影母猶有區辨。然羅常培考之《西儒耳目資》，發現其中例字多有相混不清的情形，可見金尼閣亦開始對疑母的使用情形產生混淆，然方中履所引金尼閣文，是其猶有分別，故不與〈切韻聲原〉二十字母同，姑於表中「額」字標音處，列出兩項，以爲詳論。

向	黑 h	曉匣	x
風	弗 f	夫非奉	fˇ
無	物 v	微	v
東	德 t	端	t
天	忒 ˋt	透定	t´
暖	搦 n	泥孃	n
來	勒 l	來	l
早	則 ç	精	ts
從	測 ˋç	清從	ts´
雪	色 s	心邪	s
枝	者 ch	知照	tʃ
春	撦 ˋch	穿徹澄牀	tʃ´
上	石 x	審禪	ʃ
人	日 j	日	ʒ

金尼閣的《西儒耳目資》有引導西方傳教士認識中國語音的工具書作用，因此在標音符號的選用，帶有葡萄牙等地的色彩，以方便推廣與有傳教優勢的葡萄牙傳教士。此外方以智自稱學習自《洪武正韻》者多，而《洪武正韻》所作乃《中原音韻》之增入聲〔註66〕，因此再佐以陳新雄所證《中原音韻》之聲母擬音，藉此上下考索，以究方氏聲紐之眞，故得此二十母。

第三節　方以智聲調說

壹　方以智五調說

　　方以智常言，聲調所取爲「嘡嘡上去入五聲，定論也」〔註67〕，是以其聲調有五聲之說，而根本來源則可溯及千二百年前之南朝「沈約始定平上去入

〔註66〕按：據第四章註55所述，崔玲愛得出《洪武正韻》的聲母應是劉文錦三十一聲類中除去全濁聲母的二十一類，而這二十一個聲母數量亦等同於《中原音韻》的聲母總數，故方以智的聲母沿革乃依此而生。唯其先後差別在疑母[ŋ-]的零聲母化與否，元末明初仍保留著舌音的疑母，至明中葉以後則逐漸消失而作零聲母，此是兩者間較爲顯著的差別。

〔註67〕《通雅》，頁 1475。

四聲」〔註68〕。後代宋朝有將聲調分作陰陽者，方氏認爲首倡者是南宋張世南
《遊宦記聞》所記：「平中自有陰陽。張世南以聲輕清爲陽，重濁爲陰，周德
清以空喉清平爲陰，以嘡喉濁平爲陽，智故以哐嘡定例，便指論耳。」〔註69〕
只是張世南之說有著濃厚的陰陽思想，並非單純地以音學的角度詮釋平聲分
陰陽之說，故方以智認爲建構音學觀念下的平聲分陰陽之創始者爲周德清。

　　元代周德清《中原音韻》之後，平聲因爲聲母的清濁產生調值上的差異，
所以他將原本的平聲分出陰陽。而方以智繼承其說、修正「以哐嘡爲陰陽」，
於是其聲調便作「哐、嘡、上、去、入」五聲，其中聲調的高低，方中履補
充說明：

> 古人平反互通，但齅叶耳。沈約始定平上去入四聲，而周德清《中
> 原音韻》始分平聲爲陰陽，以空喉高聲爲陰，堂喉下聲爲陽，此前
> 所未發。……按：「《西儒耳目資》亦以清濁上去入爲五聲，正與哐
> 嘡上去入閤合。」〔註70〕

方中履認爲「空喉高聲爲陰，堂喉下聲爲陽」，顯示陰陽確實有著調值高低的
差異，以爲陰聲高、陽聲下。而方以智之定五聲，其來源於周德清《中原音
韻》與金尼閣《西儒耳目資》，雖然平聲分清濁、陰陽，卻也只是異名同實。
因此方以智視「陰陽、清濁、輕重，留爲泛論」〔註71〕，而改以「哐嘡」爲名。

　　既然哐嘡只是陰陽的代稱，顯示明末處於全濁音清化的語言環境下，不
用聲母清濁區分調值的高低，而傳統的清濁則是用來標示氣流的送氣與否，

〔註68〕《通雅》，頁 1471。

〔註69〕《通雅》，頁 1477。按：張世南《遊宦記聞》論聲音之陰陽，曰：「字聲有清濁，
　　　　非強爲差別。夫輕清爲陽，陽主生物，形用未著，故音常輕；重濁爲陰，陰主成
　　　　物，形用既著，故字音必重。如衣施諸身爲衣，冠加諸首爲冠，衣與冠讀作平聲
　　　　者其音重，已定之物屬乎陰也；讀作去聲者其音輕，未定之物屬乎陽也。物所藏
　　　　曰藏，人所處曰處，藏平聲，處上聲者，輕其作去聲者，皆重亦其類也。」（文見
　　　　宋‧張世南：《遊宦記聞‧卷9》，《叢書集成初編》第 2871 冊，頁 52。）張說將
　　　　音學與《易》之陰陽結合，而歸之於神秘學說，從哲學的角度推論音學，並不能
　　　　有效地解釋平聲分陰陽的關係，而此中清濁陰陽也與後來的研究有所差異，然亦
　　　　是方以智推論之進程，故置張說於此。

〔註70〕《古今釋疑》，頁 442。

〔註71〕《通雅》，頁 1477。

「其清濁則曰初發聲、送氣聲」〔註72〕，因爲方以智不分清濁，卻發現平聲有
兩種不同的調值差異，故用聲母來區別強弱，因而另造聲母分類之新詞「發
送收」，以解決傳統聲母清濁所產生的聲母帶聲與否造成的發音輕重之情形。
濁音清化變不帶聲時，原本的重濁爲喉之陽平聲、原始的輕清爲喉之陰
平聲，而方氏在上去入亦配應與陰陽，因此他補充說明五聲應對六爻的想法，
其中說道：「平聲以喤爲陰陽，上去亦一陰陽也；入聲有起有伏，亦一陰陽
也，是應六爻。」〔註73〕其平聲與入聲的區別即在原本聲母的清濁不同，對應
到上去的陰陽，亦是以上爲陰、去爲陽，當中的差異也與濁上變去相關，去
聲用力重於上，因而產生陰陽之別。

　　方以智的聲調以《中原音韻》不列入聲，是以方氏五聲之說即取於周德
清之陰陽上去四調爲基準，並兼容《洪武正韻》的入聲，以爲後者的編輯原
理是「依德清而增入聲者也」〔註74〕，因此方氏統整二部著作之聲調情形，
故曰：

> 《中原音韻》，……平聲分陰、陽，前所未發也；入聲派入三聲者，
> 廣其韻耳。張萱謂之「北雅」。智謂：「北人未嘗無入聲也。《洪武
> 正韻》，宋濂、王僎、趙壎、孫蕡等定正，本高安而存入聲。」
>
> 〔註75〕

五聲之說，是方以智綜合前代韻書所作的總結，然而這總結是兩部「正音」
韻書的展現，而不能只是歷史的痕跡，如此方符密之著書立說的基本準則，
並且以其好於《正韻》，當守《正韻》的編輯理念，「壹以中原雅音爲定，復
恐拘於方言」〔註76〕，以及「欲知何者爲正聲，五方之人皆能通解者，斯爲正
音也」〔註77〕，此二者意思相近，旨在就標音的內容當以正聲、正音、雅音爲

〔註72〕 《通雅》，頁 1471。

〔註73〕 《通雅》，頁 1514。

〔註74〕 《通雅》，頁 1501。

〔註75〕 《通雅》，頁 53。

〔註76〕 明・樂韶鳳、宋濂等：《洪武正韻》（《四庫全書》第 239 冊，臺北：臺灣商務印書
館，1970 年），頁 4。

〔註77〕 《洪武正韻》，頁 6。

依歸，使各地之人讀切語能知字音，故保留聲調遺跡並非方以智的主要目的，那麼這五聲之說，就有了時音的基礎。

此外方以智再以「開承轉縱合」作為五種聲調的範例字與順序意義曰：「開承轉縱合，亦五聲也。」〔註78〕「開承轉縱合」有著音義上的價值，就音理上言，此五字分別代表哐嗯上去入；順序意義上說，平聲為聲調之始故為開，陽平承陰平之後，聲極而轉作上、去，最終入為極聲，為聲調總合，故其五音全稱為「開哐平」、「承嗯平」、「轉上」、「縱去」、「合入」〔註79〕，亦是象徵天地循環、生生不已的《易》之動態平衡。此即方氏五聲之說。

貳　中古全濁上聲於《通雅》之變化

《通雅‧新譜》的聲調內容，呈現出《中原音韻》以來官話音系所共通的陰、陽、上、去、入五調的安排，縱使他在《四韻定本》中將入聲分作陰陽而提出六調之說，卻仍然依循著傳統一貫的五聲為立說之基礎。不過在全濁聲母清化之後，平聲依清濁分成了陰陽兩調，且濁塞、塞擦音聲母在平仄上產生了不同的發展，按平聲送氣、仄聲不送氣的規律，分別與同部位塞音、塞擦音聲母合流。另一項特別的聲調變化發生在全濁上聲，原中古的全濁上聲依照語音發展的規律，有向去聲靠攏的現象，這從《廣韻》、《集韻》的全濁上聲字對比《中原音韻》，可以知道這趨勢的產生。《通雅》亦然，從方以智的按語之間可以看出全濁上變去的端倪，而〈新譜〉中的字例也呈現出這樣的情況，為說明方以智語言現象中全濁上聲變去聲的情形，試作「中古全濁上聲〈新譜〉歸化表」，以闡發其間的發展演進。

〔註78〕《通雅》，頁 1477。

〔註79〕按：方以智未明言開承轉縱合的始末，而後清人林本裕《聲位》內容多從方氏言，於聲調一門亦續「開承轉縱合」之說，即曰：「開如先天元氣，其聲輕清，萬物資始，有天施之義焉；承如稟受賦質，其聲渾厚，萬物資生，有地成之義焉；轉如物生繁衍，芸芸轉動，其聲盛大；縱如日中有昃，有張必弛，其聲溜越；合如萬物斂藏，復歸根本，其聲收促。」（清‧林本裕：《聲位》，《叢書集成續編》第 75 冊，頁 424。）雖然解說仍有音、《易》相合的意味，從哲學思想的角度詮釋之，則五聲是一循環往復、不曾止息的動態過程，但自開至闔的發展，也仍是建立在審音的基礎上，對五種聲調提出說明。

表五十四：中古全濁上聲〈新譜〉歸化表

	上 聲			去 聲	
字 例	中古聲、調	〈新譜〉聲、調	字 例	中古聲、調	〈新譜〉聲、調
1 埲	並母上聲	滂母上聲	笨	並母上聲	幫母去聲
2 痞*	並母上聲	滂母上聲	罷	並母上聲	幫母去聲
3 拐*	群母上聲	見母上聲	並〔註80〕	並母上聲	滂母去聲
4 窘*	群母上聲	見母上聲	近	群母上聲	見母去聲
5 強	群母上聲	溪母上聲	泫	匣母上聲	曉母去聲
6 澥	匣母上聲	曉母上聲	後	匣母上聲	曉母去聲
7 蟹	匣母上聲	曉母上聲	父	奉母上聲	夫母去聲
8 渾	匣母上聲	曉母上聲	弟	定母上聲	端母去聲
9 緩*	匣母上聲	曉母上聲	漸	從母上聲	精母去聲
10 限	匣母上聲	曉母上聲	象	邪母上聲	心母去聲
11 禍	匣母上聲	曉母上聲	丈	澄母上聲	知母去聲
12 倖	匣母上聲	曉母上聲	紂	澄母上聲	知母去聲
13 迥*	匣母上聲	曉母上聲	雉〔註81〕	澄母上聲	穿母去聲
14 菡	匣母上聲	曉母上聲	受	禪母上聲	審母去聲
15 輔*	奉母上聲	夫母上聲	是	禪母上聲	審母去聲
16 遰	定母上聲	端母上聲			
17 沌	定母上聲	透母上聲			
18 窕*	定母上聲	透母上聲			
19 皁〔註82〕	從母上聲	精母上聲			
20 杼	澄母上聲	穿母上聲			
21 奓〔註83〕	澄母上聲	穿母上聲			
22 蟺	禪母上聲	審母上聲			

〔註80〕「並」字〈新譜〉所無，此例據第六章註21，以「並：蒲靜，今篇靜」（《通雅》，頁 1474。），原來屬於全濁上聲，而後濁音清化、濁上變去才有今音的現象，故置之於此。

〔註81〕〈新譜〉不見「雉」，此例據第六章註23，以爲雉古讀上聲，則今當非上而作去聲，乃濁上變去之例，取穿母則是從「齒」四聲相承得來。

〔註82〕〈新譜〉未收「皁」字，此例乃據第六章註22述，方以智記錄「皁，作早切」（《通雅》，頁 1142。）雖屬精母上聲，然考之《廣韻》作「昨早切」，爲從母上聲，故置於此。

〔註83〕按：「奓」字《廣韻》所無，今取《集韻》錄有「仕下切，茶上聲」爲切語之解，故析之爲澄母上聲。

　　此表專收《通雅》按語與〈新譜〉裡，原於中古屬全濁上聲的字例，在書中清化者，除去一些不照規則的字例，如「奘」本是從母徂朗、徂浪二切，〈新譜〉置於央汪攝知母下，因而得出三十七例，並將中古字音的範圍擴展至《集韻》，以加深字音的豐富性，不只限於《廣韻》一書。由於〈新譜〉屬於等韻圖形式，所以蒐羅字數有限，雖然其全濁聲母皆已清化，是以所收的中古全濁上聲字例並不多，因此在中古全濁上聲的範例裡，僅得三十七，故以此作為判斷全濁上聲清化變調的案例代表。

　　濁上變去與濁音清化的過程裡，在聲調變化的研究中，尚不能得出其先後發生順序的究竟，在語言的研究歷程上，也不能得出完整的解答。按照官話音的規律，全濁聲母清化後的變化規則為「濁塞、塞擦音聲母按平聲送氣、仄聲不送氣分別與同部位塞音、塞擦音聲母合流」，因此不論全濁上聲變調與否，其聲調皆屬仄聲，理當轉作不送氣清音，在「邪→心」、「匣→曉」、「奉→夫」、「禪→審」四組聲母不論平仄，其轉化狀況皆然。而三十六字母中的「並、定、群、從、澄、神、牀」，則有平仄上的差異。但是從三十六字母到簡法二十母的過程裡，方以智形式上是將全濁聲母併入次清聲母之中，不過實際的例證，這是平聲的規則，在仄聲中則是併入全清聲母，顯見方氏對聲母混合併用的認識，有著通幾之規則與口語質測上的區別。

　　在上表三十七個字例中可以發現，全濁上聲未變去聲者雖然數量較多，但也只是相去不遠的約七比五，甚至除去《中原音韻》亦作上聲之「痞、拐、窘、強、蟹、窕、柠、蜃」八個，則兩者數量更見增減為上去各為十三比十五；若除去今讀仍作上聲的七例標註「*」，則是十五比十五，即是一比一的狀況，可見方以智的全濁上聲變化當是處於現在進行式。值得注意的是《中原音韻》的紀錄與方以智相異者，方以智「窘」屬見母，周德清為溪母；方氏「強」為溪母上聲，挺齋則是溪母上聲、見母去聲雙收，這類字例聲母相異者，可見兩者音系有著時空環境上的區別，因而造成同字異讀的現象。

　　在全濁聲母變調、清化的部分，轉為去聲者應成全清聲母，但在九個依平仄而產生全清、次清區別的聲母中，也還是有作次清聲母的案例，但卻也只剩兩個非〈新譜〉中有紀錄者，於《通雅》實在少數。未轉為去聲的十一個會因平仄而有全清、次清差異的全濁聲母裡，其比例為次清者七，全清者四。因此統合這些數據，在方以智所記錄的語言現象裡，其全濁上聲的變化

情形當是「古全濁上聲→時音『全清』去聲」（$\frac{7}{9}$，去聲全部十五例）與「古全濁上聲→時音『次清』上聲」（$\frac{7}{11}$，上聲全部二十二例），如此方能解釋其變化的多數狀況。

濁上變去的現象，在現代語音中也有著例外的情形，而這些仍未轉爲去聲的字例，聲、調也已經漸趨穩定，從方以智的紀錄裡看見古全濁上聲變成清聲母、上聲轉作去聲的痕跡。據此可知，方氏〈新譜〉作爲《中原音韻》至現代語音的過度，不論是在聲母的變化、以及聲調的演進，都呈現了他在語音發展上的歷史價值。

第四節　〈切韻聲原・新譜〉十六攝韻系研究

方以智的等韻學說，主要建立在〈新譜〉之中，他通過十六攝的字例編排，並配合〈旋韻圖〉以展現音韻相轉不定、「旋元一切可輪」的交輪幾理念，最後藉〈旋韻圖說〉呈顯方氏音學與哲學的會通。由於〈新譜〉的等韻內容是〈切韻聲原〉的音學主體，其他的八個部分則是音學與哲學的綜合論述，通過研究〈新譜〉可以認識方氏的語音紀錄，進而釐清明末清初時空下的語音環境，並且將此音系對比《洪武正韻》與《中原音韻》，更可以知其異同，以證方氏「遵《正韻》、用〈新譜〉」的語音理想。

壹　〈切韻聲原・新譜〉與方以智韻學

方以智以十六攝作爲他的韻學主體結構，而後可以上推下求，分別有「三十六韻」與「十二統」的不同。方氏「細分十六攝之小翕闢，爲三十六」[註84]，從十六攝到三十六韻，每攝包含兩個韻，其中「噫支透分尸」、「昷恩熏申魂」、「央汪央汪窗」、「亨青亨青肱」四個韻攝，所列的韻部各有三個，異於其他韻攝的安排。每韻之中或有因翕闢之別，而作三唱四唱者，亦有因其韻的內容或字例過少，故逼併於他韻者，此即「呀揶」攝中所註：「細論亦可分翕闢作四唱，以韻迍逼紐字少，故并之以使用。」[註85]甚至「音唵」攝中，侵心韻僅一狀，故稱「餘皆無狀」，而另補「諳南」，以應對三元韻[註86]。

〔註84〕《通雅》，頁1510。

〔註85〕《通雅》，頁1491。

〔註86〕《通雅》，頁1496。

　　據此可知方以智的取韻標準，有著字例多寡的基礎，是以在四唱之「呀挪」，亦只取二韻爲代表。所摘錄的韻攝名稱，僅止於平聲，用以賅上去二聲。至於入聲，方氏的設計理念本諸《洪武正韻》，乃「平上去三十六韻，而入止得十八韻」〔註87〕。此十八韻本來只配與陽聲韻，不過在方氏的語音環境中，入聲韻尾逐漸喉塞音化，是以他在〈韻考‧洪武正韻〉裡，已將入聲韻與陰聲韻、陽聲韻相配，因此在〈新譜〉中的音韻編排亦不脫離此種型態。

　　在「噫支_{透兮尸}」中，噫包含了透兮的翁闥二韻，另外「支爲獨韻」，且「兒爲獨字，姑以人誰切，附此」〔註88〕，以與「透兮」分立。方以智參酌《洪武正韻》與《中原音韻》而分成這兩部分，即「《中原》、《洪武》分支齊二韻，灰堆梅雷隨讀，音則只此二韻」〔註89〕，顯示方氏〈新譜〉以「隨讀」的時音爲基準，因而有別於前代韻學著作。據此考究「噫支」攝，當含四類韻，即透兮的翁闥之音，以及支韻和兒字韻。從支韻、兒字韻的分立，可以發現舌尖元音已然分化完成，此支韻即是舌尖元音的獨立，今分立爲[ɿ]、[ʅ]、[ɚ]，由於三者配應的發音部位不同，故總作[i]，因此兒字韻擬作[ɚ]，不配其他聲與韻〔註90〕，精系與知系的舌尖元音則分別作[ɿ]、[ʅ]。

　　方以智在〈旋韻圖〉中將十六攝按翁闥的關係排列順序，其中有所謂四正位，即東南西北配應春夏秋冬，而相對應的韻目則爲「春東：晶恩」、「秋西：亨青」、「夏南：呵阿」、「冬北：翁雍」。在這之中又有「三元韻」與「三閉韻」的細部分別，其文曰：

〔註87〕《通雅》，頁1476。按：方以智入聲配與陰陽，其十八韻有從於陰聲韻者，亦有循於陽聲韻者，其內容列於表五十七，可參。

〔註88〕《通雅》，頁1484。

〔註89〕《通雅》，頁1484。按：此處「灰」乃輝之同音字，有別於隈挨攝之「灰」。

〔註90〕按：兒字獨韻，既不與其他聲韻相配，而〈新譜〉置諸日母之下，並配與入聲之日，此乃方以智折衷之法。概方氏以人誰切附之，即是噫支攝之細聲聲母與粗聲韻母相切，已非同列支韻，故知其特立至此。其下入聲日，亦是藉以闡明噫支攝最細音之日母入聲，此可以從〈新譜〉日字四次重出爲觀察，以及同攝細音入聲有日字，即爲明證。那麼方以智所謂獨字無和，卻又置諸日母下，當是藉此編列方式，闡明兒字的語音源流於日母，且發音部位爲半齒舌，故二十六字母中，日母例字爲「兒如辱」，即是兒字聲韻淵源，從舌尖面濁擦音與細音相拼而異化，是以分析時仍置諸日母下，不歸於零聲母之影。

剜灣圓，與尾閉相應，而侵爲閉首，即爲收終。乃春秋用中和之
聲音，平分其名，成此三輪，使禁聲而尋音也。故曰：「三元應三
閉，而外中內三聲，分三韻以交收其音，此一輪論倫之表也。」
〔註91〕

歡桓、寒山、先天三韻爲三元韻，〈旋韻圖〉的對角線位置即侵尋（音唵攝之
唵韻）、廉纖、監咸稱三閉韻。《中原音韻》將三元三閉分立，方以智則併合
了三閉只作兩攝；三元韻雖然保持分立的狀態，但是在〈新譜〉的列字裡，
歡安與灣閑的字例幾乎相同，顯示這兩韻的區別逐漸減弱，而後十二統則併
合之，《四韻定本》之十五攝也將三元韻併作兩攝，此即符合音韻結構上的對
立和諧。因此擬定其中音韻，就有對應的必要性。

　　〈新譜〉之呀挪攝，亦是方以智音韻設置中較爲特出的一攝。此中四呼
於「加」、「爹」二字俱「可粗細呼」〔註92〕，即是可以開口和齊齒呼之，故方
氏註明其收字狀況。另外他特別強調此攝收字規則甚爲繁雜，本有麻韻與遮
韻的例字，但因爲字例數量的關係而省并之，曰：「《洪武》分瓜嗟二韻，細
論亦可分翕闢作四唱，以韻迤逼紐字少，故并之以使用。」〔註93〕

　　第十五攝的「音唵」，因爲古音叶韻頻繁，因此方以智在內容的安排裡，
將原本屬於覃韻、談韻的字例，嵌入以侵心爲主的韻攝中，而可以兼顧古今
音讀的變異現象，故曰：「古南、耽、鐔皆與侵、心同叶，今取諳、南，恰應
歡桓。若讀堪、三、藍、談，則叶咸韻。」〔註94〕這樣的設計理念延續到《四
韻定本》，顯示除了古今音讀的關係之外，當時語音仍有相互叶韻的現象，是
故方氏於此未有明顯改易。而這些古今語音兼收的情形，造成〈新譜〉中有
許多重出字，此現象於「音唵」攝中亦多。而重出字的現象，跨韻攝而分立
者，以入聲韻最爲顯著，其中兼配陰聲韻與陽聲韻，總爲十八韻，顯示方氏
口語音裡入聲的變化，其中與《中原音韻》、《洪武正韻》的異同之處，則是
他在音韻體系上的選擇。

〔註91〕　《通雅》，頁 1512。
〔註92〕　《通雅》，頁 1491。
〔註93〕　《通雅》，頁 1491。
〔註94〕　《通雅》，頁 1496。

貳　〈切韻聲原·新譜〉之入聲配置

　　方以智對入聲的態度是主張此乃古本有之，他列舉古代訓詁學家所作的反切例證，試圖說明入聲不論南北皆是眞實存在過的現象，而非如周德清《中原音韻》之入派三聲，方氏舉證曰：

> 考許慎，召陵人；鄭氏，高密人；服虔，滎陽人。何休，任城樊人；……
> 徐邈、徐廣，東莞姑幕人。沂、青相近，亦北人也，音皆有入聲。
> 如「荓啗鰟魚」，登、萊呼近報字，而注音「蒲角切」，可謂正矣。
> 吾故曰：「古不似今，《中原》之入聲，皆寄入三聲也。四聲通轉，
> 惟所用耳。」〔註95〕

入聲古自有之，只是宋元之際，北方的入聲韻尾開始弱化，方以智認爲是受到北方胡人的語音所致，因而論曰：「（王世貞曰）『大江以北，漸染胡語，沈約四聲，遂闕其一。』余按：『北無入聲，不始于元時，而外國忍收之語，非無入聲。』」〔註96〕因爲中國北方自宋代開始即長期地爲異族所統治，不論是契丹、女眞，甚至雄霸一方的元代蒙古，這些胡人的語言皆影響了中原的四聲。因此他辯駁王世貞《曲藻》以爲入聲在元代始爲退卻之說，認定北方的入聲早在元代之前就已消退，而後《中原音韻》又因爲「廣其韻」的關係，將入聲派入三聲之中，因而使入聲正式在韻書中除去地位。

　　不過方以智認爲「無入聲」的地區僅止於北方，他所處的「中原」地帶，則仍然保存著入聲的語音現象，這不僅可以從他的兩部韻學著作中對入聲的保留得知，在《通雅》的註解裡亦只認爲北方無入聲，如「慮事」條中所述：「慮事，錄事也；慮囚，錄囚也。○……北京人呼綠布爲慮布，菉豆爲慮豆。」〔註97〕這等說法在《通雅》中層出不窮，將入聲派入三聲者亦僅止於北方、北京語音，因此方以智認爲周德清對北方語音的紀錄，實有不可移易的功勞，故曰：「上古之音見於古歌三百，漢、晉之音見于鄭、應、服、許之論註。至

〔註95〕《通雅》，頁 22。

〔註96〕《通雅》，頁 923。

〔註97〕《通雅》，頁 838。按：第四章第四節所證方言語音，其中記載《通雅》中關於北人語音，以入聲派入其他三聲者多，今以此例代表，其他案例見於第四章第四節。

宋漸轉，元周德清始起而暢之。《洪武正韻》依德清而增入聲者也。」〔註98〕
他覺得語音在宋代又有一變，卻到元末周德清才不至落入《切韻》系韻書的
窠臼，而真正可以記錄時音，只是所採取的語音內容侷限在北方，故更要依
循《洪武正韻》以得完整的「中原雅音」。

〈新譜〉中的韻攝有十六個，分作七個陰聲韻攝與九個陽聲韻攝。傳統韻
書如《廣韻》、《集韻》，其入聲韻均與陽聲韻相應，《韻鏡》亦然。《四聲等子》
始作入配陰陽，而後《切韻指掌圖》、《經史正音切韻指南》等隨之。韻書要到
《中原音韻》，開始將入聲派入平上去三聲，其中入聲韻只與陰聲韻相配，異於
前代等韻著作。而後明初《洪武正韻》據方以智言乃承《中原》而增入聲。雖
然《洪武正韻》之入聲配列亦依循《切韻》系韻書，作陽入相配，不過方氏在
〈韻考〉中列出韻目之四聲編排，採取數韻同一入的方式，在原先的編排上，
再填入相對應的入聲韻於陰聲韻韻目下方，唯陰聲之「齊薺嚌」無入聲。方氏
之以陰入相配，乃觀察到語音資料之現況，而有此安排，他並參考了經籍異文
與諧聲偏旁等音韻關係後，因而論曰：

> 陶弘景記：「比者情志，何甚索索。」元結詩：「令橚橚以梴梴。」
> 皆借聲狀之。〈揚都賦〉「橚樧」即楸杉，因《山海經》之橚，以肅
> 之平聲爲蕭，蕭尤通聲也。〔註99〕

案例爲諧聲偏旁的觀察，有入聲的偏旁而作陰聲韻之平聲者。又有方言的考
究，如：「荓唔鰒魚，登、萊呼近報字，而注音『蒲角切』。」因爲大量的資
料顯現陰聲韻與入聲韻相配，所以方以智便在〈新譜〉中呈現這樣的資訊。
入聲展示在〈新譜〉中的歸併結果，說明原本[-k]的屋、藥，與[-t]的曷、屑、
質、殺（鎋）有與陰聲韻相配的情形，並且在「模母暮」、「蕭篠嘯」兩韻中，
有[-k]、[-t]的相混，只有原本[-p]的閉口韻，則仍然涇渭分明，不與其他韻尾
通用。這證明以[-k]、[-t]爲韻尾的入聲韻開始喉塞音化，而[-p]的變化尚不明
確，不混入其他韻中，此現象亦同於《四聲等子》一類的宋元韻圖，以及邵
雍《皇極經世·聲音唱和圖》，因此可以知悉方以智在〈新譜〉聲韻編排上，
也隱含有其音韻思想的展現。

〔註98〕 《通雅》，頁 1501。

〔註99〕 《通雅》，頁 356。

方氏〈新譜〉所編排的入聲韻分爲以下八組「翁雍、烏于、謳幽」；「噫支、昷恩」；「隈挨、歡安、灣閑、呀揶、央汪」；「歡安、呵阿、爊夭」；「淵煙、呀揶」；「亨青」；「音唵」；「淹咸、淵煙、呀揶」。這組合雖然異於《四韻定本》的入聲只分別歸在東鍾、齊微、皆來、先田、歌何、庚青、侵尋、廉纖、監咸九個韻部〔註100〕。不過兩者有共同的現象，就是入聲與陰聲韻相配，而有別於《切韻》系韻書的陽入相應。

方以智在他的音韻思想中，建立了五種聲調的體系，於入聲裡，他採取數韻同一入的作法，不論是〈新譜〉的八類，或是晚期《四韻定本》的九種，所揭示的是入聲在語音環境中的必然發展。只是入聲的配列不似傳統韻書般涇渭分明，在部分韻尾中已出現相互併合的情形，前後期的入聲只有閉口韻仍留存著相應的陽入配位，而不與陰聲韻相混。

參　〈切韻聲原・新譜〉之方俗語音

方以智的音韻思想寄託在〈切韻聲原〉之中，他說：「縱之平仄，橫之宮商，填字歸韻，倫論必不可紊。使宣尼生今日，吾知其必樂遵《正韻》，用〈新譜〉也。」〔註101〕表明了方氏在造〈新譜〉時，即參酌了《洪武正韻》。而他認爲「《洪武正韻》改沈約矣，而各字切響，尚襲舊註」〔註102〕，並「依德清而增入聲者也」，是以在他的認知裡，這之間的承襲關係可作「《中原音韻》→《洪武正韻》→〈切韻聲原・新譜〉」。然考之《中原音韻》，其著作目的乃欲以展示「宗中原、守自然」之音，周德清〈自序〉道：

〔註100〕按：依據楊軍所引用的例子，可以發現《四韻定本》的入聲雖然只出現在九個韻中，但一韻之內包含了〈新譜〉的諸多韻攝，今從楊軍文中析出其分合：1.「東鍾韻的入聲配與東鍾攝、烏于攝、謳幽攝」；2.「齊微韻的入聲配與噫支攝、昷恩攝」；3.「皆來韻的入聲配與隈挨攝、歡安攝、灣閑攝、呀揶攝、央汪攝」；4.「先田韻的入聲配與淵煙攝、呀揶攝」；5.「歌何韻的入聲配與歡安攝、阿呵攝、爊夭攝」；6.「庚青韻的入聲配與亨青攝」；7.「侵尋韻的入聲配與音唵攝」；8.「廉纖韻的入聲配與淹咸攝、呀揶攝」；9「監咸韻的入聲配與淹咸攝」。兩個作品的分配不同，但內容呈現相去不遠，亦是入聲配與陰聲韻與陽聲韻，又可證兩書音系之不遠。

〔註101〕《通雅》，頁14。

〔註102〕《通雅》，頁1472。

欲作樂府，必正言語；欲正言語，必宗中原之音。樂府之盛、之備、

之難，莫如今時。其盛，則自搢紳及閭閻歌詠者眾。其備，則自關、

鄭、白、馬一新製作，韻共守自然之音，字能通天下之語。〔註103〕

既然是遵守「自然之音」，則言語之際應是當時語音的面貌，所根據的資料則是
關、鄭、白、馬的樂府創作，是以後人評鑑其說，多認為是從當時戲曲用韻所
整理歸納而得，因此前人研究總結《中原音韻》之「中原之音」的語音內容，
大約是以北方官話為主的音韻系統。

　　《中原音韻》是遵循著北音系統所建立的韻學著作，後來的《洪武正韻》
之著作目的亦是主中原音，《洪武正韻·序》曰：「壹以中原雅音為定，復恐
拘於方言，無以達於上下。」〔註104〕顯示當時的韻書著作都認為自己是在記
錄「中原」語音，只是其「中原」的概念不同。考之《洪武正韻》的作者群，
出自南方人物者多，且韻書中記載的全濁聲母，正與南方音系相符，再者兩
次訂定都是在南京洪武時代，故不以北方語音環境為正統音系，是以後來研
究多認為《正韻》屬南方的全濁體系。不過《洪武正韻·凡例》揭示著書原
則曰：「今並遵其說（毛晃《禮部韻略》），以為證據，其不及者補之，其及之
而未精者，以中原雅聲正之。」〔註105〕主從毛晃《禮部韻略》而兼從熊忠所
編《古今韻會舉要》的韻部分合，終以「中原雅聲」、「五方之人皆能通解之
正聲」〔註106〕為判斷的依準，說明《洪武正韻》的著書原則仍然繼承著傳統
韻書的規定。著書原則如此，聲調系統亦然，但是在韻部的安排上，二十二
韻的減省與《中原音韻》的十九韻雖然大致相同，唯獨入聲的獨立猶然是最
大的歧異。

〔註103〕元·周德清序：《中原音韻概要》（臺北：學海出版社，1976年），頁7～8。。

〔註104〕《洪武正韻》，頁4。

〔註105〕《洪武正韻》，頁6。

〔註106〕按：《洪武正韻·凡例》說到所取字音皆以「正聲」為準，因而解釋正聲之意為
　　　　「五方之人皆能通解者，斯為正音也。沈約以區區吳音，欲一天下之音，難矣。
　　　　今並正之。」（《洪武正韻》，頁7。）即是可以達於天下者方為正音，因此語音
　　　　的內容不當只有一時一地之音，而當是禁得起古今南北的檢驗。不過方以智也
　　　　認為「《洪武正韻》改沈約矣，而各字切響，尚襲舊註」（《通雅》，頁1472。），
　　　　因此方氏更作〈新譜〉，即是欲以「時音」以更替百年以前《洪武正韻》之舊韻。

　　《洪武正韻》與《中原音韻》兩書體系同中有異，然目的皆以記錄「中原之音」為準，方以智既以此二部著作為圭臬，則其創作目的亦當屬陳列「中原雅音」為目標，所以他「考古以決今」，認為今日語音當從「聲母二十、唱《洪武》韻」，此系統縱是仲尼再世，亦必用〈新譜〉的體系，顯見他的語音，亦是承繼著《中原音韻》與《洪武正韻》定中原之聲的模式而作。此外，〈切韻聲原〉不單只是音學的展現，其中也包含了方以智的音韻思想，當中指導即見邵雍之說，且〈新譜〉十六攝編排而成〈旋韻圖〉，亦屬音韻思想的體現，是以方氏在〈新譜〉的設計安排上，也帶有寄寓音《易》相合的思想。方氏的〈新譜〉大體是依據這樣的想法在執行他的語音，不過在特殊的字例歸屬裡，仍然有著方言俗音的現象。

　　時建國在〈切韻聲源研究〉中，列舉的「灰、隈、房、虒」，以為與蘇州方言相同；「肯、礐、趁、認、審」，以〈新譜〉與南京方言對照，發現二者歸部一致；「吞、候」二字，則分別應證北音、南音，顯示方以智的〈新譜〉收字來源不一。另外，中古次濁聲母的聲調原則，於平聲應作陽平，然而方氏在微母的陰平聲中收錄「䛏」，明母陰平有「瞢、芏、摩、駹、蔄」等，泥母陰平有「钀、蠆、撚、飄、南、拈」，來母陰平有「祿、來、囉、撈」，日母陰平「芿、任」，這些應屬陽平聲的字例，發展超越規律，而為方氏列於〈新譜〉中的陰平位置。

　　明顯可從〈新譜〉中觀察得知的案例如上述，方以智的標舉形式乃直接將方俗語音記錄於〈新譜〉裡，另外需透過與《通雅》的說解才能察明方氏著作的想法，如〈釋詁〉有：「魚麻韻通，故奴轉為拿，而搦有捺音，猶今青、登、萊人，呼那為寧借反也。」〔註 107〕「那」的四個重出音中，因古音通轉之故，產生不同的念法，於方言俗語而有「呀揶攝」齊齒去聲的讀音，然方以智認為不同空間上的方言正是歷時時間所造成的古代語音之集合，故借此安排展示〈新譜〉兼收古今南北語音的功能。甚至在圖、邢、花等字例中，分別呈現方言語音，因而紀錄中有：「《佩觿集》曰：『河朔謂無曰毛。』智按：『今北人無言毛者，不過呼没字如門鋪切之聲耳。湖廣、江西、廣東則謂無

〔註107〕《通雅》，頁 293。

曰毛，此蓋没字之轉也。』」〔註108〕前代韻書難見門鋪切者，是以此切語或是方以智從音和的角度所揀選者，故可以解釋「無」的陰平聲來源。另圀之註有：「邪許之邪，音亨遮反。」〔註109〕𦳝則從「卉乃花之聲，花古作華，讀如專，作荂，轉而爲輝音，如今閩中之讀花爲輝也。」〔註110〕這三例都顯示〈新譜〉在語音的工作上，以「時音」爲主要的概念，而時音的空間範圍則不只中土，還包含了方以智的游歷區域。對他來說，認識方言可以有效地上推古音〔註111〕，因此〈新譜〉可以說是兼包雅俗，亦通古今、又融合音《易》的語音資料。

肆　〈切韻聲原・新譜〉韻母擬音

在方以智的語音學說中，除了傳承自除周德清與宋濂以外，還受明末金尼閣的影響甚大，在他的學術理念裡，「折衷」（折中）是最重要的觀念，不僅要折衷古今學術的差別，還要折衷東西學術的異同。因此在語音學的脈絡裡折衷東西，他曾提出拼音的主張，雖未明顯地採用西式拼音進入他的語音系統，卻在模擬讀音時，有著相同的概念。考之方以智所謂「六餘聲」◎、𫛭、㑪、阿、邪、牙，後五者所代表的正是[u]、[i]、[o]、[e]、[a]，這五個即是金尼閣的「自鳴」元音。而聲母所列二十、二十一，亦符金尼閣對聲母的設置。唯兩人之說聲調雖同，只是調類名稱相符，於調值則不可考，但二者學說間的密切關係，仍可以從這些跡象中求得。至於餘聲◎則代表所有的非陰聲韻尾，細別則是[-m]、[-n]、[-ŋ]的不同，而這些組成了他的韻尾結構。至於入聲僅有收勢，而無收音，故「入無餘聲」，當是塞音爲結。

〔註108〕《通雅》，頁 1447。

〔註109〕《通雅》，頁 1491。按：又《通雅・釋詁》有：「與諤、邪許，舉重唱呼也。○舉大木者，前邪後許，邪在《中原韻》爲亨遮反，許音虎。」（《通雅》，頁 203。）以及將「邪許」之邪歸入窸紐之開，即是說明此字有特殊語音，而非一般所用。

〔註110〕《通雅》，頁 138。

〔註111〕按：方以智以爲方言乃是古音的集合，因此他說：「方言者，自然之氣也，以音通古義之原也。」（《通雅》，頁 79。）又說：「方音乃天地間自然而轉者，上古之變爲漢晉，漢晉之變爲宋元，勢也。」（《通雅》，頁 1439。）顯示在方氏的系統裡方言可以和古音相通，所以考方言即爲正古音。

由於方以智的〈新譜〉內容涵蓋甚廣，欲求其中音韻體系，需一一檢出其語音內容。〈新譜〉以十六攝作爲等韻圖的結構，因此可以劃分成十六種不同的韻尾形式，而他的十六攝可以向上細分其翕闢之狀爲三十六韻，向下減縮以略「外內中聲、開閉阿支之狀而渾叶之」作十二統〔註112〕，從十六攝變成十二統的過程中可以發現陽聲韻多有合併，尤其「溫清——眞青」融貫了原先分屬不同的陽聲韻尾[-n]、[-ŋ]，並補充說：「閉口韻本與元灣相應，而天亦讀汀，故始閉之，侵亦應之。」〔註113〕則再將侵尋等閉口韻[-m]與眞元[-n]等相併。十二統的線索如此，用以檢視方以智整體音韻內容的主要材料在十六攝，三十六韻與十二統的差異實在簡繁，因此從十六攝入，即可以有效地認識方氏的音韻內容，並作爲擬音與上下考究的基本素材。

方氏十六攝的設置與中古十六攝有分合的關係，雖然在數量上相同，但是方氏將原山攝一分爲三，並與後來的《四聲等子》、《切韻指掌圖》的「江宕合攝」、「果假合攝」、「曾梗合攝」所形成的十三攝相異，以下列表以顯示其中分合狀況，作「十六攝之中古、方氏對照表」，另附十二統參照於旁。

表五十五：十六攝之中古、方氏對照表

《四聲等子》十六攝	《切韻指掌圖》十三攝	〈切韻聲原〉方以智十六攝	方以智十二統暨徽傳朱子譜
通	通	1 翁雍	翁逢翁從；緷
江	宕江合攝	併入央汪。	陽光汪陽；邦
止	止	3 噫支	爲支逶支；陂
遇	遇	2 烏于，順序前置。	余吾于吾；逋
蟹	蟹	4 隈挨	懷開隈開；牌
臻	臻	5 昷恩	眞青溫清；賓崩

〔註112〕按：方以智說：「細分十六攝之小翕闢爲三十六。」以及「若署外內中聲、開閉阿支之狀而渾叶之，曰翁從、曰于吾、曰逶支、曰隈開、曰溫清、曰阿摩、曰哇邪、曰汪陽、曰爊蕭、曰謳侯、曰烟元、曰歡灣，十二韻耳。」即是將十六攝分作三十六韻的方法，以及整併爲十二統的內容。（語見《通雅》，頁1510～1511。）縱使是晚期的十五攝，區別只在灣閑併入歡安，十二統合之作歡灣是也，因此猶可以貫通之，而不會造成歧異。

〔註113〕《通雅》，頁1510～1511。

山	山	分成 6 歡安、7 灣閑、8 淵煙。	寒灣_{歡灣；班、} 煙元_{煙元；鞭}
效	效	13 燆夭，順序調後。	蕭豪_{燆蕭；包}
果	果假合攝	9 呵阿	歌阿_{阿摩；波}
假		10 呀揶	耶哇_{哇邪；巴}
宕	宕江合攝	11 央汪（宕江合攝）	陽光_{汪陽；邦}
梗	曾梗合攝	12 亨青（即曾梗合攝）	*眞靑*_{溫清；賓崩}
曾			
流	流	14 謳幽	尤侯_{謳侯；彪}
深	深	15 音唵	*眞靑*_{溫清；賓崩}
咸	咸	16 淹咸	寒灣_{歡灣；班}

方以智十六攝的內容大抵與中古十六攝相近，不過方氏已經不從四等的角度分類，改以翕闢穿撮爲標準，而順序的調整則依據主要元音的開口度，作「翕闢闢翕」的排列，以四正「冬北、春東、夏南、秋西」的規則，配應「翁雍、显恩、呵阿、庚青」作四正之韻，而四正之外的其他十二攝，則是依循著閉漸開、開漸閉的規則運行。以下則分述方以智音《易》思想與定韻擬音的關係。

一、四　正

　　方以智〈新譜〉十六攝的順序原理詳述於〈旋韻圖說〉，他將十六攝用旋圖的結構、旋韻的方式，展現其音、《易》思維，文中說道：

> 起冬至含呼爲東逢韻，而旁轉迂模，至淒支而略開矣，皆來正開矣。
> 至眞文而與升鼻之庚廷相對，爲春秋平分矣。春開復平，交夏入徵，
> 猶調發徐平而後縱之，乃收也。歡桓而山寒而先天，則三元之音正
> 圓矣。此如調中之換頭也。歌和則以和應中，爲中和南北之衝矣。
> 東烏之韻，阿口而含；先歌之韻，則阿口而放也，家車則極放也，
> 江陽則放蕩而復轉庚廷之鼻音矣。再轉蕭豪而幽侯收，侵尋廉咸則
> 閉口矣。〔註114〕

在十六攝的收字情形裡，以春秋所屬的显恩、亨青二攝聲狀最多，此正符應春秋二季利於萬物生長的自然情景，對應到冬夏的翁雍與呵阿之聲狀爲少。當中於春夏秋冬的字例多寡，其音學原理即在韻與開合的收字狀況，以及聲母與開

齊合攝的聲狀對應，方以智據以展現其音學思想。四正位所屬的韻攝順序，即是針對開口程度而定，從含口之合的翁雍，至閉口韻的音唵、淹咸，作翕闢闢翕的循環，因而言曰：「旋韻，以中和均平之聲音爲四正，支灣放閉爲四隅，倫論森然，其通轉之幾，于發送收餘，可知矣。」〔註115〕方氏在〈旋韻圖〉的位置設計上，依十六攝的開合關係制訂排列順序，即與〈十二開合說〉的認知相仿，只是〈旋韻圖〉的開合是以韻爲基準，其中包含主要元音與韻尾，故閉口韻之音唵、淹咸，鄰近含口之合的翁雍，均列北方冬季之位，其餘的韻攝相從，亦是依此關係而成。

　　因爲方以智〈旋韻圖〉的結構乃根據韻的主要元音及韻尾而成，所以春秋之位的主要元音乃半開半閉之央元音[ə]，對照到金尼閣所設字母於主要元音處作 e，因此是 en 與 em〔註116〕，亦即從閉漸開、從開漸閉的中間過度，爲春秋平分之眞文——显恩，與庚廷——亨青。從韻學的發展傳統來說，《中原音韻》的眞文、庚青，與《洪武正韻》的眞、庚，分別作[-ən]、[-əŋ]，十二統中將显恩攝與亨青攝集合爲眞青統，因此在方以智的設定中，將春秋之位的兩個韻攝擬作[-ən]、[-əŋ]。而後音唵攝中的侵尋韻也併入眞青統中，故其韻中主要元音亦可擬爲[ə]，則侵尋韻以其尾閉，是以韻作[-əm]。

　　〈旋韻圖〉中有多夏二位的翁雍、呵阿兩攝，據方以智的說明爲「阿口而含」、「阿口而放」。由多而發的翁雍、烏于之「阿口而含」，方以智另外用「含口之合」專門描述翁雍，意即在兩攝的合口性質，而翁雍更顯「唵語」之狀〔註117〕，在語音中其合口性質考量傳統韻書發展情形，擬其主要元音爲[u]，而韻尾以相近於庚、江、陽之[-ŋ]，即以[-uŋ]顯示其「唵語」的發音情形。那麼同屬阿口而含的烏于，其韻尾即作[-u]，亦即餘聲⑥的本聲。

　　「東烏之韻，阿口而含；先歌之韻，則阿口而放也」，前者以「含」的動作說明翁雍、烏于的主要元音爲相同的合口[u]，此[u]亦屬烏于攝之韻尾，故六餘聲中有⑥。而含爲合口之[u]，那麼後者的「放」就是表示呵阿的主要元音之發

〔註115〕《通雅》，24。

〔註116〕按：在金尼閣《西儒耳目資》的標音系統中，韻尾 m 代表[-ŋ]，e 表示[ə]，ul 表示字母而爲[ə]。

〔註117〕按：《通雅·古雋》中有：「余嘗曰：『唵，語含口也。』」（《通雅》，頁 220。）說明含口有語在口中，蒙昧不清之狀。

音動作，再考之「阿口而放」，與呀揶的「極放」有程度上的差異，二者既不相同，則應屬次一等，故視作主要元音響度次於極放之[a]，並在合口之中微張其脣，正可以與含之閉相對，故示之以[o]，亦即餘聲囮所示之音。

〈旋韻十六攝圖〉中尚有四逼的說法，四正解說與擬音闡述於前，而四逼所指稱者乃「支逼、灣逼、開逼、閉逼」，〈旋韻圖說〉論之曰：

> 支爲獨韻，雖開而逼狹也。麻、車正開而細分靴瘸，不爲不逼狹也。
> 侵、咸尾閉固逼狹矣，而歡、山轉元，亦逼狹也。古之所混者皆四
> 隅也，此四季之鬱也。〔註118〕

四者因爲所屬韻字甚少，故有併入他韻的情形，故稱其音逼而并。然未牽涉擬音的內容，只是說明四逼之位字少，故定此四項以明字少的原因。由於灣逼、閉逼的擬音需通過三元、三閉後方得啓發，故置其說於下。

二、三元與三閉

四正位的語音內容方以智分別使之代表中和均平，說明發音過程中的主要元音，爲央元音[ə]、脣吻微張的中元音[o]，和合口的[u]。而三元三閉乃是位於四逼的灣逼與閉逼，及其前後的韻目內容。方氏稱之作三元三閉，乃示其主要元音的相應，曰：「已上之剜灣圓，與尾閉相應，而侵爲閉首，即爲收終。……三元應三閉，而外中內三聲，分三韻以交收其音，此一輪論倫之表也。」〔註119〕方氏將歡安、灣閑、淵煙稱作三元，在昆恩攝後「平分其名，成此三輪」，因此在[ə]之三邊的[o]、[a]、[e]成爲相互扶持的三個基礎，時建國稱之爲「鼎足之勢」。而方以智特地將代表寒山之灣閑置於代表歡桓之歡安的後方，即是要將灣閑之洪聲作鼎足正中的音韻思想，如此方可以將三元應三閉。然而其中仍須注意的是，方氏〈新譜〉中有「干讀叶班，則入刪韻」與「丹、餐叶刪韻」之語，顯示韻攝已在整併的過程，而主要元音[o]、[a]的辨義作用降低甚至消失，於是稍後的十二統，和晚年的《四韻定本》寒山與歡安併，成爲不可避免的音變發展。再因爲「先歌之韻，阿口而放」，先天之淵煙攝不當作「極放」之阿，亦在大小翕闢的區辨上與呵阿有別，故主要元音配[e]，於是「歡安、灣閑、淵煙」之音當擬爲[-on]、[-an]、[-en]。而三閉

〔註118〕《通雅》，頁1509。

〔註119〕《通雅》，頁1512。

韻與三元韻的主要元音相同，韻尾作閉口韻。

　　三元韻爲「歡安、灣閑、淵煙」，而三閉韻則是「侵尋（音唵攝中「唵」之甘諽南部分）、廉纖、監咸」，依韻攝的角度則是從春之晜恩出發，以迄淵煙，正符侵尋至監咸的主要元音，三元與三閉的區別只在韻尾的相異。從三閉韻與三元韻互相切摩其音，可以知道音「唵」之[o]可以和廉纖之[a]相混，亦即歡安與灣閑相併，故方以智又稱：「古南、耽、鐔皆與侵、心同叶，今取諽、南，恰應歡桓。若讀堪、三、藍、談，則叶咸韻。」〔註120〕侵韻古與覃韻相叶，故方氏在〈新譜〉中，侵尋韻之音唵攝雖爲「閉逼」，但通過古今音韻的並立，而可以獨立爲一攝。音唵攝有侵尋韻與覃談韻的語音內容，故擬音中韻尾與傳統韻書一貫爲[-m]，而主要元音當作兩類以示其分。與晜恩對立之侵音爲[-əm]，韻中以應歡桓之諽南主要元音則作[o]。

　　閉口韻的三類方以智又命之曰閉逼，正好與灣逼的三類相應，原本的三元韻將歡安併入灣閑，而增以晜恩，此三元的主要元音之配應即是三閉韻主要元音的排序，如此方爲浮山「分三韻以交收其音，此一輪論倫之表也」〔註121〕，以三者分別爲鼎之三足，整併後的主要元音，其排列順序爲[ə]、[a]、[e]，於閉口則作侵尋之音[-əm]、唵與監咸[-am]、廉纖[-em]，這樣的排列亦可以符方氏「侵至咸，實寒元青之尾閉」〔註122〕的審音認知。

三、其他諸攝

　　在四正與三元三閉之外，方以智的韻攝內容尚有噫支、隁挨、呀揶、央汪、爊夭、謳幽六攝，以下即依陰聲韻與陽聲韻，說明其擬音根源及其內容。

　　噫支攝的內容包含透兮尸三韻，其中分別代表合口「透」、齊齒「兮」，與支韻「尸」和兒字韻，是以〈新譜〉中註曰：「支爲獨韻，不合五音，乃商齒之最出者也。兒爲獨字，姑以人誰切附此。」〔註123〕此語揭示兒爲獨字韻，不與他字相叶，因而擬作舌尖元音[ɚ]，以表示其音的獨特性。在支韻處，既是齒音之最出，則是發音部位最前的舌尖元音[ɿ]、[ʅ]，因爲此二類不相通用，

〔註120〕《通雅》，頁1496。
〔註121〕《通雅》，頁1512。
〔註122〕《通雅》，頁1509。
〔註123〕《通雅》，頁1484。

故以[ï]為替，又因其字少，故稱支逼，而歸諸噫支攝。透兮之音來源自《中原音韻》的齊微韻，〈新譜〉註稱：「《中原》、《洪武》分支齊二韻，灰堆梅雷隨讀，音則只此二韻。」〔註124〕韻尾乃六餘聲之「支開之餘聲為⑫」〔註125〕，故判定為舌面前展脣高元音[-i]之⑫，透微韻尾有灰堆梅雷等字，其字入聲正好與眰恩攝的合口呼入聲相應，考量眰恩攝的主要元音擬為[-ə]，今亦於此將噫支攝之透微韻尾擬作[-əi]，以符音韻結構的完整性。至於眰挨攝乃源自《中原音韻》之皆來，其中依序有開口、齊齒、合口三呼，此處擬音一如《中原音韻》與《洪武正韻》，六餘聲亦定為開，收⑫，故韻尾設作[-i]，又因為其入聲與歡安、灣閑等同用，故主要元音為[a]，即如方以智所說：「起冬至含呼為東逢韻，而旁轉迂模，至淒支而略開矣，皆來正開矣。」〔註126〕韻作齊齒者者微開，主要元音為[a]者為正開，故其韻尾總為[-ai]。

呀揶攝的韻尾乃極放之音，於元音中屬於開口度最大的[a]。然而呀揶攝是整併自《中原音韻》的家麻韻與車遮韻，雖然其中介音同為齊齒細音之兵丁狀，但是在三十六韻裡分屬呀揶二項，因此在擬音上須分作二類。此外，韻攝中的入聲配列有異，呀韻與灣閑攝細音入聲相配，而揶韻則配與淵煙攝之細音入聲，入聲配與陰陽的關鍵正在元音，顯示呀揶攝有著不同的元音韻尾。既然是極放之大開，則源自於家麻韻的呀與餘聲⑭俱為一韻，故當擬作[-a]。但是來源於車遮韻的揶韻處，則不屬於同樣的韻尾，其韻尾當為六餘聲之⑭，故為[-e]。究兩者併為一攝的理由在於「《洪武》分瓜嗟二韻，細論亦可分翕闢作四唱，以韻迮逼紐字少，故并之以便用」〔註127〕，方以智亦是依於音逼而并，故此處又因為處闢處，故稱開逼，其中韻尾擬音分別擬作[-a]與[-e]，表示二者來源的不同。

爔夭、謳幽兩攝位處秋平亨青之後，方氏所稱之收，不過並非針對其主要元音的發音情況而設，乃是就其韻尾的收閉情形，以及合於〈旋韻圖〉排列由闢漸翕、秋轉入冬的音《易》思想。此二攝有別於音唵、監咸的閉口[-m]，考

〔註124〕《通雅》，頁 1484。
〔註125〕《通雅》，頁 1511。
〔註126〕《通雅》，頁 1508。
〔註127〕《通雅》，頁 1491。

燃夭、謳幽兩攝，音雖收而有餘聲，在六餘聲中均屬⑤，因此其韻尾俱擬成與烏于攝相同的[-u]。此外，燃夭攝本來源於《中原音韻》中的蕭豪韻，據陳新雄研究此韻分為[-au]、[-eu]兩類，後起之《洪武正韻》更將《中原音韻》的蕭豪韻分立成兩韻為蕭、爻，正合陳新雄的研究結果與音韻發展的歷史狀態。但方以智〈新譜〉並不分立，只作燃夭一攝，亦無韻逼的情形，說明兩韻在方氏系統中應當一致。另從入聲的配列觀察，燃夭攝的合口入聲與歡安、呵阿的合口入聲相應，此二者皆有主要元音[o]的音讀，因此將燃夭攝擬作[-ou]，方可以符合〈新譜〉入聲相通的情形。在謳幽攝中，金尼閣擬作 eu、ieu 而有洪細之別，羅常培研究金氏之 eu 當作[-əu]，以此推之方以智的謳幽攝為[-əu]，如此也可以符合方氏擬音情況中的[-ə]與[-o]相對應的音韻結構。

　　央汪攝於十二開合中屬大開之開，其位處極放之呀揶，與秋平亨青之間，方以智稱之為「放蕩而復轉庚廷之鼻音」，大開是帶有主要元音[-a]，與將轉入亨青之鼻音[-ŋ]，故擬作[-aŋ]，亦可以符應古今音韻的發展概況。

四、入　聲

　　方以智的音韻結構中，既保有入聲調，且韻尾亦維持著傳統韻書的入聲韻。從〈新譜〉中可以發現他將入聲分成八組：1.「翁雍、烏于、謳幽」；2.「噫支、晜恩」；3.「限挨、歡安、灣閑、呀揶、央汪」；4.「歡安、呵阿、燃夭」；5.「淵煙、呀揶」；6.「亨青」；7.「音唵」；8.「淹咸、呀揶」。這組合與楊軍文中對《四韻定本》入聲的分析相似：①「東鍾韻的入聲配與東鍾攝、烏于攝、謳幽攝」；②「齊微韻的入聲配與噫支攝、晜恩攝」；③「皆來韻的入聲配與限挨攝、歡安攝、灣閑攝、呀揶攝、央汪攝」；④「先田韻的入聲配與淵煙攝、呀揶攝」；⑤「歌何韻的入聲配與歡安攝、阿呵攝、燃夭攝」；⑥「庚青韻的入聲配與亨青攝」；⑦「侵尋韻的入聲配與音唵攝」；⑧「廉纖韻的入聲配與淹咸攝、呀揶攝」；⑨「監咸韻的入聲配與淹咸攝」。茲作「〈新譜〉、《四韻定本》入聲對照表」，以說明兩部作品入聲結構之相近。

表五十六：〈新譜〉、《四韻定本》入聲對照表

〈新譜〉入聲	《四韻定本》入聲	〈新譜〉入聲	《四韻定本》入聲
翁雍、烏于、謳幽	1.東鍾韻有東鍾攝、烏于攝、謳幽攝	歡安、呵阿、燃夭	5.歌何韻有歡安攝、阿呵攝、燃夭攝

噫支、昆恩	2.齊微韻有噫支攝、昆恩攝	亨青	6.庚青韻有亨青攝
限挨、歡安、灣閑、呀揶、央汪	3.皆來韻有限挨攝、歡安攝、灣閑攝、呀揶攝、央汪攝	音唵	7.侵尋韻有音唵攝
			9.監咸韻有音唵攝、淹咸攝
淵煙、呀揶	4.先田韻有淵煙攝、呀揶攝	淹咸、呀揶	8.廉纖韻有淹咸攝、呀揶攝

《四韻定本》除了侵尋韻與亨青韻的入聲字字例自成一格，其他諸韻的例字，都可以在〈新譜〉中得到相對應的兩處位置，顯示方以智的入聲韻，除了超越傳統韻書的陽入對應以外，而另外與陰聲韻四聲相承。在韻尾的結構上，原本的同部位鼻音對應同部位塞音的限制，已然消失，說明入聲韻韻尾性質的轉變。不過〈新譜〉中音唵攝與淹咸攝的入聲字字例裡，仍然保持著雙脣鼻音韻尾的形式，而不與其他入聲韻尾相混，雖然呀揶攝的部分入聲字例與廉纖韻的入聲字字例相同，但僅有些許字例，只可說明這一類中古咸攝四等與假攝三等在發音過程中有相近的現象。檢視每個韻攝的入聲字，觀察其配位的狀況，可以得「〈新譜〉數韻同一入分配表」。

表五十七：〈新譜〉數韻同一入分配表

	陽聲韻	陰聲韻	介音與主要元音
1	翁雍合口	烏于合口、謳幽合口	[u]
2	昆恩合口	噫支合口	[-uə]
3	歡安開口、灣閑開口、央汪開口	限挨開口	
4	灣閑齊齒、央汪齊齒	限挨齊齒	[a]
5	灣閑合口及開口、央汪開口	限挨合口及開口、呀揶合口及開口	
6	歡安合口	呵阿合口、燀夭合口	[o]
7	淵煙齊齒、淹咸齊齒	呀揶齊齒	[e]
入聲獨立	8 亨青攝、9 音唵攝		
	翁雍撮口、烏于撮口、噫支齊齒、支韻、燀夭齊齒、昆恩細聲二呼、淹咸粗聲二呼。		

表中除了亨青、音唵二攝未有與他攝的入聲相配應，其他諸攝入聲皆見相互摻雜的情形。進而列入其相應的語音關係時，可以發現翁雍攝的入聲之與烏于攝、

謳幽攝相應的理由在其主要元音或韻尾皆有[u]，是以成爲其音韻相轉的關鍵，即如後代討論陰陽入相轉的樞紐正在相似的主要元音或韻尾，方以智於〈新譜〉中所呈現的入聲韻之相配，也是基於這樣的音理情況。這不只是上承於《四聲等子》一類的韻圖排列形式，也與後代「陰陽對轉」的古音理論相連結，其根據即是從對轉的兩部應當有個類似的主要元音與韻尾而來。

　　數韻同一入的現象也同時出現在淹咸攝與呀揶攝中，其中字例相同者分佈在兩攝之齊齒呼，原本在中古咸攝四等入聲與假攝三等者，兩者入聲相通，但卻不與淵煙攝之齊齒呼互通，此三攝的入聲字，以前二者關係尤近，後二者關係雖近，卻不完全相通。今將三攝入聲列於下表，作「淵煙、呀揶、淹咸齊齒入聲對照表」，以說明其間分合狀況。

表五十八：淵煙、呀揶、淹咸齊齒入聲對照表

淵煙攝	鼈<u>撇</u>滅結○曳歇	<u>跌</u>鐵涅烈節切雪<u>浙徹**涉**熱</u>
呀揶攝	別<u>撇</u>蔑劫怯葉俠	<u>跌</u>帖躡劣接妾○折轍設熱
淹咸攝	**劫怯葉協**	蝶帖捻囁接捷變鑷輒***歃***○

表中用底線、粗體、斜體劃分出三攝互通的韻字，並參考楊軍〈四韻定本的入聲及其與廣韻的比較〉中所列的同音字，可以發現淵煙攝與呀揶攝、呀揶攝與淹咸攝的韻字有著較爲普遍的互通現象，淹咸攝與淵煙攝只有「涉／歃」一組相同，此現象顯示合口入聲[-p]的變化是相對保守，而不與其他陽聲韻韻攝的入聲相混，楊軍在總結《四韻定本》的入聲後，認爲合口入聲[-p]的保存完整，縱使仍有少數混入他韻案例，如：「諾／納」，但在數量上卻不成比例，而〈新譜〉中亦只增「歃／涉」之例，表示入聲[-p]的保持完好。而此淹咸攝與呀揶攝相通的入聲亦只有七組，不若其他諸攝相混之普遍，是以擬音時參酌《四韻定本》，將其入聲韻尾擬作[-p]，而可以說明其變化的獨立性，並與其陽聲韻尾[-m]的單純情形有著一致性。

　　其他諸攝的入聲韻尾則呈現著大幅度的互通，尤其在「限挨、歡安、灣閑、呀揶、央汪」五攝的相通中，可以發現原陽聲韻尾[-n]與[-ŋ]所相對應的入聲已然透過主要元音[a]而產生混淆。其他各攝亦各自通過相同的主要元音而轉假，但也有如亨青攝、音唵攝（音韻）之自爲一格，入聲未與其他諸攝相混者。是以此五攝相混，其原本的塞音韻尾本作[-t]、[-k]，而後弱化成喉

塞音[-ʔ]，方爲相混之幾，其他入聲韻兼列於陰陽韻中亦然。自爲一格的入聲韻，且不與其他陰聲韻混，故仍維持《洪武正韻》等傳統韻書的設置，依舊保留其塞音韻尾[-k]、[-p]，則閉口三韻的雙脣塞音韻尾[-p]，尚未入於喉塞音，確然可見。於此正符方氏自道：「平上去三十六韻，而入止得十八韻。」〔註128〕

五、開齊合撮之介音

字音有聲韻調不同的音位，而韻的組成又有韻頭、韻腹、韻尾之別，考諸方以智〈新譜〉中，有切母各狀之異，其間區分正在韻頭的不同。方氏韻攝四狀，有翕闢穿撮、開齊合撮等同實異名之稱，此即介音所造成的區別。即以四狀俱全之見系字爲例，作「四狀介音比對表」，說明其中開合。

表五十九：四狀介音比對表

切母各狀	庚見粗阬溪粗 恩疑粗亨曉粗	京見細輕溪細 因疑細欣曉細	肱見粗坤溪粗 溫疑粗昏曉粗	君見細群溪細 云疑細熏曉細
名稱總和	闢／開	穿／齊	翕／合	撮／撮
晶恩攝四狀字例	根報恩痕	巾欣因忻	裩坤溫昏	君困云熏
亨青攝四狀字例	庚阬○亨	京卿英興	肱坤溫薨	肩傾榮兄
介音擬定	無介音○	[-i-]	[-u-]	[-y-]

表中可以看出，同爲見粗，根裩、庚肱的差異即在開合的不同，而見細的巾君、京肩的區別正在合口的有無。韻攝之中雖然輕重洪細相對，但是開齊合撮的韻狀不一，因此在每一個韻攝的介音設定難以通過韻字的位置顯示其狀態，這時候就必須依靠〈切母各狀〉擬定介音的內容，如烏于攝「以重合呼爲翕，輕侚呼爲闢」，據此可定輕重，而幫母下有圕、端母下有丁〔註129〕，即可證明此橫排屬細闢之音，是以在其他韻攝中，據〈切母各狀〉以明翕闢穿撮。開口呼無介音，故不擬。而合口呼爲[u]。

〔註128〕《通雅》，頁1476。

〔註129〕按：方以智在〈新譜〉中有以○的符號標註聲狀粗細，然其規則不定，或稱氛爲非粗，卻以夫切粗狀。又灣閒攝無丁汀狀，卻參以圕精，甚至亨青攝開口韻列入分文諄幸醇如即混粗細於一韻，則方氏於此或有規則不清之弊。故今考諸韻字於歷史發展中之開齊合撮，以判定其聲狀，並參考方氏註解，當不淆亂其旨。

　　在撮口呼的部分，因爲方以智已經認識到語音中有四呼的差異，所以不能單純地將其「撮」視爲兩個介音相合的[iu]形式，雖然在發音過程中[iu]與[y]並無明顯的辨義作用，並且在諸撮口呼韻攝中表明「侷脣」，說明齊齒細音受到脣化作用的影響而作[y]。因此在整體語系的界定上，仍須將介音開齊合撮擬作○、[i]、[u]、[y]，如此才能符合方氏〈新譜〉於翕闢穿撮的四列設計。茲將擬音結果依據開齊合撮的順序，並增列十六攝之入聲韻尾以及三十六韻韻目名稱，作「方以智〈新譜〉韻攝擬音表」，用以表現方氏在《通雅‧切韻聲原》中所揭示的音韻體系。

表六十：方以智〈新譜〉韻攝擬音表

四呼 ＼ 十六攝	開口	齊齒	合口	撮口	入聲	
翁雍〔註130〕			翁-uŋ	雍-yŋ	-uʔ	-yʔ
烏于〔註131〕			烏-u	于-y	-uʔ	-yʔ
噫支〔註132〕	尸-ï　ɚ（兒）	兮-i	逶-uəi		-əʔ	-iʔ
限挨	挨-ai	-iai	限-uai		-aʔ	
昆恩	-ən	申-iən	魂-uən	熏-yən	-əʔ	
歡安	安-on		歡-uon		-oʔ	
灣閑	-an	閑-ian	灣-uan		-aʔ	
淵煙		煙-ien		淵-yen	-eʔ	

〔註130〕按：方以智認爲翁雍攝「只有肱君二狀」，是以韻攝中的翕闢之狀，爲合口呼與撮口呼。而其合口[u]即是介音，亦是主要元音。其後方氏再註：「今依部旨每攝分小翕闢，則蒙公翁中風始終合口，而二冬乃侷脣放圈，是爲小闢。鍾宗之別，皆以侷放故也。」（此二則分別摘自《通雅》，頁 1481、1482。）此語強調合口與撮口的區別，並以侷脣放圈說明撮口的發音過程。是以雍韻雖有㊊，亦視作告示其闢狀而作[y]，如此則可以符㊊之齊齒呼[i]，以及與翁雍攝之主要元音[u]的發音過程。

〔註131〕按：方以智認爲烏于攝「以重合呼爲翕，輕侷呼爲闢」（《通雅》，頁 1483。），而侷脣即是撮口呼，故將于韻韻尾擬作[-y]，正是于韻之齊齒呼㊀的[i]和烏于攝韻尾[u]相合，此即烏于攝細音的發音過程。

〔註132〕按：開齊合撮主要針對介音而設，故支、兒歸於開口，顯示其未有介音之別。而齊齒[-i]直以其韻尾爲齊齒，故置於此。

呵阿 [註133]	呵-o		阿-uo		-oʔ	
呀挪	-a	呀-ia　挪-ie	-ua	-ye	-aʔ	-eʔ
央汪 [註134]	昂-aŋ	央-iaŋ	汪-uaŋ		-aʔ	
亨青	亨-əŋ	青-iəŋ	肱-uəŋ	-yəŋ	-ək	
熛夭	熛-ou	夭-iou			-oʔ	
謳幽	謳-əu	幽-iəu			-uʔ	
音唵	唵-om　-əm	音-iəm			-op	-əp
淹咸	-am	淹-iem　咸-iam			-ap	-ep

表中各韻皆有擬音及其代表韻目，但方以智有「韻逼而并」的情形，因此部分的韻裡未列有三十六韻韻目名稱。入聲韻方面，因為亨青攝的入聲並不與其他韻攝的入聲相并，故擬其韻尾仍作舌根塞音[-k]，以示方氏遵循傳統的面貌，亦是呈現亨青攝入聲的獨立性質。〔註135〕音唵攝與淹咸攝的入聲多各自歸為一類，而不與其他陽聲韻韻攝相混，因此在韻尾處仍保留傳統韻書所訂立的[-m]與[-p]。閉口韻中，方以智稱其主要來源乃「侵下四韻閉口，謝安命徐廣定音，採江南語，約編之」〔註136〕，如此可見方氏以為沈韻（即《平水

〔註133〕 按：呵阿攝中有「靴」字自為一韻，故不另立韻音。然靴又另收在呀挪攝撮口呼，則示以[-ye]，一字二收，異於兒字獨韻，故不再以獨字韻視之。

〔註134〕 按：方以智三十六韻皆可在韻攝中求得相對應的韻，唯央汪攝中的央汪窗三韻，汪窗韻同在合口列，似不當分。然考之〈切韻聲原〉有：「凡議增母者，為迮狀粗細不同也，今分注其下，因決曰：『真嗔神，諄春純；張昌商，莊窻霜。』則知母之粗細狀耳。」（《通雅》，頁1477。）文中「真嗔神」乃昷恩攝齊齒細音，對應「諄春純」之合口，故同理可證「張昌商」即央汪攝細音齊齒呼之央韻，而無君狀的央汪攝之「莊窻霜」當是合口，則其一、三行當俱為合口。不過「莊／樁」、「床／幢」、「霜／雙」在《中原音韻》雖屬同音，而方以智分立之理，當是依據發音過程，其來源乃陽韻、江韻，故其「韻自全叶，而呼時析之」。方氏稱最下之合口列為「開之倔呼」，是此合口韻字之審音。既然「莊窻霜樁床幢霜雙」俱為合口，卻列在開口與合口兩處，為免混淆，即更「窗」為「昂」，作為開口呼之替代。

〔註135〕 按：因為〈新譜〉的音韻內容，包含古今音、方言音，是以在語音的擬定亦需考量此二項創作理念，因此亨青攝雖然在「十二統」中與昷恩攝合併為真青統，但〈新譜〉的入聲仍保留其字例之面貌，故於韻尾處作舌根塞音韻尾[-k]，方不失〈新譜〉現狀。

〔註136〕 《通雅》，頁1503。

韻》）侵韻以下之「侵、覃、鹽、咸」四韻源自江南，其發展變化在諸韻以外自成一系。究之音奄、淹咸二攝，前者韻中字例甚少，故有閉逼之稱，因此方以智從音韻對稱的角度，將其他閉口韻的韻目中添入其叶音，而有言曰：「古南、耽、鐔皆與侵、心同叶，今取諳、南，恰應歡桓。若讀堪、三、藍、談，則叶咸韻。」〔註137〕據此音奄攝中有[-iəm]、[-əm]、[-om]三個韻，其中奄韻韻字與淹咸攝之不同在於叶韻的有無。而後者淹、咸兩韻古又相叶，但因主要元音不同才分韻，又均屬於齊齒細音，韻中入聲則依主要元音的不同，而有個別的入聲擬音。

第五節　方以智韻說十二統

　　方以智的音學創作〈切韻聲原〉蒐羅了〈新譜〉、〈旋韻圖〉，以及大篇幅闡述〈旋韻圖〉設計理念的〈旋韻圖說〉，其中韻攝的安排則是依據〈新譜〉的十六攝內容，另外所作圓圖，以成原始反復之旨。然而〈新譜〉的設計概念，除了反映時音之外，又有方言俗語的摻入，以及古今語的兼容，是囊括方氏之音韻思想，因此體系龐大。方以智在〈新譜〉與〈旋韻圖〉外另設「十二統」，其內容省略了原本的十六攝三十六韻，〈旋韻圖說〉中論道：

> 中土常用二十母，唱《洪武韻》足矣。若略外內中聲、開閉阿支之狀，而渾叶之，曰翁從、曰于吾、曰逿支、曰隁開、曰溫清、曰阿摩、曰哇邪、曰汪陽、曰爊蕭、曰謳侯、曰烟元、曰歡灣，十二韻耳。閉口韻本與元灣相應，而天亦讀汀，故始閉之侵亦應之，此所以移灣元作亥方之輪也。姑以最多狀全之溫清一韻言之：齊齒收眞、侷脣收君、升鼻收庚青蒸、而重撮收呑、閉則收侵，是以韻自全叶，而呼時析之。前人爲其聲廣韻平，故以此示外聲中聲內聲也，因人性情聲音平心者也。……萬國之聲喉同，而用脣舌者異，獨中土爲中聲，善用其全末全本，猶萬類以人爲受天地之中也。〔註138〕

因爲語音可以從韻尾簡併的角度整理十六攝，而建立十二統的語音體系，說明

〔註137〕《通雅》，頁1496。

〔註138〕《通雅》，頁1510～1511。

十二統的內容是簡併自《洪武正韻》、〈新譜〉而來，並且著眼於韻尾的相近，因而辨曰：「此（庚青蒸）與眞文殊者，彼以穿齊輕脣混攝，此升鼻爲用也。沈分三者，取最清爲青，重溷爲蒸也。」〔註139〕其中青與蒸（登），分屬中古第四等與第一、二等，故有最清與重溷之稱。方以智特別辨證亨青攝與昷恩攝的不同設定，顯示當時語音有所混淆，故需澄清說明。不過這些分立，在方氏的認知裡乃「韻自全叶，而呼時析之」，只是制訂音韻的方便法門，在誦讀之際，仍有區別。

考方以智對所擬定十二統的認知，在於「略外內中聲、開閉阿支之狀」，他所謂內聲、外聲正在洪音、細音的介音之別，此在「練練之聲因于爛爛」條中說道：「外其聲則爲燦爛，內其聲則爲激灩。」〔註140〕亦即十二統下所註：「不論開閉攝穿，但以韻叶柴氏所傳〈朱子譜〉而酌定者。」〔註141〕外內爲洪細，而中聲乃「聲爲韻迕」觀念下的所主張的「聲廣韻平」之多元聲韻組合。因爲除去外內的介音差異，則聲韻之狀由聲母所決定，而十二統正是單從語音的相近與否進行考辨，因此不論介音之翕闢穿攝就成爲審音的關鍵，是以他所根據的資料就成爲研究的觀察點──〈徽州傳朱子譜〉。

既然十二統的語音系統與十六攝有異，而十六攝據方以智稱是源於《中原音韻》及《洪武正韻》以來的「雅音」，則十二統的語音內容又當如何？時建國考證以爲：「十二統與十六攝不同，十六攝反映的是《正韻》以來的讀書音系，個裡有牽合古音的內容，十二統反映的是口語共同語系統，其中有兼顧南音的事實。」〔註142〕因爲鼻音韻尾的分界變得模糊，如眞青一統即含有[-n]、[-ŋ]、[-m]三種韻尾〔註143〕，而方以智自陳「閉口韻本與元灣相應，

〔註139〕《通雅》，頁 1493。

〔註140〕《通雅》，頁 405。按：方以智另又有稱輕聲、重聲如：「輕其聲爲旭旭，重其聲爲屬屬」（《通雅》，頁 401。）；洪聲如「蓋牢爲寥之洪聲，古常通呼」。（《通雅》，頁 286。）

〔註141〕《通雅》，頁 1506。

〔註142〕時建國：〈切韻聲源研究〉，《音韻論叢》，2004 年，頁 451～452。

〔註143〕按眞青統即對應〈徽州傳朱子譜〉之「賓崩」，其文曰：「平口唱收青。舌上眞嗔，正齒征稱收眞，奔字開重，收盆。閉輕分焚收文。開重崩烹收庚，尾閉琴心收侵。」（《通雅》，頁 1504。）可見所收韻字有臻攝、梗攝、深攝之韻，即[-n]、[-ŋ]、

而天亦讀汀，故始閉之侵亦應之」，說明中古深咸攝之併入臻山攝裡的南音現
象，此亦符合徽州方言的語音特徵，其中特色有：「陽聲韻尾大量脫落，大都
轉化爲鼻化韻或陰聲韻。其中以咸、山、宕、江、梗攝的陽聲韻字轉化得最
快。」〔註 144〕十二統結合曾、梗、臻、深四攝于眞青統中，徽州方言的陽聲
韻尾之丟失，亦與此現象相近，可見十二統的方言性質之特出，而異於《中
原音韻》、《洪武正韻》的雅音體系。

　　究方以智所採取的音系內容，其根源來自《中原音韻》與《洪武正韻》，
而「挺齋定中原之響，《洪武正韻》加以入聲」〔註 145〕，因此原始根據可謂從
《中原音韻》而來，隨後分合才創作出以十六攝與三十六韻爲基礎的〈新譜〉，
其主體音系當是雅音的一脈相承，並用等韻的方法展示他貫通古今、縱橫南
北，古音即方言的音韻理念，並藉〈旋韻圖〉以貫串其音《易》思想。方以
智另作十二統，大量整併陽聲韻尾，尤其眞青、煙元、寒灣兼容閉口韻的[-m]，
此閉口韻的丟失，正是南方語音的特色，而異於雅音的性質。今以十二統爲
基準，整理《中原音韻》以來方以智所關注的韻書，對照其中韻目、韻攝，
作「十二統音韻終始通變表」。

表六十一：十二統音韻終始通變表

十二統（柴氏所傳《朱子譜》）	《中原音韻》	《洪武正韻》	〈新譜〉十六攝三十六韻	《四韻定本》十五攝
1.翁逢（翁從；綳）	東鍾	東	翁雍翁雍	翁雍
2.余吾（于吾；逋）	魚模	魚、模	烏于烏于	嗚于
3.爲支（逶支；陂）	齊微、支思	支、齊、灰	噎支逶分尸	嘻支
4.懷開（限開；牌）	皆來	皆	限挨限挨	限挨
5.眞青（溫清；賓崩）	眞文、庚青、侵尋	眞、庚、侵	昷恩黑申魂、亨青亨青肱、音唵音唵	溫恩、亨青、音諳
6.寒灣（歡灣；班）	歡桓、寒山、廉纖、監咸	寒、刪、覃、鹽	歡安歡安、灣閑灣閑、淹咸淹咸	桓安、淹咸

[-m]三種韻尾的相互融通，正與今徽州方言相仿，故有稱十二統爲方音紀錄者。

〔註144〕孟慶惠：《徽州方言》，《徽州文化全書》第 19 冊（合肥：安徽人民出版社，2005
　　　　年），頁 20。

〔註145〕明‧方以智：《浮山文集後編‧正叶序》，《續修四庫全書》第 1398 冊（上海：上
　　　　海古籍出版社，2002 年），頁 382。

7.煙元（煙元；鞭）	先天	先	淵煙_{淵煙}	淵煙
8.歌阿（阿摩；波）	歌戈	歌	呵阿_{呵阿}	阿何
9.耶哇（哇邪；巴）	車遮、家麻	麻、遮	呀揶_{呀揶}	哇揶
10.陽光（汪陽；邦）	江陽	陽	央汪_{央汪窗}	央汪
11.蕭豪（爝蕭；包）	蕭豪	蕭、爻	爝夭_{爝夭}	爝夭
12.尤侯（謳侯；彪）	尤侯	尤	謳幽_{謳幽}	謳幽

表中可以發覺十二統的音系與十六攝等韻目設計相去不遠，但是在眞青統整併了眞[-ən]、庚[-əŋ]、侵[-əm]三韻，而寒灣統之併歡安攝[-on]、灣閑攝[-an]，與《四韻定本》的系統相符，可謂是十五攝之先聲，寒灣統更包容了淹咸的[-am]，說明在十二統的語系中韻尾[-m]的完全失落，併入相同主要元音的韻尾[-n]，於是陽聲韻只剩下舌根韻尾[-ŋ]與舌尖韻尾[-n]兩類，陰聲韻則仍保留。據此時建國認為歡安攝、灣閑攝兩者的消融正是反映十二統為共同口語音的現象。其間韻尾既然合併，則入聲韻尾的界線亦當模糊，如此方符合音韻結構的發展變化，於是本來與陽聲韻尾[-m]、[-n]、[-ŋ]相互配應的入聲韻尾之[-p]、[-t]、[-k]，則因為陰聲韻的相互并通，而形成共同的塞音韻尾[-ʔ]了。

第六節　論方以智音系性質

壹　《中原音韻》與《洪武正韻》音系簡述

　　方以智在《通雅》中強調他的音韻內容取材自《中原音韻》與《洪武正韻》處尤多，這可以從〈旋韻圖〉採用周德清的十九韻，知二者間的承傳關係。此外他更推崇《洪武正韻》的內容兼顧字書與韻書的用途，可用以考求古今方言異音，有證經籍、察文字、定語音的作用，故方以智大讚其功，曰：

> 沈約知四聲，琪、溫譜七音，德清明陰陽，士龍並濁複，呂坤、張位_位約字母。愚者遍考經籍，證出歷代之方言，始知其所以訛、所以通耳。音定填字，倫論不淆，豈人力哉？今日定序《正韻》為萬世宗。

> 〔註146〕

方以智以為《洪武正韻》是不可更革的萬世之寶，功用更勝《中原音韻》。從

〔註146〕《通雅》，頁37。

內容來說，他對這兩部作品的承繼關係明顯可見，尤其韻目的部分，不論是十二統還是十六攝，與前二作的韻目結構有著形式上的雷同。從聲調論，方氏主張「開唫平、承嘡平、轉上、縱去、合入」五種聲調，正是「折衷」《中原音韻》與《洪武正韻》，前作分「陰平、陽平、上、去」四聲，而後者仍依傳統韻書爲「平、上、去、入」四調。雖然《中原音韻》不設入聲，但也只是廣押韻之用，於言語之間尚有入聲，故用「派」而不用「變」，是以說道：「入聲派入平、上、去三聲者，以廣其押韻，爲作詞而設耳。然呼吸言語之間，還有入聲之別。」〔註147〕因此入聲在書中僅作標註而併入陰聲韻，但誦讀之際仍有入聲存在，故雖無入聲之設，卻仍有入聲的保留，所以方以智評斷其書聲調，曰：「其平聲分陰、陽，前所未發也。……智謂：『北人未嘗無入聲也。』」〔註148〕正是知「廣其音韻」與「呼吸言語之間」的相異之理，亦是方以智所謂「韻自全叶，而呼時析之」〔註149〕的道理。

歷來研究者以爲《中原音韻》是北音韻書之祖，以其所記載的聲、韻、調均與傳統韻書的音系大異，後來的《洪武正韻》以《禮部韻略》爲底本，而整併其韻部爲近於《中原音韻》的二十二韻〔註150〕，是以張世祿稱之「北音韻書南化的開始」〔註151〕。雖然《洪武正韻・自序》亦稱遵循著「中原雅音」，但是在音韻結構上呈現出與《中原音韻》相異的面目，聲調乃依於傳統的平上去入四聲，聲母又有清濁之別，其編纂形式再一次地向傳統韻書靠攏，顯示出兩部作品縱使都是依循著各自心目中所理想的「中原雅音」，但兩書的音系卻判然分別。

其實「中原」、「中土」的觀念隨著朝代的更迭而改變。在《中原音韻》裡，以元朝定京於大都北京，收錄曲家音韻，多是依於北曲所設，於是在語

〔註147〕《中原音韻概要》，頁 74。

〔註148〕《通雅》，頁 53。

〔註149〕《通雅》，頁 1510。

〔註150〕按：此二十二韻爲平聲，計以四聲則爲六十六韻，再加入十個入聲，總計作七十六韻。寧忌浮《洪武正韻研究》曾見洪武十二年的重修版，內容分以四聲共計八十韻，唯此書坊間不傳，亦未曾盛行於明代，故方以智所述《洪武正韻》，猶當以傳世之作平聲二十二韻，總爲七十六者爲準。

〔註151〕張世祿：《中國音韻學史》下（臺北：臺灣商務印書館，1965 年），頁 224。

言的研究結果上觀察，周德清所採用的語音屬於北方官話的系統。而在《洪武正韻》時代，朱元璋政府定都於應天府南京，因此在語音的設計上，屬於南方語系的官話音，最明顯的情形在於韻部設計雖然與《中原音韻》相去不遠，但在聲母與聲調則有顯著的差異。因此麥耘針對這兩個「中原雅音」設立其「中原」之說，曰：「『中原之音』作為一個語言概念，屬於一種文化概念，其中的『中原』自然也是個文化概念。」〔註152〕而楊耐斯在研究《中原音韻》後認為：「當時形成一種在北方廣大地區通行的、應用於各種交際場合的共同語音。這種共同語音就是周氏所說的『中原之音』。」〔註153〕這正表示古人定音制韻時並未意識到「中原」只是個概念的單位，而非實際的區域範圍，所謂「中原之音」就是理想在這中原之內所可以通行的語音。但是依於兩者時空環境的差距，而有相異的語音描述，《中原音韻》採取北音的模式，《洪武正韻》則順應南音的情形，所以有清濁與聲調的不同。既然兩者都自稱承雅音而成，故其「中原雅音」體系正可以用平田昌司之「曲家系雅音」和「儒林系雅音」作為區別〔註154〕。

不過縱使《中原音韻》是部以北音為主的韻書，在語音內容仍有歧出之處，因此陳新雄評論《中原音韻》，主張周德清從「關、鄭、馬、白」的作品

〔註152〕麥耘：〈從《元史》看元人的「中原」概念——《中原音韻》研究中的一個背景性問題〉（耿振生主編：《近代官話語音研究》，北京：語文出版社，2007年），頁99。

〔註153〕楊耐思：《中原音韻音系》（北京：中國社會科學出版社，1981年），頁69。

〔註154〕按：平田昌司認為「雅音」在元代以後因使用者身份的不同，而有著不同的傳承情形。在「儒林系雅音」的部分，因為文人學士帶有文化傳承的使命，是以沿用「中原雅音」觀念，所使用的語音系統屬於《切韻》系韻書一脈，保留全濁聲母與入聲，在這「中原雅音」背後能夠看到的是濃厚的經學、道學色彩，而不是偏重時音的反復古態度。但「曲家系雅音」則不然，以之為代表者乃《中州樂府音韻類編》、《中原音韻》等著眼於現實音韻的韻書，其作者掌握咬字、吐字規律是以實際唱曲的語音系統為基礎，不需要顧慮古人「聲音之正」，因此較儒林系雅音更接近某時某地的音系使用。縱使儒林系雅音不是完全虛構的音系，但其內部蘊含著歷代諸儒對「雅音」的理想，所以並不是實際音系的描寫。是以平田昌司認為「曲家系雅音在官話語音史上的價值遠在儒林系雅音之上」。（詳參平田昌司：〈「中原雅音」與宋元明江南儒學——「土中」觀念、文化正統意識對中國正音理論的影響〉，頁51～74。）

擷取音韻素材，卻也包含其他的語言元素，曰：

> 事實上元曲的用韻，不合《中原音韻》的地方還是不少，這原因
> 大概是元曲作家並非同一個地方的人，難免不雜採自己方言的成
> 分，即同一地區的作家也未必能完全一致。作者只想把《中原音
> 韻》定作當時戲曲用韻的規範，實際上細微的出入仍是免不了的，
> 可是基本上它的語音系統仍是根據十三、四世紀北方官話的語音
> 系統。〔註155〕

《中原音韻》是歸納戲曲用韻而得到的語音成果，其主要成分為北方官話音
系，但陳新雄認為仍有其他的音系混雜其中，說明《中原音韻》猶未能視為
單一音系的韻書作品。周德清既然保存了北方早期官話的語音內容，卻不免
地留有其他地區的方言語音，說明在韻書著作難以單一音系呈現之，即如陸
法言《切韻》以來的「南北是非，古今通塞」，就已經是綜合語音的代表解說
了。據此考諸方以智《通雅》，方氏也認為古人注書的多重音系之現象，曰：

> 鄭康成注《易》「甲折」，曰「折，呼也」，正以呼為𡀾，古家麻韻多
> 歸魚、模，漢去古未遠，猶有此聲。《爾雅》注「孔𡀾」之語，《廣
> 韻》取之。陸德明以當時方言定其讀，不知古人從麐甚明。如「純
> 煆」本音古，與魯、許、宇叶。……嗟乎！聲音之道，變極反本，
> 何苦止守晉、唐之泥格，而強自然之原乎？〔註156〕

方以智主張古音可以考諸方言，研究方法亦可以從方言以考古音，因此《廣韻》
之定音和《爾雅》之注語，皆是探求語音發展的基本素材，此段文字正可以作
為方氏對傳統韻書音系的認識，即兼包古今與南北之音讀。更甚者自明代以後
的各類韻書、等韻著作亦然，縱使是西哲東渡所作的《西儒耳目資》，也隱含了

〔註155〕《中原音韻概要》，頁10。按：周德清〈序〉中說道：「言語一科，欲作樂府，必
　　　　正言語；欲正言語，必宗中原之音。樂府之盛、之備、之難，莫如今時。其盛，
　　　　則自搢紳及閭閻歌詠者眾。其備，則自關、鄭、白、馬一新製作，韻共守自然之
　　　　音，字能通天下之語，字暢語俊，韻促音調。」（《中原音韻》，頁 7～8。）此則
　　　　說明《中原音韻》以關、鄭、白、馬的曲韻為主要解析對象，然而也兼採其他作
　　　　家的作品，因此會出現與歷史音系發展不合的情況，是以證明《中原音韻》於音
　　　　系上的兼容並蓄，雖仍是以北方官話音為主體，但也還是會兼容其他音系。

〔註156〕《通雅》，頁236。

江淮官話與北方等地的語言特色，顯見作者著書立說於音韻的紀錄上，並未得以單一音系視之。

《中原音韻》如此，《洪武正韻》的情形亦然，宋濂等作者雖然主從毛晃《禮部韻略》，但在內容的參定上，仍是遵守其心目中的「中原雅音」。不過南北兩部著作的理想中原範圍不同，因此《正韻》聲母作清濁並存的三十一母，是以張世祿以為《洪武正韻》乃依據江左吳音而定〔註157〕。甯忌浮更考證其聲母中，部分精系與知照系的混用，乃吳音的流露，而《正韻》與《中原音韻》相近的音韻也不容忽視，所以甯忌浮斷言「時音和舊韻並存，雅音與方言相雜，這就是《洪武正韻》」〔註158〕，甚至在平田昌司認為《洪武正韻》音系乃反映古音而設〔註159〕，表示作為韻書的《正韻》，其音系內容之蕪雜。

考方以智〈新譜〉所呈現的語音現象，其著眼者在於從雅的「時音」，但是內容上卻不免兼有古今、東西的分布情況，正如方氏〈新譜〉收字內容繁雜，其中包含不合於語音演變規則的字例，以及佛經轉唱下的譯音字，實際上是跨越了「南北是非、古今通塞」的語音紀錄。

既然是以時音為主體，卻又可以包容古今南北的語言內容，概因方以智的語言習慣中，認為「韻自全叶，而呼時析之」〔註160〕，即見讀書音與說話音的不同，一個是書面標準語，另一則為口語標準音，兩者皆屬時音，卻又帶有不同的語音現象，是以葉寶奎論之曰：

> 以讀書音為基礎的官話音系，不單是書面語標準音，同時也是五方之人通用的語音標準。明清時期這種標準音也稱為「正音」或「正聲」，以區別於代表基礎方言口語音的「北音」。〔註161〕

因此在作品中呈現出兩種以上的語言現象，實際上在當時韻學著作中並非特例，亦是平田昌司所謂「儒林系雅音」與「曲家系雅音」的共同體。蓋方以智於形式上屬儒林系雅音，但從審音的角度上，又當為曲家系雅音，縱使他非戲

〔註157〕《中國音韻學史》，頁 229。

〔註158〕甯忌浮：《洪武正韻研究》（上海：上海辭書出版社，2003 年），頁 161。

〔註159〕平田昌司：《文化制度和漢語史》（北京：北京大學出版社，2016 年），頁 188。

〔註160〕《通雅》，頁 1510。

〔註161〕葉寶奎：《明清官話音系》（廈門：廈門大學出版社，2001 年），頁 9。

曲的創作者，但是尊時貴今的態度，也和《中原音韻》、《洪武正韻》最後編輯的成果是一致的，前者正是平田昌司歸類為「曲家系雅音」，後者乃「儒林系雅音」之代表，此二者既是據於其作者創作理念下之「中原雅音」的韻書，〈新譜〉又襲於此二部作品，並結合邵雍的音韻思想，與《四聲等子》之結構，則其中傳承可知，亦是兩者之折衷也。

貳　方以智《通雅》音系性質

　　欲探究方以智《通雅》的音韻體系，貫穿整部著作，最為顯著的資料則在《通雅·切韻聲原》之中，等韻著作〈切韻聲原·新譜〉設立十六攝三十六韻，展現出他對聲韻調的認識，也顯露出方氏的整體音系面貌。縮減後的聲、韻，證明他參考更革後的韻書結構，平聲分陰陽、全濁聲母消失、韻部減少等現象，則是時音的體現，展示的是官話音的特色。但全濁上聲的分合狀態、齒音與舌齒聲母的互混，則是方言音的變現，因此在音系上有著多重的面貌。那麼方以智的《通雅》，是以何種音系為主宰？欲明其旨，當耙梳其論聲韻之說詞，從其見解而得其音系情形。

一、尊於《正韻》之通語觀

　　方以智的音系設定，其次子方中通在整理全作之後，闡述從於《正韻》之說，方中通在《通雅》註中論道：

> 宋景濂遣子仲珩受業于趙撝謙，故仲珩較《正韻》，用其説。……非考古不能泝原，非博洽旁通不能知古。知其故矣，仍遵《正韻》徵用，則《十三經》、《史》、《漢》，是藝林也。同聲易簡，惟是音和；門法支離，乃不達前人方言而附會者耳！〔註162〕

方家父子考古審音的參考，近者以《洪武正韻》為準，這是他們學術研究的基本宗旨，面對前人增設門法的情形，方以智認為只是不明韻學著作中的方言現象，因此他反對門法、強調反切皆屬音和，他將這樣的觀念設置在《通雅》各

〔註162〕《通雅》，頁54。按：此段內容顯示方家父子已經關注到《洪武正韻》重修的歷史事實，只是洪武十二年趙撝謙二十八歲，小於宋濂之子宋仲珩八歲，且當時名氣亦不甚高，故宋仲珩實不當以撝謙為師。又趙撝謙學說並不見顯於當時，故方中通記錄應當有誤，但不減方氏父子關注《洪武正韻》重修的歷史痕跡。

卷之中與《四韻定本》裡，而又言日：

> 匚爲古筐，方爲古旁，口爲古方。○《說文》「匚，府良切」，又有
> 「匚，巫禮切」，趙古則并爲一，可也，然終以爲方。……或古人筐、
> 方音近，如吳人之讀罔、無等字乎？非孫叔然之音非，則必門法初
> 出時，輕重交互門，以輕切重之所誤也。〔註163〕

方以智在辯古人音讀時，進而駁斥門法之設乃不解古人定音規矩，因此他正孫
炎之讀音，而斷門法之蕪雜，並提倡改良反切，以作音和，在〈新譜〉建立聲
狀，即是用以達到音和的功效。方氏之所以論門法，正是要說明反切的正當性，
而認爲後起的《正韻》即是建立在這樣正當的情形下，而無須門法之設。

　既然是以《洪武正韻》爲依歸，則方以智心中認爲《正韻》在當時仍有一
定的影響力，所以他說「中土唱《洪武韻》足矣」，並作爲上推古音、下求方言
的依據，故日：

> 自服、鄭、應、許之時，已變古音，廣等沿之。及沈韻出，特取漢、
> 晉之音填入耳。挺齋盡恨休文用四明土音，能無誣乎？然嚴切始于
> 孫炎，講求見于東晉，《釋文》所載《史》、《漢》注所取，皆本于此
> 時之書。是其音響，江左爲多。杭州呼貟爲阜，三吳呼家麻，皆與
> 沈合，是也。……智嘗曰：「《廣韻》遵沈，而古音盡泯，亦有功焉。
> 舉世不知其故，不能正論，亦不敢妄改，正叶時宜，端在今日。嗟
> 乎！以千年中原儒者，不能著中原之音，而待德清耶？德清無入聲，
> 今賴《正韻》，其萬世所當永奉者乎！」〔註164〕

方以智考語音發展和反切的歷史演變，認爲傳統音釋多屬南方方音，後代亦有
《切韻》乃金陵用語之議。然《切韻》之綜合南北古今的音系確無可疑，是中
古音的代表。而時音的依據乃以《洪武正韻》爲正，其修訂《中原音韻》所未
立的入聲，正是從時音而可以爲後代遵守的音韻體系。不過方氏離《洪武正韻》
初版編修完成的洪武十二年有二百五十年以上，語音必然有所變易，不能完全
仰賴舊韻，故稱「《洪武正韻》改沈約矣，而各字切響，尚襲舊註」〔註165〕，

〔註163〕《通雅》，頁129。

〔註164〕《通雅》，頁23。

〔註165〕《通雅》，頁1472。

於是方氏另著〈新譜〉以明新音，並通過「旋韻」以成就其音《易》相合的語音哲學。

〈新譜〉展示出方以智的音韻內容，但其體系亦需求證於輔助資料，是《通雅》中的語音學論述，茲可以作其音系性質之證。在方氏的解說裡，顯示出他明確可知各地語音的區別，於是他辯駁吳音在語言的表現上與中原有所不同，而曰：「萬、物、無、文、問、味等字，中原人多讀深喉影母，吳人或切焚扶，又混夫矣。」〔註166〕上述微母字在明末清初的部分音系裡已有零聲母化的現象，因此中原人多讀同影母之零聲母狀，又吳人之脣齒濁鼻音的鼻音漸消，故使非敷奉微發音相近。正是在這些不同之處，更可見方以智語音的沿革情形。因此他辨吳語，即證方氏能明吳語和他慣常的語音之異，這也正是他語音中與方言的同異之所在。

此外，方以智在《通雅》中例舉「吾鄉」之語音和詞彙，則表示語音不當以故鄉為本：「風。○山西人鄉語皆讀若分，吾鄉涇縣旌德呼風亦為分，向嘗笑之。《六書故》本載專戎、專今二切，則可為汾晉旌涇解嘲。」〔註167〕方氏本以為是土音產生的錯讀，但在戴侗的書面資料中，證明古有此音，而更正其說。究旌德隸在安徽，今屬徽語區，而方以智所在桐城、或有以為在樅陽者，今日屬於江淮官話區，兩地仍有一定空間上的區隔，也因為語音操演有別，因此方氏區辨方言與官話之異，終不以語音有誤而嘲諷之。此等記錄方言音與方言詞彙者，不只一處，證明方以智廣泛地蒐羅資料，並能珍惜方言的音讀與詞彙，以作為考古證今的證據。

方氏提出古音的演進可以在方言中求得，顯現在他對方言的研究與引用，針對的不僅止於其鄉邑之語，吳語、北人、閩南等皆是他考證的對象，因而引之曰：

> 閩人語閩人，閩語故當；閩人而與江、淮、吳、楚人語，何不從《正韻》而公談？夫《史》、《漢》、韓、蘇、〈騷〉、〈雅〉、李、杜，亦詩

〔註166〕《通雅》，頁1476。按：《中原音韻》微母獨立，但文中以為音素失落而零聲母化，是可知中原範圍之不定。且今吳語裡仍有微母的存在，但並不像方以智所描述的內容，以為微母與奉母的發音方法相同，但仍尊重方氏敘述。

〔註167〕《通雅》，頁1439～1440。

文之公談也。〔註168〕

方以智從理論的角度說明方言的用途在與鄰里間的溝通，但是入中原則需以通語、正音相互交流，因此《洪武正韻》之公談就是四方之民的溝通工具。但時光移轉，舊語言有不合今音者，因此方氏改易舊韻書而訂立新的等韻圖譜，以完成他「遵《正韻》、用〈新譜〉」的通用之時音理想。

二、語音相容之考古證今

方言鄉音是同邑人民的溝通語言，地區範圍擴大之後就難以作為相互交流的工具，因此方以智重視通語，提出以《洪武正韻》和〈新譜〉作為定音的單位，而《正韻》乃通行全國的韻書，其用也廣；〈新譜〉貴時尊今，其用也精，有不同的效果，但都是方氏認定屬於中原通語的體系。

不過方氏在《通雅》中所建立的語音結構，雖然其創作原則在於用今，但其手段正在「考古以決今」，通過訓釋古籍，建立語言的歷史發展，進而瞭解語音的演變規則，如此方是浮山之作《通雅》的最終目的。因此書中的語音內容，除了時音以外，還包含共時性的方言。在他的認知中，共時的方言正是歷時性的古語發展而成，因此推求方言等同於考察古音。是方以智在《通雅》中闡明考古決今的關鍵正在方言，因而論曰：

> 天地歲時推移，而人隨之，聲音亦隨之，方言可不察乎？古人名物，本係方言，訓詁相傳，遂為典實。……以經傳諸子、歌謠韻語徵古音，漢注漢語徵漢音。叔然以後，有反切、等韻矣。宋之方言與韻異者，時或見之。至德清而一改，終當以《正韻》為主，而合編其下為一書。〔註169〕

方以智說明古音藉由方言的形式流傳下來，而後人的訓詁就在考察這些方言語音，至明代則以《洪武正韻》作為研究語音釋義的基本典籍。不過《正韻》主在整理過去的音韻，因此方氏著《通雅》、編〈新譜〉，其旨即在繼《正韻》之功業，通《爾雅》之音義。於是他遍考古音，於〈韻考〉中定古韻七部、九部、十二部的不同稱呼，而論證縱橫於《通雅》釋詞。

方以智〈韻考〉著有專門探求古韻的內容，他又在整編舊韻時，灌輸他

〔註168〕《通雅》，頁56。

〔註169〕《通雅》，頁6。

考古證今的折衷音義之思想，所以方氏更動周德清《中原音韻》的韻目順序，於變動中呈現他對語音內容的多重認知。他依據開合的差異調換其順序，將魚模前置、寒山與蕭豪調後，並將江陽後調以接庚廷，更顯韻尾形式之相合，如此一來方能使其音韻結構變得更加符合他所謂「天地開闔」的運轉模式。此外，這樣的安排更一致地展現出方以智的古韻歸部順序，「古皆來與淒支相通，寒山先天相通，歌麻相通，陽庚相通，蕭尤相通，侵覃相通，鹽咸相通，爲其連也」〔註170〕，原本諸部之間或雜以其他韻目，但依開合順序進行調整之後，既符合他對時音之學的音學理論──〈旋韻圖〉，又兼顧其古韻歸部的觀念。因此〈旋韻圖〉不只是方氏對今音的整理，又是他徵考古音的道具，而可以達到通古今，考古而不泥古的功效。

　　《通雅》各卷有方以智考古音的例證，不只是從聲母或韻母的相近而推求古音的彷彿，方氏藉例證闡明多種考證音韻的方法，如：「丁，東聲也，珌聲弦聲皆稱之。又作丁當者，蓋東、當二音古通用也。《詩》『小東大東』叶『可以履霜』，空亦如匡，可證。」〔註171〕方氏更從諧聲偏旁考證古音關係，因而言曰：「邰城，一作氂城、犛城、駘城，見《左傳注》。此古人字形相通，台、怡之音，亦通也。」〔註172〕考古音的原理在於音義同源，是以求古義必始於古音，即如方氏自道：「欲通古義，先通古音。聲音之道，與天地轉。」〔註173〕字形相通則音義亦相通假，所以方以智訓詁必先定音而後釋義。〈新譜〉中亦有隱含古今語言之相容，而應驗於聲韻兩端的聲母。在聲母的部分，以其古今相容之理，因而在聲母的排序上，方氏分「宮倡商和」，其中的順序正在發音部位之相近與古音的相併，因此他在宮倡中有喉牙音、商和設舌齒音，所展現的即是古聲母的發音近似而相連。韻的部分可藉由《通雅》所述論證之，曰：

　　《左‧哀二十一年》，有史黯，音於咸切。升菴曰：「汲黯，亦當讀
　　平聲。」智以古每字四聲，亦當旁轉，特不盡用。黯之平聲，是古

〔註170〕《通雅》，頁 1509。
〔註171〕《通雅》，頁 940。
〔註172〕《通雅》，頁 598。
〔註173〕《通雅》，頁 22。

> 時之讀法，或注者之方言。重其聲，則爲上聲，何必爭長孺之名乎。
> 黯與闇、暗俱通。亮陰作諒闇，康成讀鶴，則闇即菴音；古讀暗上
> 聲，今《中原》呼暗去聲。凡如此類，學者但當知其原委，不在強
> 從舊讀；即用之詩賦，亦不必以古叶爲奇也。咸亦有上聲，漢咸宣，
> 即減宣。〔註174〕

〈新譜〉音唵攝於疑母五個聲調的收字情形爲「諮○闇暗埯」，闇暗既通，是
有古上今去兩種音讀，方以智於《通雅》所錄，即見古今讀音之彙通，而〈新
譜〉所作今音的補充，正是安排兩個聲調的相通，亦是說明古今語言的相容。

《通雅》各卷皆有考古音的例證，理論的集合則建立在《通雅・切韻聲
原》，是以〈韻考〉中有古韻一門。然〈新譜〉是方以智建立音韻的總整理，
既然抱持著考古以決今，則古必爲今用，因此他在等韻的規劃中，留下了不
少關於古音的紀錄，時建國考定「駝、招、俘、邦」等是方以智所設定關於
古音的資料，其他如亨遮反之邪，及各類以□圍之之字，亦屬於〈新譜〉中
的古音資料，證明方氏的〈新譜〉體系中，是以時音爲主並包容古音。

三、方言語音之兼容並蓄

方以智在《通雅》中所描述的整體音系，既有通語的雅音，也記錄了古代
語音，此外並包容了方言俗語，這三者組成他〈新譜〉語音的全貌。究方氏在
著作中提到他對方言語音的認識，曰：

> 漢以來傳注，每用方言。……以此訓解，後世卷帙浩汗，何暇于察
> 遍言？……聲音之道，與天地轉。歲差自東而西，地氣自南而北，
> 方言之變，猶之草木移接之變也。〔註175〕

方以智反對用方言著書訓釋，認爲採用近正之「遍言」才不至於造成人人解
讀有異，而無須使後人繁瑣註釋。但是他的古音觀和方言認知是一體的，而
兩者的資料來源多屬相同，不過在方言語音上，他除了取材於傳統典籍，也
有不少從親身體會而得的語音證據，如：「智來蒼梧，見土人稱梧州北四十里
曰下郢，讀之如程。可知古郢字有程音，故相通也。」〔註176〕方以智從古籍

〔註174〕《通雅》，頁697～698。

〔註175〕《通雅》，頁22。

〔註176〕《通雅》，頁506。

中發現「程、郢」讀音有相通的現象，而從梧州方言得到應驗，如此古籍與方言音的相互證明，即屬於語音學上的二重證據法。方氏又利用方言以證明古韻的分合，曰：「古庚韻通于陽韻，橫讀曰黃，訛爲光耳。吳人至今呼橫爲黃。」〔註177〕方氏將方言與古韻相互驗證，因而排定古韻順序，這都是方氏從方言語音中探求古音的證明。

　　除了親身經歷以外，方以智還有經過交遊而得到的語音證據，在考據「町疃，田間道也」一條中記錄曰：「今山東方言以路平行便爲町疃，讀如汀湯，江北則呼爲汀湯，白子皮爲余言之。」〔註178〕一樣是考證方言語音和詞彙，此乃借助友人的經驗，作爲考察語音的素材。又有採二重證據者：「花蒜謂之蓓蕾，亦謂之蒟。○……余邑謂之桲留，或轉爲巨蠃，北人謂之孤蕗，音若孤都；即宋景文所云脈肚。」〔註179〕方以智考證詞彙不單只取典籍爲論點，他還兼採自身與他鄉之方言，以資證明，甚至在選取材料後，而可以與書面相應和，如北方的入聲語音紀錄曰：

> 《餘冬序錄》言：「雲南夷俗，牒言誣陷人曰毕賴之事，毕音灌。」
> 智謂：「灌乃潑字之訛，今人猶有潑賴之語。京師謂物之行濫者曰
> 毕賴，亦潑賴之轉。北人不能呼潑字，入聲，故呼如彭蓋之音。」
> 〔註180〕

方以智從考證典籍中說明北人的入聲情形，另外又有「北人讀角如矯」〔註181〕，

〔註177〕《通雅》，頁 1156。

〔註178〕《通雅》，頁 614。按：方以智交遊遍天下，據《黃宗羲年譜》記載：「是時江右張爾公舉國門廣業之社，四方名士畢集。而與公尤密者，宣城梅朗三、無錫顧子方、宜興陳定生、廣陵冒辟疆、商邱侯朝宗、桐城方密之無日不相爭逐也。」（清・黃炳垕撰：《黃宗羲年譜》，頁 19。）此七人相互交流之普遍，必以時音溝通，而時習的單位是復社，其中成員遍天下，豈可以方言相互溝通？故必以四方通語爲交流工具。另外以方氏對語言的興趣，必定試圖認識成員間的語言習慣，這也成爲他認識方言的途徑之一。

〔註179〕《通雅》，頁 1271。

〔註180〕《通雅》，頁 1464。按：潑字《中原音韻》是歌戈韻入聲作上聲，於方以智系統爲滂母阿呵攝入聲。「彭蓋之音」則是切叶之道的合音方法，當屬於滂母隈挨攝去聲，〈新譜〉無其字，故擬音之。這也是因爲北方入聲退卻，是以發音上只能用此。

〔註181〕《通雅》，頁 1184。按：《中原音韻》裡入聲作上聲有「角」，屬見母，而上聲中「繳」、

正與《中原音韻》的語音紀錄相同，此二說可以相互參照。說明方氏能夠參考方言語音，作為考證詞語的素材，於是在《通雅》中所呈現出來的語音面貌，就有了各地方音的兼容並蓄。

〈切韻聲原〉的主體在等韻著作之〈新譜〉，其後的〈旋韻圖〉、〈旋韻圖說〉則是詮釋〈新譜〉的順序與內容，一者是音韻學著作，一者是音學思想，兩者交織而成方以智的音韻學說。雖然方氏在《通雅》中屢言尊《洪武》，守中土的語言認知，以為「勿泥鄉音，少所習熟，然後可以知古今萬國之時宜矣」〔註182〕，表示語音當從合於時宜之語，而不能拘泥於方言，《洪武正韻》為官方頒佈，正可以作為語言之標準。

不過在個別的字例裡，仍然可以看到〈新譜〉所呈現出非普遍應用的方言內容，如聲母部分有精系與知照系的相混，此即吳語的特色，甚至楊軍與王曦研究《四韻定本》所得「見曉組細音讀同知照組」，即屬於安徽樅陽縣浮山鎮的語音特色。而聲調部分次濁聲母有陰平聲的讀音，這也不符合官話語音的規律發展現象。另外，觀察韻部的分合，方以智從十六攝三十六韻，縮減為十二統，其中陽聲韻尾的相互合併，據陳聖怡的研究乃屬於徽語的特色，且方氏父子引新安吳元滿之音韻情形，也說明了方以智對方言語音的認識與吸收：「近世吳元滿音韻，凡講皆言門，滿音猛，漫音悶，則新安人之鄉語猶此聲也。」〔註183〕可以發現新安地區的語言情形是山攝、深攝、梗攝、臻攝的韻尾相混，這情形近似徽州方言「陽聲韻尾大量脫落，大都轉化為鼻化韻或陰聲韻」〔註184〕的現象，吳元滿即新安人，而當時的新安郡今即屬徽州──歙、休寧、婺源、祁門、黟、績溪六縣，是可見方言音與古音的密切關係，

「矯」音同，是以遞相為證，則「角」、「繳」同音。

〔註182〕《通雅》，頁1471。

〔註183〕《古今釋疑》，頁441。按：《通雅·論古皆音和說》也有類似的句子：「何謂真天通？曰《國策》陳軫，《史》作田軫，〈陳敬仲世家〉作田敬仲。……智按：『古有讀半為笨者，吳元滿滿音猛，講音門，亦足證矣。』」（《通雅》，頁1499。）方以智從古韻真天通，推展至吳元滿的方言語音中的陽聲韻互通，所展現的正是方言音的體系。而吳元滿著作中的音韻特色，據黃珊珊研究乃多半雷同於今日江淮官話和歙縣方言，這結果也和今日安徽歙縣內的方言狀況相似。

〔註184〕《徽州方言》，頁20。

而這也是十二統整合韻尾的音素要件。

　　《通雅》各卷有遍考各地方言之證，其中取材自方以智自身經歷，與師友間的交遊往來，和摘錄自傳注之方言資料者，爲他「通方言以考古音」的研究方法奠定了良好的基礎。因爲他能通方言語音，是以〈新譜〉的字例中偶有方言音的顯露，但不礙他以時音爲主的音韻結構。在〈新譜〉之外，《通雅·切韻聲原》還記載了以方言音爲主體的十二統之音韻紀錄，證明方以智的語音體系中，是以時音爲主並包容古今語及方言音。

第七節　方以智之「通語」音系

　　方以智《通雅》的語音記載包含有古音之考證、各地語音之方言，以及「貴今」理想通語之時音〔註185〕，在語音的資料取材裡橫越了空間上的南北距離，跨越了時間中的古今差異，而他最重視的通語則是弭平時空，以務用、貴今的方式留存於他的語音體系裡，所採的正是《洪武正韻》以來的「中原雅音」，即平田昌司所謂的「儒林系雅音」。但也不可忽視地，方以智在〈切韻聲原〉中所採取的審音模式，尊重實際語音應用的準則，亦是「曲家系雅音」的特色，因此兩者難以在他的體系裡作明確的劃分。但是皆可以在音韻資料豐富之《通雅》五十二卷，以及《物理小識》十二卷所形成的方以智訓詁專著裡，獲取大量考究語音之資訊，而作爲〈切韻聲原〉的理論證據。

〔註185〕按：方以智對古音的紀錄，主要集中在《通雅》的考證論述，〈切韻聲原〉也記載了相關的案例，尤其〈新譜〉字例之邪、花、寬、無、邦五例，乃是用符號的方式記錄古音。另外方言的設計，除了《通雅》的考證，〈新譜〉之精照相混、聲調錯置等現象，也顯現出異於語音規則的情形，而同於方氏之言吳音，故知其方音的記載。至於此節論及通語、官話與中原雅音者，雖然「通語」有概念的大小，但此處乃專指大範圍通行於全國的語言，而非小範圍之一地通用方言。「官話音」則是官方通用的口語音，此乃讀書爲官者必須學習與使用的基礎官方語言。至於「中原雅音」則是方以智心目中的理想音系，只是這樣的音系在方氏的實際應用裡，也已經是兩種形式的混合體，其根源的「儒林系雅音」與「曲家系雅音」來源不一，但俱已融入在方氏的音學體系裡，也正是「韻自全叶，而呼時析之」所代表的理論與審音之區別。古音、方言、通語的使用範圍有古今南北之異，卻一併記錄於〈新譜〉，故可知這些字例有一定的「時用」價值，故爲方以智收錄之。

　　方以智的音韻學說主要建立在〈切韻聲原〉，其中除了理論之外尚有等韻作品〈新譜〉，依十六攝分作十六圖，每圖設立二十聲母，其中再設翕闢穿撮四列，每列有哐、嘡、上、去、入五調。另又附有〈旋韻圖〉，以完成方氏音、《易》相合的思想體系，以及承繼於邵雍的思想，和《四聲等子》等韻圖的音韻結構，並且在這樣的韻目順序中，建構他的古今音韻學說。於是探求方以智音學，當以〈切韻聲原〉的理論為主體，並折衷於《通雅》各卷之中的論據，於此可見其體用關係。

　　然而〈切韻聲原〉的音系基礎以何為主？將〈新譜〉十六攝圖對比於《廣韻》所述，並拓展至《中原音韻》和《洪武正韻》，觀察其中語音的分合情形，其聲母與聲調的演化狀況，正符合語音發展的規律，卻在韻母的紀錄自成一格。從中古的《廣韻》音系，期間經過邵雍、《四聲等子》等音韻紀錄，發展至元明間的《中原音韻》和《洪武正韻》，甚至晚明金尼閣《西儒耳目資》與陳藎謨《皇極圖韻》的語音演進，雖然其中或有歧出之處，但大抵仍遵循著官話音的發展，而這也正是方以智所主張的音韻體系，是以他在「画、畫、劃皆一字」例中論曰：

> 戴侗分画、畫為二字二音，此何異今之分畫音或、畫音化乎？古止有一字，或音一轉而為化耳。……化、畫同音，則春秋時之中原音，何不據此，乃從江左乎？〔註186〕

方以智認為「自服、鄭、應、許之時，已變古音，廣等沿之。及沈韻出，特取漢、晉之音填入耳」〔註187〕，江左沈約以方言定音，雖有一統語音的功勞，但未能遵守中原正音，而以江南方言為準，有失語音作為廣大溝通的效益，因此他特別強調語音當從「中原」，亦即以應四方、無所不通的官方語言。

　　據於此例方以智又有「沈讀畫為壞，今讀為話。畫讀為或，皆一音之轉」〔註188〕之說，然而畫、劃、化、或、壞，五者只有聲母相同，俱轉為曉母，韻則畫、化《中原音韻》去聲同音，畫劃入聲音同，其餘以畫音壞、話、或等，只是聲母相同而已，並不能當成五字完全同音。但過往語音曾有聲通的情形，

〔註186〕《通雅》，頁128。

〔註187〕《通雅》，頁22。

〔註188〕《通雅》，頁980。

故方氏以為此乃中原語音受江左方音的影響而產生變異，如此則失去通行四方
的作用，因此方氏特別注重正音，而此正音乃屬自古以來一貫之「中原音」，不
分區域而可以通行於明帝國之中的語言。在方以智的語音體系裡，他〈切韻聲
原〉中的理論與字例，正代表通幾與質測的相互照應。而方氏忠於正音，定〈新
譜〉即著眼於使用語言之正軌，不過「韻自全叶，而呼時析之」〔註189〕的情況
下，語言的使用還需考量人際溝通的實際現象，故其中亦包含審音下的官話語，
只是各地官話區域廣大，而造成官話亦有方言性的情形，於是產生方氏這般折
衷於《洪武正韻》和《中原音韻》的語音體系，這正是語音接觸下所產生的變
異。

考《通雅》之說，亦可以與〈新譜〉對照，其「橡樣栩櫟杼柔一物」例
中記載：「孫炎曰：『櫟實：橡，棟樕也。』《說文》無棟橡而有櫟樣栩。孫收
養韻，讀象上聲。」〔註190〕此處斷句主張「孫收養韻，讀象上聲」，因為象本
為上聲，收養韻即表示聲調依舊，方以智特別標注之目的在於今音〈新譜〉
收「象」在去聲，而「橡」在《廣韻》和《洪武正韻》中都作上聲，與時音
相異，表示方氏收字的準則，且《通雅》之作尊今貴用，〈新譜〉的收字亦不
違其道，是以其他語音體系的地位次之，這也正是他貴今、尊雅的理想寄託，
是有言曰：

> 鄭魏推古意，吳楊考古音，是也。執古廢今，則非；若執古之訛誤
> 者，更不必矣。斷之曰：「古通有倫，謬誤宜正，雅音宜習，《正韻》
> 為經。學者講求聲韻之故，旁參列證，以補前賢之未盡，使萬世奉
> 同文之化，是所望也。」「《詩》《書》執禮，皆雅言也。」孔鄭注典法，必正言其音。
> 邵子歎韻，一行旋應。《韻鑑》縱橫，《中原》陰陽，確矣。智嘗因
> 悉曇、泰西，兩會通之，酌《正韻》，定正叶焉。〔註191〕

方以智主張考古務為今用，在語音的標準上要從雅正，而其中的根據就是《洪
武正韻》，並以此作為萬世同文之所奉持。因此他從古今中外的語音研究中，取
《正韻》之說，以為勘誤正謬的基準，而在《正韻》與今音相異處，奉時音而

〔註189〕 《通雅》，頁 1511。

〔註190〕 《通雅》，頁 1293。

〔註191〕 《通雅》，頁 29。

作〈新譜〉、〈旋韻圖〉，故方以智〈正叶序〉中論述道：

> 嘗以古韻、悉曇、太西，合之琯溫、康節，乃知天然之叶，本不容造作，而享其中和者也。世守沈約，以唐宋皆頒行于禮部，歷代沿習，無知其故者。挺齋定中原之響，《洪武正韻》加以入聲，柴廣敬所傳〈朱子譜〉，郝京山約為十二韻，陳礦庵析為三十六韻，皆因《正韻》而折攝之。《正韻》為宋文憲所訂，雖細切未改，而中原之氣大暢，時宜正叶，不獨同文也。豈有天下之大，惟從數郡鼓脣乎？轉注假借，無往不可以叶，天然相應者，時于宜矣，以此唱和，夫復何疑？通古通沈，隨人自廣可也。浮山之孤，序至此而噓曰：「悟不二不一之公因乎？叶即如矣，叶即當矣。如如當當，叶二為一者也。環韻而起於冬，中和以平，心法寓焉。呼與吸叶，開與闔叶，有聲與無聲叶，通晝夜者貫之，兩間皆氣也。所以為氣者何在乎？生死也、喜懼也、天人也，理事也、虛實也、中旁也、頓漸也、統辦也、世出世也，無非代錯之交輪幾也，皆叶其中，貞夫一也。」〔註192〕

方以智在〈正叶序〉中陳述他的創作主張與取韻標準，最後總結其學術思想，當中即如〈旋韻圖說〉所述，音韻與天地間的有無、虛實相應，即是循環不已的「交輪幾」，亦是旋轉之「東西均」。而守《正韻》，貴雅正的語音發展脈絡，是方氏一貫的音學主張，當不在話下。

　　是以各類著作中，方氏皆有不可更易的音學見解。他意識到語音的發展在歷史上產生了質變，這之間經過化作了時間與空間上的變異，因此古音可以從方言中求取，而匯聚方言可以得古代語音，從中可見語音發展之交輪幾。但各種演變只有一個不斷裂的語音主線，亦即中原之音，這中原之音自古有之，只是始由周德清記錄之，然完整的聲調則見於《中原音韻》與《洪武正韻》相合之「開啌平」、「承噇平」、「轉上」、「縱去」、「合入」五聲。但是兩部作品距方以智已有百年之久，是故為了克服時間所產生的語音變異，企求塑造一個時音的音韻體系，因此有方氏造〈新譜〉。

〔註192〕〈正叶序〉，頁 382。按：據侯外廬所述，《正叶》是一個用《洪武正韻》為編輯基準的詩集，此處論及音韻者，當在說明守《正韻》之理。

　　不過明代的通語、官話如何演變，前人討論豐富，然亦莫衷一是，今以
魯國堯〈明代官話及其基礎方言問題──讀《利瑪竇中國箚記》〉之說為主，
輔以麥耘、朱曉農〈南京方言不是明代官話的基礎〉所述，主張是從河洛之
「洛下」的中原音，傳到南京後與方音結合而成，為大眾所使用的語音體系。
這樣的語音內容形成於南方政治與經濟的中心，因此為常人所習用，「當時南
京士宦所使用的語音（不是南京方音）是共同語南支的標準音，是保守的正
統讀書音」〔註193〕。尤其方以智遊歷之地，除早年隨父親方孔炤入北京朝廷，
多在南方各地，因此語音的使用當以通行於南方為主，偏向《中原音韻》一
類的北方語音之可能性較低。再者，方氏的聲韻調系統中，還是與《中原音
韻》、《洪武正韻》有所差異，而更近於《西儒耳目資》，顯示語音隨著時代變
化之外，而有著疆域上的區別，《中原音韻》屬於北方音系較無可疑，而《洪
武正韻》因編輯人員方域不一，前後官方又加修訂，縱是一家之說，卻也未
成氣候，故其說難以定為一時一地之語，洪武八年、十二年、二十三年皆有
修補，縱未出刊，亦可知此音系難以符合南北實情。是以在方言非通語的條
件下，又以南方音為主的語言環境，當以此「通語」定為以中原之河洛語為
基礎，而後傳至南方所形成的新官話分支。〔註194〕

　　後來研究明末語音環境者，多聚焦於官話音系，葉寶奎《明清官話音系》
的諸多紀錄，不論是呂獨抱《交泰韻》、李如真《書文音義便考私編》等，皆
視之為官話音系，其觀點即以當時時空環境下所產出的韻書，代表著明代末
年的官話語音，其內容亦可與方以智所作相互承接。至於前人研究主張方氏
音學為單一音系者，有以為屬北音、官話音、方言音，於方言又有桐城方言
與樅陽縣浮山鎮方言之別，如此則是未能見到《通雅》著作中於音韻內容上
的複雜性。不論是桐城方言，或是樅陽縣浮山鎮，其所屬的方言區域皆是吳
語、江淮官話的使用區，因此兩者間的相互影響必然存在，而難以用今日的
方言研究劃分當時兩地語言的所屬情形。此外，今日研究多從當代語音著手，

〔註193〕麥耘、朱曉農：〈南京方言不是明代官話的基礎〉，《語言研究》第 4 期，2012 年 7
　　　　月，頁 338。

〔註194〕文詳魯國堯：〈明代官話及其基礎方言問題──讀《利瑪竇中國箚記》〉，《南京大
　　　　學學報》第 4 期，1985 年，47～52 頁。以及麥耘、朱曉農：〈南京方言不是明代
　　　　官話的基礎〉，《語言研究》第 4 期，2012 年 7 月，頁 337～358。

因此見到一項語音現狀，便直接對照作者的生活區域與交遊情形，此類固然屬於「知人論事」的研究方法，但是全然依靠此模式，恐失於其人使用語音的眞實性。即以方以智爲例，他的足跡遍及南北，在〈新譜〉中所記錄的語音，除了顯而易見的官話音之外，又有孫宜志所考察出的古今音之異，於方音的記載中又有桐城方言，甚至晚年所作有安徽樅陽的語音現象，顯示此音系內容不當以某一種語音情況視之。

再者方以智強調所記載的語音一以通語爲主，因此他排斥純粹的鄉音土語之方言語音，其實際情況應該廣爲人用，那麼他的語音內容不當以方言音作爲他的主要音系。觀察〈切韻聲原〉所展現出的音系，亦可以銜接此觀念，則其中音系當是以明末士人通用的語音體系爲基礎，只是不可避免地摻雜部分的古音與方言音，甚至書中所展現的方言語音並不單單只是反映方以智家鄉話——「敝邑桐城」的方音，也並非「吾鄉涇縣」的土語，當是依循「南北是非」的資料陳列，內容既包含了北人之說、南人之語，又兼容東方吳地口音、西方釋教之譯音，足見語音資料的豐富性，而且在雅俗併陳的情況下，即見「通幾」理論之「儒林系雅音」與「質測」審音之「曲家系雅音」的並現。

此外，方以智在〈切韻聲原〉屢屢稱及音學傳承自邵雍之說，其〈新譜〉的擬音結果，亦與《皇極經世·聲音唱和圖》相符，也跟《四聲等子》、《切韻指掌圖》及《經史正音切韻指南》一致，因此其音韻結構並非歷史不足徵也。其〈新譜〉有音學的理論根基，方以智乃是基於建立通語之官話音爲理想，而〈旋韻圖〉則含括了《易》學原理，因此在〈切韻聲原〉中所呈現出的音系性質，當視其爲含藏了音《易》思想的，總和其音韻思想之說，故可視其音系性質乃結合〈旋韻圖〉之通幾的音《易》理想，以及〈新譜〉之質測的字音分析，是爲綜合性的體系，是非能以單一的研究角度與音系分析之。

第七章　論方以智音學成就

　　明代中葉之後，考據著作倍出，其時大家首推楊慎，其《丹鉛總錄》等爲後來學者從事考據工作之濫觴，並援引作刊謬補缺的對象。雖然方以智盛讚楊慎淵博的學識，認爲「升菴博極，援引有功」[註1]，但也看見楊慎的缺失而說：「惜膠於好異，見音釋不同者，必遷就從之，不暇問前人之訛誤矣。」[註2]方氏從考證音義的角度批駁楊慎，認爲他以古爲尊而遷就的態度，是不敢更立新說的根本原因，故密之要從崇實絀虛的角度，建立精確的考證方法與結論。據此四庫館臣大讚方氏，以其人乃眞能用嚴謹的方式建立考據內容，並爲後來訓詁學家之典型，開淸代考據學之先河。《四庫全書總目提要》中論方以智《通雅》即稱：

> 明之中葉，以博洽著者稱楊慎，而陳耀文起而與爭。然慎好僞說以
> 售欺，耀文好蔓引以求勝。……惟以智崛起崇禎中，考據精核，迥
> 出其上。風氣既開，國初顧炎武、閻若璩、朱彝尊等沿波而起，始
> 一掃懸揣之空談。雖其中千慮一失，或所不免，而窮源溯委，詞必
> 有徵，在明代考證家中，可謂卓然獨立矣。[註3]

〔註1〕明・方以智著，侯外廬主編：《方以智全書・通雅》（上海：上海古籍出版社，1988
　　　年），頁249。

〔註2〕《通雅》，頁249。

〔註3〕淸・永瑢等著：《四庫全書總目提要・子部》（臺北：臺灣商務印書館，1983年），

四庫館臣所重視的在於方以智徵實黜虛的研究功夫，因此最關注他的考據學創作之《通雅》，至於其他的哲學著作如《東西均》、《藥地炮莊》則用力鮮少，甚至文學之《浮山文集》不在《四庫全書》的任何存目裡。

探究《通雅》之考鏡源流，其功用正在「刊謬補缺」典籍之失，方以智〈序〉曰：「理其理，事其事，時其時，開而辯名當物；未有離乎聲音文字，而可舉以正告者也。……古今聚訟，爲徵考而決之，期於通達。」〔註4〕預期從修補、訂正古籍之中，可以「通」古今「雅學」之正，是其名「通雅」之意。於文字、聲韻、訓詁三者之中，方氏首重因聲求義，故曰：「漢末孫炎《爾雅音義》始爲反切，魏通釋書，此法大行。音一定，故莫逃；字有盡，故轉借。」〔註5〕因爲文字可以藉由音韻上的轉注假借而擴展其使用限制，於是通過標音以增強學習音讀的便利性，因此古人用反切注音以標明音韻內容，更可以提升閱讀效果。

因爲是審訂音義，所以方以智在書中大量地探求古音的分部原則，而創立了古韻部的說法，並從各種方法與資料建立他的古音學說。抽繹其《通雅》之說，於內容上主於考證典籍之失，因此方氏蒐羅了大量音韻紀錄，藉以驗證音義的關係，而他的理論說明，則集中在〈切韻聲原〉。是以方氏之理論與驗證的資料判然分明，卻又互爲表裡，以「通幾」之理論支持《通雅》的「質測」實證，從「質測」之考證建立〈切韻聲原〉的理論權威，即見方以智「質測即藏通幾」、「通幾護質測之窮」之二者相容。

第一節　《通雅》音說資料之拙與工

壹　語音素材之前後分散

方以智作《通雅》，主要目的在通過考證文字音義，而擴及各類事物，因此他釋天地宮室、金石草木，蟲魚鳥獸，無一不是從音義爲研究起點。然而在方法上他主於「折衷音義」，因此「其無辯難者，或爲語不經見，又所忽略，或舊名紛糾，爲刪舉其要，以便省覽。又有異者、疑者，偶書以俟正，故無

頁587。

〔註4〕《通雅》，頁3。

〔註5〕《通雅》，頁29。

斷詞」〔註6〕，方密之採取羅列資料的方式，以待後人有更多的證據定其是非。但這就造成資料過於龐大，而難以斷其眞僞，如〈釋詁‧疑始〉即有「不有十四音」、「敦有十七音」、「苴有十七音」的紀錄，資料蒐羅雖稱完備，但是純粹地陳列資料並無助於統一的釋詞辨義，只能就不同情形摘出所需的音義內容，則此條例無異於字典的安排，訓詁釋義的功能稍不顯著。

今本《通雅》五十二卷的排列模式，其原本編列有《物理小識》，而後命次子方中通摘出單行，又有很多內容皆是單篇文論，隨後整理成卷，如卷五十一〈脈考〉，本作〈養生約抄〉，卷五十二〈古方解〉本名〈內經經絡〉，因此可知今本所見之《通雅》乃整理後出版的著作。〈切韻聲原〉亦是重新編排而入《通雅》，其本單行當作《等切聲原》，於《周易時論合編圖象幾表》則稱〈等切旋韻約表〉，於是見《通雅》和〈切韻聲原〉二者合刊，或有體用之別，〈切韻聲原〉以理論爲體，而《通雅》則論據爲用，所以在〈切韻聲原〉中難見論證蹤跡，所述多止是結論。二者分別在於理論根據需從〈切韻聲原〉中求取，正如古韻分部只在〈韻考〉中見其分項，但論據則散見於《通雅》的考證裡。書中音系的根據，以及音、《易》相合的理論，主要建立在〈旋韻圖說〉，而方以智卻應用在《通雅》裡，於是只得藉由互見的方式，以明前後說法的一致。

不過《通雅》本來就是以考據音義爲主，所以方氏在文中直接引用過去研究所得到的結論，不再另外闡述其理論根據，要探究理論的內容，可以直接參照〈切韻聲原〉，因此語音資料的分散，與《通雅》的性質有著密切的關係，是以方以智另著一卷說明語音的內容，才不致使《通雅》音說無所寄託，於是透過互見的方式，而達到前呼後應的效果。

貳　音切內容之自相矛盾

方以智的音學理論主要集中在《通雅‧切韻聲原》，《通雅》的音韻論據又散見各篇之中，再加上他的編輯模式多是「必引出何書，舊何訓，何人辨之，……貴集眾長」〔註7〕，所以斷以己意者少，不得已才折衷以按語，用來表述他的意見。在他的解說中，所呈現出的音學體系多爲一致，這可以從其音學的體用關係中觀察得到，然而方氏在〈切韻聲原〉中主張剷除門法、崇

〔註6〕《通雅》，頁1。
〔註7〕《通雅》，頁1。

尙音和，因此他大倡改良反切之說，故曰：

> 切響期同母，行韻期叶而已。今母必麤細審其狀焉，韻審啌嚨合撮開閉焉。《指南》於切母一定者，反通其所不必通，于行韻可通者，反限定于一格，且自矛盾，不畫一也。……存舊法，考古今，可也。豈守其混與借以立法哉？〔註8〕

方以智描述了反切設計的音和要求，並且他也認爲古人反切必然音和，因此門法只是不明反切所擬爲方音，而造成認知上的誤會，是以創作上應避免非音和的情況發生。不過考察《通雅》中的反切，會發現絕大部分仍是抄錄自舊韻書，其中包含了《廣韻》或《集韻》，以及傳注資料等，如《經典釋文》的反切音義，因此他的主張難以延續到著作中。而這些古籍資料則依然保留了全濁聲母的語音內容，與他的語言系統相異，所以造成和〈新譜〉聲母安排不同的情況，例如：

> 麤之於犓，等之於埒，此不可一也。◯世之學古者，皆以犓即麤字，此緣陸、孫而誤也。……考《公羊傳・注》「犓，音才古反」，是也。《廣韻》卻以俗作之粗爲徂古切，此則當時鄉語矣。〔註9〕

文中所用反切分別爲東漢末年何休的《公羊傳・注》與宋初的《廣韻》，而非方以智自創，因而猶有全濁聲母之遺留。這與方氏的音系不同，其中全濁聲母「才」當清化作清母，即如〈簡法二十字〉所示，然方氏於仄聲處作精母，方符合他的音和之實際應用情況，是以見他在全濁聲母議題的游移，而未能明白濁音清化的歸屬狀況。甚至在清化之外的內容，也有前後不一的情況，即如「隋時有嶺南排鑹七亂反手，小矟也」，與「《隋紀》有嶺南排鑹七管反子，小矟也」〔註10〕，《廣韻》「鑹」爲去聲七亂切，然方氏注以上聲七管反，且〈新譜〉七管反位置無字，則知方氏所採音注並不能在理論與實際運作中完全一致。

又有在〈切母各狀表〉中，標示「文：微無粗」說明微母只有細聲，卻在灣閑攝的合口位置中不與兵精之細狀同列；央汪攝的微母字下列有「◯房

〔註8〕《通雅》，頁1498。

〔註9〕《通雅》，頁88。

〔註10〕兩段引文分別摘自《通雅》，頁827、頁1063。

网望㠾」，所處正在開口呼的粗聲，顯示他的矛盾。這樣的排列方式，與方以智要用聲狀以標明翕闢穿撮的用意相互抵觸，卻只見〈新譜〉列字並未有固定脈絡，多是「見縫插針」式的歸列韻字，故央汪攝之「汪窗」二韻俱屬合口，卻置之異位，如此未有既定的安排模式，則與他認為語音設計貴在音和的概念互相衝突。

參　古往今來之音韻整合

雖然方以智的音韻設計有以上缺失，但是不減他音學創作的價值，尤其就資料的選擇來說，方氏不受疆域所限，能夠接受不同專業領域學者的知識，不論是科學新知，或是語音學說，他都採取開放、包容的態度，吸取最準確的說解以為著作的素材，因此他引用利瑪竇、湯若望等西方傳教士所引進的學說，用以闡發對世界的認識。語音學方面，他吸收了東渡的悉曇學說，作為音韻研究的參考，如：「智嘗因悉曇、泰西，兩會通之，酌《正韻》，定正叶焉。」〔註11〕方以智在文中屢次言及悉曇之說，即是當時學術流傳有此一門關於佛經傳唱的譯音方式，屬於梵漢對音的語音內容，另外又有〈華嚴字母〉以十四字貫一切音，都是他對早期西方音韻之說的認識。

這類梵漢對音屬於歷史發展過程中，在不同空間下所產生的學術交流。在同樣的時間條件裡，方以智也仍在學習新知，尤其明代有著大批的西方傳教士來華傳教，在語音翻譯的需求下，羅明堅與利瑪竇合作編著有《葡漢字典》，而後金尼閣更動其中說法，並在他自己的著作《西儒耳目資》中採取更接近葡萄牙文的拼音模式，顯示出明末中西文化交流的巨大發展。方氏在這環境下成長，並且與眾多傳教士相為師友，自然關注到此面向，於是在他的著作裡，有著豐富的西方學說。

方以智能夠正視西方學術的傳入，並且「擇其善者從之，其不善者改之」，而他遊歷南北、交遊廣闊，呈現在他的音學內容裡，就是各種豐富的方言語音紀錄，其中又以北音與吳音最多，即如「九頭鳥」一則即參考自他遊歷時的見聞，方氏記載曰：

> 《白澤圖》言「蒼䴚有九首」。孔子與子夏見奇鵒九首而歌，或作九

〔註11〕《通雅》，頁29。

> 尾。此鳥海上多有，智在松江親聞之，市人爭作犬聲相逐，相傳一
> 頭流血，著人家即凶。〔註12〕

明代松江府即在今日上海境內，方以智親身造訪而聽聞當地方言語音、詞彙，於是有此紀錄。詞彙如此，語音亦然，「吳音呼照如皂，呼牀如藏，則同精從矣」〔註13〕。方氏的紀錄正說明了精系聲母與知照系聲母相互混淆的吳音特色。

　　方以智在時代條件下，有著良好的學術氛圍，以及一脈相傳的書香世家，打造出他優質的學習環境。雖然身處動盪之中，仍然交友天下，遊歷南北，因此造就了他的音學基礎。而家族豐厚的讀書氣氛，協助他考證典籍，是以成就《通雅》之作，並成為明代考據學的總集成。

肆　貫徹始終之音學體系

　　自音韻學發展以來，著韻書者皆以為代表中原語音，如〈切韻序〉即有：「吳楚則時傷輕淺，燕趙則多涉重濁；秦隴則去聲為入，梁益則平聲似去。……因論南北是非，古今通塞，欲更捃選精切，除削舒緩。」〔註14〕陸法言家中所召開的聲韻學會議，其中諸人所捃選的語音標準，即在「金陵與洛下耳」〔註15〕，雖然其他各地韻語及他人所作韻書亦盡包于書中，但其體系仍是地方語音，是《切韻》為始，韻書內容即不能以一時一地語音視之。

　　爾後韻書著作亦然，不論是《古今韻會舉要》、《洪武正韻》，北音韻書如《中原音韻》，都是在一個主要音系下，包容著其他音韻系統的存在，方以智《通雅·切韻聲原》亦不能脫離此狀態。方以智的音學體系是以時音為主體，而兼顧《中原音韻》和《正韻》的音韻性質，因此聲母採取濁音清化後的二十聲母，並且「影、喻、疑」多已零聲母化，以及「知、莊、照」三系相併，韻分十六攝三十六韻，聲調則為陰哐、陽嘡、上、去、入的五類，方氏將這些內

〔註12〕《通雅》，頁 1351。

〔註13〕分別引用自《通雅》，頁 143、頁 362。

〔註14〕宋·陳彭年等人：《廣韻》（臺北：洪葉文化事業有限公司，2001 年），頁 12～13。

〔註15〕按：《顏氏家訓》有：「自茲厥後，音韻鋒出，各有土風，遞相非笑，指馬之諭，未知孰是。共以帝王都邑，參校方俗，考覈古今，為之折衷。搉而量之，獨金陵與洛下耳。」（王利器：《顏氏家訓集解》，頁 473。）顏之推既是當時與會人物，則知當時討論語音標準所在，然特舉金陵與洛下，正是其音系之設，故標舉之。

容說明於按語中，曰：

> 平陰陽上去入共五聲，京山謂入聲後增一聲，非也。陽起而陰收，
> 中國以平統之；西字父多入，入聲簡而多轉。中國上古固以入聲分
> 諸聲，又能以諸聲轉入用之，不似今日中原之無入聲也。〔註16〕

將方以智於《通雅》的按語和〈切韻聲原〉相較，兩者追求以今爲用的觀念相
同，因此註解多應時音，而不減其「尊今貴用」的特性。韻部方面，他於〈切
韻聲原〉所提出的古韻之說，屢屢可以在《通雅》裡獲取論證說明，並且可以
發現前後相承的音韻沿襲，並和後來的《四韻定本》首尾一致。

　　方以智的音學著述，前後之說完備，既有理論的解說，又有等韻著作以
明音韻分布，晚年再創《四韻定本》，則將原本只有數千字的等韻圖〈新譜〉，
擴大收字的範圍，卻不失其前後一致的理念，縱使兩部作品相隔數十年，但
在體系上仍保持齊一，因而可以自成韻學之說。並且爲了證明音學與天地間
的關係，他將〈新譜〉十六攝之音學融貫於〈旋韻圖〉之《易》學理念當中，
而作〈旋韻圖說〉，於是成就他音韻學理論的最後一步——「聲數同原」。

第二節　《通雅・切韻聲原》理論之得與失

壹　融貫調勻之折衷態度

　　方以智的研究態度，其中一項爲「此書主于折衷音義」〔註17〕，這樣的折
衷思想起源自晚明的學術風尚。明代自王陽明以後，心學大盛，然迄於末流，
則有「無事袖手談心性」之譏，至是崇理主張再興，是以晚明有心學理學之議；
而宋明理學的發展亦至頹勢，而有「宋儒與晉清談同弊」〔註18〕之毀，於是考
據之學復起。再者，晚明學術交流興盛，除了中國傳統的政治人物間之學術勢
力相互對抗，又有西方宗教的傳入，佛學、天主教的分庭抗禮，都爲明末的學
術界產生極大的影響。

　　晚明心學理學的辯證、漢學宋學的紛爭、中學西學的抗辯，致使一派學者

〔註16〕《通雅》，頁112。

〔註17〕《通雅》，頁1。

〔註18〕《通雅》，頁34。

出來定分止爭，他們主要調和諸家說法，方氏家族主從於此，因此並不受各家之說紛擾，並爲後來學者稱朱陸二家之徒。由於明末學術紛擾之際，有孫奇逢、李顒認爲要兼採眾長，不必專主一家，因而有折中之意，這樣以孔孟爲宗主的理學治學原則，至後代方有各家之別，是以有「源一流分」之說，其後方以智別出心裁，另立「源分流一」以釋之，曰：

> 人皆謂源一而流分，曾如源分而流合乎？水出於山，山各一谷，漸
> 合而溝匯，漸合而江河，歸於海，則大合矣，豈非流合而源分乎？
> 然則源一之說奈何？曰：「源爲流之源，流則源之源也。」〔註19〕

方以智引當時說法以論證源流的關係，此說亦是學術取向的展現，當時以爲「源一而流分」，乃探究學術本源的概念。獨方氏提出新解，以調和源流的關係，故說：「源爲流之源，流則源之源也。」既不破前說，又立後說的折中觀。

方以智折衷的態度呈現在語音學上，則是存各家之說，而不破前人之謬。他古聲母主張爲三十六、三十，而漸漸減省至今音的二十六、二十四、二十一，最終保持爲二十的今音聲母，然他並不廢其中任何一項，而是全然保存在〈切韻聲原〉裡。只是折衷亦屬另一類不敢判斷的態度，是以他面對與錢大昕相同的文獻內容，卻因爲折中、不立斷詞，只好提倡過往文獻所持的三十六聲母，而未能判斷古聲母的分合情形，致使無法提出如錢大昕一般的「古無輕脣音」、「舌音類隔之說不可信」之結論。

另外其折中所造成的搖擺不定，亦可見於「問濁聲法廢乎」一條：

> 問濁聲法廢乎？曰：清濁通稱也。將以用力輕爲清，用力重爲濁乎？
> 將以初發聲爲清，送氣聲爲濁乎？將以喠喉之陰聲爲清，喤喉之陽
> 聲爲濁乎？李如眞言之詳矣。〔註20〕

方以智的作法並不直接說破廢除與否，面對清濁的問題僅持保留的態度，並用李登《書文音義便考私編》的概念解釋之，認爲清濁只在平聲中顯現區別，於仄聲則無作用。〔註21〕方氏只保留其說，而不斷其存廢，一者是因爲當時語言

〔註19〕明·方以智：《藥地炮莊》（北京市：華夏出版社，2011年），頁317。

〔註20〕《通雅》，頁1500。

〔註21〕按：李登之說清濁：「一清一濁，如陰陽夫婦之相配焉。然惟平聲不容不分清濁，仄聲只用清母，悉可該括。」（明·李登：《書文音義便考私編》，《續修四庫全書》第

環境的濁音清化，是以他未能明白清濁的內容爲何，另外就是因折中的關係，他不敢在沒有絕對證據的情況下，廢前人所述而另立新說，於是仍舊存古說。不過據此而可以知道方以智在面對過往資料與新學相異者，通過折中的態度，調和均勻兩家的說法，因而達到融貫古今、調勻東西的效果。

貳　聲韻調之流變分明

　　方以智在〈切韻聲原〉中證聲韻調的發展，聲母部分從劉鑑《經史正音切韻指南》的三十六聲母爲古聲母之始，而後說明從古聲母演變至當時的聲母發展，自三十六聲母變成二十聲母的過程，以及相併合的原因。聲調的部分，他在《通雅》中反覆說明古今聲調的關係，和相互間的發展，如「古有入聲」、「今北人無入聲」、「四聲通轉」，闡述聲調演變的經過，而〈切韻聲原〉的內容主要是在描述時音，因此多解說其時空環境下的聲調情況，他辨析四聲與五聲的不同，以四聲爲沈約所設，屬於古代音調，今音以五聲爲準，至於北人無入聲，屬於一地方言，不可以和通語並論。

　　〈切韻聲原〉中最大的單元在展示韻的內容，尤其〈新譜〉十六攝圖，以等韻圖的方式呈現字韻，而後再用〈旋韻圖〉、〈旋韻圖說〉解釋其排序、定音等形式的設計緣由。特別在〈韻考〉中，方以智列出古今音韻發展，展現出他對過去音韻的觀察，直至《中原音韻》與《洪武正韻》，方氏一改過去韻目的標示內容，以審音的方式調整韻目順序與名稱。這樣的更動讓名稱和次序更有先後上的相承。雖然破壞了傳統音韻結構，並將入聲與陽聲韻、陰聲韻互相配對，卻增強了語音的實用層面，顯示方以智對實際語音的觀察。

　　在〈切韻聲原〉裡，方氏用了多種方法調整韻目名稱、順序，設計〈旋韻圖〉，作〈新譜〉、〈簡法二十字〉，在在呈現出他的時音觀，以及古爲今用的研究態度，和融貫音《易》的音韻思想，因而可以從中看出聲韻調的流變發展，這也是方以智著作〈切韻聲原〉的主要目的。

參　音理哲學之雙重驗證

　　方以智《通雅》的功用在考證典籍之失，因此音理的說明都集中在〈切韻

---

251 冊，頁 498。）李登之說乃著重在平聲，以其調值不同，而有陰陽之分。至於方
以智在上去入中的陰陽亦是因清濁而別，但他主在陰陽的《易》學對應，而不在音學。

聲原〉。而〈切韻聲原〉除了辨明音理，還有陳列古今音韻、解析聲韻發展的功能。此外方氏又將他的哲學思想灌輸在音韻體系之中，試圖建立其音《易》之學。

方以智的家族學術在於《易》學，他的授業師中有王宣、吳應賓等人，亦皆屬《易》學研究者，是以他的學習成就與《周易》是分不開的，尤其他有三教歸《易》的主張，直截地表示《易》是萬物的根源，亦是所有學術的歸屬，因此在他的認知中，音韻學也只是《易》學之一脈。所以他將五項不同發音部位的聲母，配應五行、五臟、五音，並分成陰陽兩類闡述宮倡商和的聲母性質，如此以對應《易》之陰陽與後來的五行原理。五種聲調的分配又兼陰陽，「平聲以喠嚅爲陰陽，上去亦一陰陽也；入聲有起有伏，亦一陰陽也，是應六爻」〔註22〕，從音值的差異作陰陽配位，於是聲調也是陰陽之道的變現。五調之應六爻，亦符合《易》的運作。

相較於聲母與聲調，〈切韻聲原〉更重視韻母所型塑的《易》學典型，而整篇〈旋韻圖說〉多是基於此概念而作。因事物的發展盡在交輪幾中，音韻亦然，故著〈旋韻圖〉以發「一在二中之交輪幾也。……旋元一切可輪」〔註23〕之理，於是音韻即在輪轉之中，而方以智正是以開合闡述其循環的作用，「冬夏，兩翕闢也。亥至巳，一翕闢闢翕也。午至戌，一翕闢闢翕也。四節皆有土鬱，又一闢翕也」〔註24〕，如此即以音韻之開闢，對應天地開闢之「一在二中」的二元對立觀。方氏〈旋韻圖〉之翕闢闢翕，以旋韻作循環，而可以應宇宙萬物，不只是方氏對今音的整理，又是他徵考古音的道具。方氏在整編舊韻時，灌輸他考古證今的折衷音義之思想，所以更動周德清《中原音韻》的韻目順序，依據開合的不同調換次序，將魚模前置、寒山與蕭豪調後，並將江陽後調以接庚廷，更顯韻尾形式之相合，如此一來方能使其音韻結構變得更加符合天地開闢的運轉模式。既兼顧其古韻歸部的觀念，又符合他研究時音之學所設立的音學理論。因此〈旋韻圖〉眞正可以達到通古今，考古而不泥古的功效。

〔註22〕《通雅》，頁 1514。

〔註23〕《通雅》，頁 1508。

〔註24〕《通雅》，頁 1508。

最後聲韻總成於聲母和韻母作用、「太極：無極、有極」的一極參兩之「◎」，曰：「約統于六餘聲，皆折攝臍鼻之音也。烏阿之餘聲即本聲，支開之餘聲爲㘈，邪哇之餘聲爲㖿牙，爐謳之餘聲爲鳥，其餘則皆◎矣。」〔註25〕陽聲韻尾的代表爲◎，以作爲聲音之末。最終方以智以人與天地，《易》與聲音作爲其音、《易》之學的總和之說，曰：

> 一極參兩，而律曆符之。呼吸之身，不必以數而後用。然天地生人，
> 適此秩序，《易》豈窮天下之物以合數而後作哉？自然理數吻合，而
> 至大至微無違者，人與天地萬物同根，而心聲爲神明之幾，不可言
> 數，而數與應節，即可度其數而即物則物矣。以旋韻周期爲臆乎？
> 亦天地之臆也。天地成壞一輪，一年一輪，一日一輪，一時一輪，
> 則一呼吸，元其元矣，何訝開承轉縱合不應天地之輪哉？知其說者，
> 原始反終，始之一圓也。〔註26〕

「人與天地萬物同根，心聲爲神明之幾」，因此聲音之道與自然之理相符，亦即可以上應於《周易》的象數之源。方以智《易》的哲學思維呼應語音的原理，亦是他源一流分之說。其後更以「聲數同原」的理念擴充兩者的說法，認爲「因聲起義，聲以節應，節即有數」〔註27〕，以及「數與應節」，因此在〈切韻聲原〉最末的「聲數同原說」中，方以智在他的系統裡，將《易》之術數以應音學，所計算出的數字，正可以象徵天地萬物的盈虛變化。

肆　方言理論之時間矛盾

　　方以智在音韻分期說裡，將古音的時期分作五變六期，並提出各時期中可以探查文字音韻的對應資料，而達到以其時文獻證其時語音的對應證明。並且更舉出方言亦可以作爲考察古代字韻的說法。然而，在方言證據裡，方以智只是一味地認爲方言可以考古音，因此所舉出的資料，只是用來考察「古音」，卻難以知悉其古爲何，未見明確的時間分野。

　　諸如「古庚韻通于陽韻，橫讀曰黃，訛爲光耳。吳人至今呼橫爲黃」〔註28〕，

〔註25〕《通雅》，頁 1511。

〔註26〕《通雅》，頁 1514。

〔註27〕《通雅》，頁 1508。

〔註28〕《通雅》，頁 1156。

即稱古韻庚通於陽，並引吳語爲證，卻不能確切指出其古當爲何時之古，以明代言之，元代爲古、宋代亦古，明末方以智之視明初亦可爲古，則古通韻之說未有時代之證。又如「古已呼鼠爲施矣。今吳中呼水爲矢，建昌人呼水爲暑，即此可推古鼠施之通聲」〔註29〕，以當時方言證古音鼠施通聲，固然以活的方言證明古代語音是有其語言學上的基礎，相較於文獻有時間的限制，而可以知古音之時代限定，方以智的方言紀錄，多不能夠設定時間範圍，因此造成時間與空間的錯亂，皆不若他能夠在文獻與方言間取得平衡的證據。

　　一個完整的方言資料，應當要與傳世文獻相互對應，即是作爲語音研究上的二重證據，如「風別猶分別」例中，方以智說道：「今山西及旌德，皆謂風如分，古有此音。升菴亦云：『古孚金切，《詩》、《騷》韻可據。』」〔註30〕此例既有活的語言資料，又可以驗之於《詩經》、《楚辭》，則可以取得證據上的平衡，讓方言考古音的時間限制更加明確，而不至於落入不可知的「古」。

伍　通幾質測之音理衝突

　　方以智的研究方法中，可以統括爲通幾與質測兩種，而有「質測即藏通幾」、「通幾護質測之窮」的說法，認爲兩者即一即二，不可分離。觀察方氏音學理論，可以發現他的〈十二開合說〉、〈音韻通別不紊說〉等文章，中間說到發音的過程，以及脣型的開合變化，無一不是透過審音的方式，探求語音的內容，而這正是他從質測的角度，面對眞實存在於身邊的語言現象。〈新譜〉當中的各個字例，對於字例的聲韻調之安排，亦是審音下的結果。又有大量遊歷下所聽聞到的方言語音與詞彙，並運用這些方言語音考證古音與時音的內容，因而得到最眞實的語音面貌，例如：「櫬、攢、𪗊、叢、胜、䔾同爲送氣齊齒，故相通轉。䔾音子代切，今新安呼拵柴爲栽去聲，是其遺也。」〔註31〕此文表露出方以智對審音的認識，他解析文字讀音，並分析時音與方音的異同，而得出字音爲送氣齊齒與文字的聲韻調。證明方氏於語音上的質測，即在審音。

　　方以智對通幾的說明，更是遍布於《通雅》之中，以《通雅》一書正是通

〔註29〕　《通雅》，頁136。

〔註30〕　《通雅》，頁306。

〔註31〕　《通雅》，頁1311。

幾的代表作，而相對於質測之《物理小識》。不過《物理小識》主在自然科學類的真實體驗結果，因此對屬於人文類的語言並未有深入的解析，但《通雅》重視音義的關係，是以在〈切韻聲原〉中特別提出音學的理論、於《通雅》裡考證，並將二者相互融貫以建立聲韻調的結構，以及強調音《易》相合的理念，方以智藉由這數項建構他的音學理論之全貌。而通幾正在思想的建構，以及理論的設立中，即如：「元會呼吸，律曆聲音，無非一在二中之交輪幾也。聲音之幾至微。……無定中有定理，故適值則一切可配。」〔註32〕方氏認為「聲音之幾至微」，因此更要通過理論闡述音學原理，而創立他的「聲義相因」、「聲數應節」的音《易》思想。

不過這類根基於通幾的音學理論，與著眼於質測角度的實證之審音，兩者之間屬於不同的研究方法，因此結果難以全然一致，而產生理論與實證間的矛盾。正如〈簡法二十字〉將全濁聲母與次清相併，但實證上則是平聲并於次清、仄聲與全清相合；又有所謂微無粗，但在央汪攝將「○房网望轍」配與開口呼的粗聲，即是音學之質測——審音，與通幾——理論間音理上的衝突，是以見《通雅》說音之工與拙。

第三節　方以智音學研究展望

壹　方以智音學發展之論點危機

近來方以智音學的研究者，主要從他的音韻素材中擷取例外現象，而後根據其經歷以判斷方言對其語音體系所造成的影響，此等研究尤其方言學興起以來更為盛行。考究方氏之〈切韻聲原〉為其音學理論的本源，其中對於時音的描述則有〈新譜〉，乃通過韻圖的方式展示他對語音的紀錄。後人或於語音資料中，先入為主地以為即代表作者的方言口語音，於是從浮山方言、桐城方言解釋方以智著作中的音韻內容。不過韻書、韻圖的創作是否有這樣必然的連結性，尤其在作者已經意識到通語和方言的差別時，能否於創作中避免大量方言語音的滲入？王松木針對這樣的情形，從研究呂坤《交泰韻》拓展至所有音韻研究，而辯駁這「合理化」的過程，其文說道：

〔註32〕《通雅》，頁 1508。

「韻圖是否如實反映等韻學家的口語音讀?」這應該是個有待論證的命題,但對於持「河南方音說」的學者而言,卻已成為了不證自明的預設;依此預設審視語音材料,便容易為既有定見所圍而產生盲點,對於某些明顯與預設不符的例外現象,也常依個人主觀定見予以「合理化」。……如此一來,凡無法獲得證實的現象,都推到不可重現過去,歷史音韻學的問題將成為既無法「證實」、又難以「證偽」的偽科學。〔註33〕

學者以「知人論事」的研究方法探索語言系統時,常會陷入其人方言語音的思考模式,尤其在部分語音設計不能符合書中的普遍現象,則固定以其人氏的生長、籍貫作為語音研究的輔助,並據以合理化那些不符整體音系的例外現象。王松木鑑於此,批駁這樣的研究方法只是將語音研究推給不可返的古代,尤其隨著時代的推演,方言亦隨著時間而有所變化,則今日之方音豈必如三百年前之方音乎?如何可以直接套用以為考據之資?

此外,在方以智的時空背景下,亦可發現其考據方法與所得結論上的限制。明末從事小學研究者,關注的焦點仍多在「正楊」,除卻焦竑、陳第有卓然見識以外,罕有真正在訓詁研究中建立新天地者。方以智縱使提出新的古音韻學說,卻也因前人研究的積累不足,難以求得正確的說法,所以資料雖與錢大昕相似,實未能證明古聲母的沿革。古韻部分更是如此,方氏態度上的尊古用今,折中新舊學說,但也只能在吳棫的研究成果下,增減其韻部,而得古韻七部、九部、十二部的想法,縱是可以從方言汲取對古韻的認識,但作為其時古韻研究的先鋒,得出的結論亦有未竟之處,真正有理論並科學地考究古韻分部,仍待百餘年後的音韻研究者陸續通過考古與審音而成。

對時音的研究,方以智亦是陷於尊古用今與折中的困境裡。他尊崇《洪武正韻》的編輯理念,卻又堅持著聲義相因、音《易》相合的音韻思想,因而對所記錄的語音並非單純地描繪他所處時代的語言環境。另外,方以智雖能考古、審音,卻也限於音韻思想的緣故,所以在收雙脣鼻音[-m]韻尾的音唵、淹咸二攝中配應收雙脣塞音[-p]韻尾的入聲,這一類仍保持著傳統韻書的形

〔註33〕 王松木,〈明代等韻家之反切改良方案及其設計理念〉,第十一屆國際暨第二十七屆全國聲韻學學術研討會,臺北:輔仁大學,中華民國,2009 年 5 月,頁 179。

式，但是其他的韻攝則顯現出陽聲韻尾的彼此相混，以及入聲韻尾的相互混淆，這結果只在邵雍《皇極經世・聲音唱和圖》，以及《四聲等子》以來的等韻著作，卻未見於更多的音學研究中，是其音韻記載有著更多的思想理念，並融入其音學裡，故不能純粹地認為其語音記錄與六百年前的宋代邵雍相近。

貳　方以智音學研究之未來進路

邢益海在〈方以智研究進路與文獻整理現狀〉一文中，提出研究方以智的六個路線，分別從今日研究現狀擴及日後研究的可能發展。雖然邢益海將《通雅》與《物理小識》列於「西學與科學的進路」，以此二部作品為研究對象的語音研究亦歸類於此。究方氏語音學的內容既有古音與今音的陳述，則他較同時代學者的先後順序，自有其前後的影響層面。且方氏與「明末清初三大儒」的黃宗羲、顧炎武、王夫之，四人同為復社成員，而私下更有密切的書信往來，則方以智和同時期文人的交遊往來，可以作為其人研究的補充資訊，亦屬邢益海所說的「遺民志節與遺民社會進路」和「思想與思想傳記的綜合類進路」，從這兩個方面拓展方以智語音研究的素材。

邢文又有「哲學的進路」與「分文本及專題研究進路」，主要是就方以智的哲學著作為研究對象，其中包含《東西均》、《藥地炮莊》、《周易時論合編圖象幾表》，與逃禪後所作的《青原志略》等思想類專著，其中所隱含的哲學思想，其實也帶有語音學的面貌，王松木作〈知源盡變——論方以智《切韻聲原》及其音學思想〉正是從哲學思想的角度探究方氏的語音學研究。王松木致力於建設音韻思想史，因而著重方密之在此議題上的地位，他結合方氏的音韻學與象數哲學，並解析其音韻學與哲學間的關係，因此在論述上所引用者牽涉到方氏之各項學術成就，除音韻學外更有《易》學、佛學，甚至貫通古今中外的《東西均》。這樣的研究路徑擺脫哲學為哲學、音韻學為音韻學的專家專門之學，進而從博學的角度解析博學的方以智。

過去研究方以智音學只能從〈切韻聲原〉著手，其他資料亦僅散見於《通雅》各卷之中，然而從張永堂自日本攜回的《周易時論合編圖象幾表》裡，可以見到前所未有的圖表，縱使卷六內容與〈切韻聲原〉大抵相同，卻融合〈旋韻圖〉與〈四正四隅圖〉，並配合五方，而新成〈旋韻十六攝圖〉。此外方中履《古今釋疑》在補充方以智學說上，有著良好的成果，其中一卷專門針對《通

雅・切韻聲原》而立說者，有著更多關於未見於《通雅》中的方氏父子之學術授受，進而補充《通雅》的說法。新問世的資料裡，有安徽博物館所藏的《四韻定本》，其中蘊含著豐富的語音研究素材，改採韻書的方式，收字遠較〈新譜〉豐富，並錄有方以智的按語，據此可以釐清方氏音學的面目。

這些資料與方法都是前人鮮少利用，而可以作為未來研究者補充的素材。雖然過去研究者是在有限的資料中求取方以智的音學成就，但仍取得了良好的成果。將來若能再補充《四韻定本》及其他尚未問世的書信與研究材料，相信更能延續，並完整方氏之音學研究。

小學研究並非方以智的畢生學術核心，但他認為從事學術研究，必以小學為基礎，因此他重視文字、聲韻、訓詁的學習過程，而這些也為他在各項領域奠定良好的根基，於是在黃宗羲生病時，他可以為之診脈，此知識見於《通雅・脈考》、《通雅・古方解》；西方學術傳入的數學與科學，相關學術內容則可求取於《通雅・算數》、《通雅・天文》中；認識古籍經典則必須先以《通雅・疑始》、《通雅・釋詁》，因此小學可謂是累積學識的根本，此正是方以智所說：

> 考究之門雖卑，然非比性命可自悟，常理可守經而已也。必博學積
> 久，待徵乃決，故事至難而易漏。若待全而後錄，則前者復忘之矣，
> 此藏智于物之道也。〔註34〕

方以智之所以用心於考據學，正在其非積久而難悟，因此更需要古今相續，如今由他接棒，並待後世君子之相承繼。於學術上方氏亦是處於接力的位置，他的音義之說是他考究學問最根本的功夫，因此不論在古韻的探究，或是今音的記載，都是他探索音義的必要經過，這樣的研究方法，造就他在音韻研究史的發展中，成為一個不當抹滅的重要角色。

甚至方以智對世界的認識也影響到他的音學理論，以為天下萬事萬物皆出於《易》，因此音學自然不可例外地建構在《易》學的體系之下，所以他有音《易》相合之說。這學說生成的背景依然是處在明末的學術風尚之中，不只是方氏自己的家傳《易》學所致，士人之間好用《周易》「生生」的角度解釋世界的生成，也影響了方氏的理論發展，於是他的音《易》之說，必也透露出當時的學術思潮。但這樣結合《易》學的音學認識，實不能脫於時代限

〔註34〕《通雅》，頁2。

制，縱是有銳利的學術眼光，亦難以自釋於質測猶爲不足的明末，但是在方氏的學術架構中，其音《易》的通幾結合質測之連結，確然有著不可撼動的相繫之基。以《易》學作爲音學的基礎，而闡發他萬事萬物根源的理念，因而生發出「聲數同原，則《易》律曆不相離」〔註35〕的哲學認識，於是開展出以「自然理數」建構起的音《易》之說，既是遠承邵雍，又爲其音韻學說增添更爲深刻的哲學理據。

〔註35〕《通雅》，頁 1514。

參考書目

壹　古籍（順序先依時代，次以姓名筆畫）

1. 戰國・尸子：《尸子》，《子書四十種》，臺北：文文書局，1976 年。

2. 東漢・班固：《漢書》，臺北：明倫出版社，1972 年。

3. 晉・王弼注：《老子道德經》，臺北：文史哲出版社，1997 年。

4. 魏・張揖：《廣雅》，《四庫全書》第 221 冊，臺北：臺灣商務印書館，1986 年。

5. 印度・龍樹菩薩著，後秦・鳩摩羅什譯：《大智度論》，臺中：青蓮出版社，1997 年。

6. 南朝宋・范曄：《後漢書》，臺北：宏業書局，1973 年。

7. 南朝齊・劉勰：《文心雕龍》，臺北：里仁書局，1984 年。

8. 唐・陸德明：《經典釋文》，臺北：鼎文書局，1972 年。

9. 宋・司馬光：《切韻指掌圖》，北京：中華書局，1962 年。

10. 宋・朱熹：《四書集注》，臺北：東華書局，1986 年。

11. 宋・作者不詳：《四聲等子》，《等韻五種》，臺北：藝文印書館，1981 年。

12. 宋・吳子良：《荊溪林下偶談》，《叢書集成新編》第 12 冊，臺北：新文豐出版社，1986 年。

13. 宋・沈括：《夢溪筆談》，北京：中華書局，2009 年。

14. 宋・邵雍：《皇極經世》，北京：九州出版社，2003 年。

15. 宋・張世南：《遊宦記聞》，《叢書集成初編》第 2871 冊，北京：中華書局，1985 年。

16. 宋・郭茂倩編：《樂府詩集》，《國學基本叢書四百種》第 207 冊，臺北：臺灣商務印書館，1968 年。

17. 宋・陳彭年等著：《廣韻》，臺北：洪葉文化事業有限公司，2001 年。

18. 宋・項安世：《項氏家說》，《四庫全書珍本》第 165 冊，臺北：臺灣商務印書館，1975 年。

19. 宋・黎靖德編：《朱子語類》，北京：中華書局，1996 年。

20. 宋・鄭樵：《通志》，北京：中華書局，1990 年。

21. 宋・歐陽修：《歐陽文粹》，《四庫全書珍本六集》第 248 冊，臺北：臺灣商務印書館，1976 年。

22. 元・馬可波羅著，馮承鈞譯：《馬可波羅行紀》，臺北：臺灣商務印書館，2000 年。

23. 元・戴侗：《六書故》，北京：中華書局，2012 年。

24. 明・方學漸：《心學宗》，萬曆三十二年刊本，東京大學文學部漢籍中心藏。

25. 明・方孔炤著、明・方以智編：《周易時論合編圖象幾表》，臺北：文鏡出版社，1983 年。

26. 明・方以智著，侯外盧主編：《方以智全書・通雅》，上海：上海古籍出版社，1988 年。

27. 明・方以智：《通雅》，揚州：江蘇廣陵古籍刻印社，1987 年。

28. 明・方以智：《通雅》，《四庫全書》第 857 冊，臺北：臺灣商務印書館，1986 年。

29. 明・方以智：《通雅》，北京：中國書店，1990 年。

30. 明・方以智：《藥地炮莊》，北京：華夏出版社，2011 年。

31. 明・方以智：《青原志略》，北京：華夏出版社，2012 年。

32. 明・方以智：《物理小識》，《國學基本叢書四百種》第 246 冊，臺北：臺灣商務印書館，1968 年。

33. 明・方以智：《青原愚者智禪師語錄》，北京：華夏出版社，2014 年。

34. 明・方以智：《東西均》，《續修四庫全書》第 1134 冊，上海：上海古籍出版社，2002 年。

35. 明・方以智：《浮山文集》，《續修四庫全書》第 1398 冊，上海：上海古籍出版社，2002 年。

36. 明・方以智：《膝寓信筆》，東京：東洋文庫藏，《桐城方氏七代遺書》本。

37. 明・李登：《書文音義便考私編》，《續修四庫全書》第 251 冊，上海古籍出版社，2002 年。

38. 明・金尼閣：《西儒耳目資》，北京：文字改革出版社，1957 年。

39. 明・張位：《問奇集》，《叢書集成新編》第 36 冊，臺北：新文豐出版社，1986 年。

40. 明・陸世儀：《復社記略》，《東林本末》，北京：北京古籍出版社，2002 年。

41. 明・陳第：《毛詩古音考》，北京：中華書局，1988 年。

42. 明・陳藎謨：《皇極圖韻》，《四庫全書存目叢書》第 214 冊，臺北：華嚴文化，1997 年。

43. 明・樂韶鳳、宋濂等著：《洪武正韻》，《四庫全書》第 239 冊，臺北：臺灣商務印書館，1970 年。

44. 明・覺浪道盛：《天界覺浪道盛禪師全錄》，《嘉興大藏經》第 34 冊，臺北：新文豐出版社，1987 年。

45. 明・蘭茂：《韻略易通》，臺北：廣文書局，1962 年。

46. 清・方中履：《古今釋疑》，《續修四庫全書》第 1145 冊，上海：上海古籍出版社，2002 年。

47. 清・王念孫：《廣雅疏證》，北京：中華書局，2008 年。

48. 清・永瑢等著：《四庫全書總目提要》，臺北：臺灣商務印書館，1983 年。

49. 清・江永：《四聲切韻表》，臺北：廣文書局，1966 年。

50. 清・江永：《河洛精蘊》，臺北：萬有善書出版社，1975 年。

51. 清・江永：《古韻標準》，《叢書集成初編》第 1247 冊，北京：中華書局，1985 年。

52. 清・江永：《音學辨微》，《叢書集成初編》第 1250 冊，北京：中華書局，1985 年。

53. 清・阮元編：《十三經注疏》，臺北：藝文印書館，1955 年。

54. 清・阮元編：《疇人傳》，《叢書集成初編》第 3370～3377 冊，北京：中華書局，1984 年。

55. 清・林本裕：《聲位》，《叢書集成續編》第 75 冊，臺北：新文豐出版社，1988 年。

56. 清・段玉裁：《説文解字注》，臺北：洪葉文化事業有限公司，1998 年。

57. 清・周亮工：《因樹屋書影》，《周亮工全集》第 4 冊，南京：鳳凰出版社，2008 年。

58. 清・邵晉涵：《爾雅正義》，《續修四庫全書》第 187 冊，上海：上海古籍出版社，2002 年。

59. 清・計六奇：《明季南略》，臺北：成文出版社，1968 年。

60. 清・胡承珙：《小爾雅義證》，臺北：藝文印書館，1988 年。

61. 清・胡承珙：《爾雅古義》，《續修四庫全書》第 188 冊，上海：上海古籍出版社，2001 年。

62. 清・徐文靖：《管城碩記》，北京：中華書局，1998 年。

63. 清・馬其昶：《桐城耆舊傳》，臺北：文海出版社，1969 年。

64. 清・畢沅：《釋名疏證》，臺北：廣文書局，1971 年。

65. 清・許瀚：《攀古小廬雜著》，《續修四庫全書》第 1160 冊，上海：上海古籍出版社，2002 年。

66. 清・張之洞：《書目答問二種》，北京：新華書店，1998 年。

67. 清・陳澧：《切韻考》，臺北：臺灣學生書局，1969 年。

68. 清・陳澧：《東塾讀書記》，北京：新華書店，1998 年。

69. 清・黃炳垕：《黃宗羲年譜》，北京：中華書局，1993 年。

70. 清・郭慶藩：《莊子集釋》，臺北：華正書局，1989 年。

71. 清‧趙翼：《廿二史札記》，臺北：樂天出版社，1971 年。

72. 清‧閻若璩：《尚書古文疏證》，上海：上海古籍出版社，2010 年。

73. 清‧錢大昕：《十駕齋養新錄》，臺北：臺灣商務印書館，1956 年。

74. 清‧錢大昕：《潛研堂集》，上海：上海古籍出版社，1989 年。

75. 清‧錢大昕：《潛研堂文集》，上海：上海古籍出版社，2009 年。

76. 清‧戴震：《戴東原集》，《國學基本叢書四百種》第 327 冊，臺北：臺灣商務印書館，1968 年。

77. 清‧戴震：《聲韻考》，《叢書集成新編》第 40 冊，臺北：新文豐出版社，1986 年。

78. 清‧顧炎武：《音學五書》，北京：中華書局，2005 年。

79. 日本‧瀧川龜太郎：《史記會注考證》，臺北：萬卷樓圖書有限公司，1993 年。

貳 現當代著作（依作者姓名筆畫排序）

1. 王力：《漢語史稿》，北京：中華書局，1980 年。

2. 王力：《漢語語音史》，北京：中國社會科學出版社，1985 年。

3. 王力：《同源字典》，臺北：文史哲出版社，1991 年。

4. 王力：《中國語言學史》，臺北：五南圖書出版公司，1996 年。

5. 王利器：《顏氏家訓集解》，臺北：明文書局，1982 年。

6. 王國維：《海寧王靜安先生遺書》，臺北：臺灣商務印書館，1976 年。

7. 王寧：《訓詁學原理》，北京：中國國際廣播出版社，1996 年。

8. 北京大學中文學系編：《漢語方言詞彙》，北京：語文出版社，1995 年。

9. 北京大學中文學系編：《漢語方音字彙》，北京：語文出版社，2003 年。

10. 丘為君：《戴震學的形成》，臺北：聯經出版事業公司，2004。

11. 平田昌司：《文化制度和漢語史》，北京：北京大學出版社，2016 年。

12. 朱伯崑：《易學哲學史》，臺北：藍燈文化事業股份有限公司，1991 年。

13. 任道斌：《方以智年譜》，合肥：安徽教育出版社，1983 年。

14. 余英時：《方以智晚節考》，香港：新亞研究所，1972 年。

15. 余英時：《歷史與思想》，臺北：聯經出版事業公司，1976 年。

16. 李新魁：《漢語等韻學》，北京：中華書局，1983 年。

17. 何九盈：《中國古代語言學史》，開封：河南大學出版社，1985 年。

18. 何佑森：《清代學術思潮——何佑森先生學術論文集》，臺北：臺灣大學出版中心，2009 年。

19. 邢益海編：《冬煉三時傳舊火——港台學人論方以智》，北京：華夏出版社，2012 年。

20. 汪啟明：《考據學論稿》，成都：巴蜀書社，2010 年。

21. 吳蕙芳：《明清以來民間生活知識的建構與傳遞》，臺北：臺灣學生書局，2007 年。

22. 周廣榮：《梵語〈悉曇章〉在中國的傳播與影響》，北京：宗教文化出版社，2004 年。

23. 周遠富：《通雅古音考》，鄭州：河南人民出版社，2008 年。

24. 孟慶惠：《徽州方言》，《徽州文化全書》第 19 冊，合肥：安徽人民出版社，2005 年。

25. 林慶彰：《明代考據學研究》，臺北：臺灣學生書局，1983 年。

26. 胡奇光：《中國小學史》，上海：人民出版社，2005 年。

27. 胡楚生：《訓詁學大綱》，臺北：華正書局，1999 年。

28. 侯外廬主編：《中國思想通史》，北京：人民出版社，1960 年。

29. 耿振生：《明清等韻學通論》，北京：語文出版社，1992 年。

30. 耿振生：《近代官話語音研究》，北京：語文出版社，2007 年。

31. 章太炎：《國學略說》，臺北：河洛圖書出版社，1974 年。

32. 章太炎：《國故論衡》，上海：上海古籍出版社，2003 年。

33. 梁啟超：《清代學術概論》，臺北：中華書局，1936 年。

34. 梁啟超：《中國近三百年學術史》，臺北：中華書局，1936 年。

35. 張世祿：《中國音韻學史》，臺北：臺灣商務印書館，1965 年。

36. 張永堂：《方以智》，《中國歷代思想家》第 14 冊，臺北：臺灣商務印書館，1987 年。

37. 張民權：《清代前期古音學研究》，北京：北京傳播學院出版社，2002 年。

38. 張豈之主編：《中國思想學說史·明清卷》上，桂林：廣西師範大學出版社，2008 年。

39. 陳新雄：《中原音韻概要》，臺北：學海出版社，1976 年。

40. 陳新雄：《訓詁學》，臺北：臺灣學生書局，1994 年。

41. 陳新雄：《古音研究》，臺北：五南圖書出版公司，1997 年。

42. 陳新雄：《廣韻研究》，臺北：臺灣學生書局，2004 年。

43. 甯忌浮：《洪武正韻研究》，上海：上海辭書出版社，2003 年。

44. 彭迎喜：《方以智周易時論合編考》，廣州：中山大學出版社，2007 年。

45. 葉寶奎：《明清官話音系》，廈門：廈門大學出版社，2001 年。

46. 楊耐思：《中原音韻音系》，北京：中國社會科學出版社，1981 年。

47. 楊琳：《小爾雅今注》，上海：漢語大辭典出版社，2002 年。

48. 管錫華：《爾雅研究》，合肥：安徽大學出版社，1996 年。

49. 趙爾巽等著：《清史稿》，北京：中華書局，1998 年。

50. 趙蔭棠：《等韻源流》，臺北：文史哲出版社，1985 年。

51. 劉君燦：《方以智》，臺北：東大出版社，1988 年。

52. 劉青峰、岑國良編：《「中國近現代思想的演變」研討會論文集》，香港：香港中文大學，2003 年。

53. 劉師培：《劉申叔遺書》，上海：江蘇古籍出版社，1997 年。

54. 蔡夢麒：《說文解字字音注釋研究》，濟南，齊魯書社，2007 年。

55. 蔣國保：《方以智哲學思想研究》，合肥：安徽人民出版社，1987 年。

56. 蔣國保：《方以智與明清哲學》，合肥：黃山書社，2009 年。

57. 錢玄同：《文字學音篇》，臺北：臺灣學生書局，1969 年。

58. 錢穆：《中國近三百年學術史》，臺北：臺灣商務印書館，1996 年。

59. 錢穆：《中國學術思想史論叢》，臺北：素書樓文教基金會，2000 年。

60. 盧國屏：《爾雅語言文化學》，臺北：臺灣學生書局，2000 年。

61. 魏特著、楊丙辰譯：《湯若望傳》，臺北：臺灣商務印書館，1960 年。

62. 顏逸明：《吳語概說》，上海：華東師範大學出版社，1994 年。

63. 藝文印書館編：《等韻五種》，臺北：藝文印書館，1981 年。

64. 羅常培：《羅常培語言學論文集》，北京：商務印書館，2004 年。

65. 羅常培：《羅常培文集》，濟南：山東教育出版社，2008 年。

66. 羅熾：《方以智評傳》，南京：南京大學出版社，1998 年。

67. 竇秀豔：《中國雅學史》，濟南：齊魯書社，2004 年。

參　學位論文（依畢業年爲序）

1. 崔玲愛：《洪武正韻研究》，臺北：國立臺灣大學中國文學研究所博士論文，1975 年。

2. 林平和：《明代等韻學之研究》，臺北：國立政治大學中文所博士論文，1975 年。

3. 張永堂：《方以智的生平與思想》，臺北：國立臺灣大學歷史學研究所博士論文，1977 年。

4. 黃學堂：《方以智切韻聲原研究》，高雄：國立高雄師範大學大國文研究所所碩士論文，1989 年。

5. 蔡言勝：《通雅語文學研究》，合肥：安徽大學碩士論文，2002 年。

6. 張小英：《切韻聲原研究》，濟南：山東師範大學碩士論文，2002 年。

7. 周遠富：《方以智古音學考論》，南京：南京大學博士論文，2002 年。

8. 梁萍：《評方以智通雅對連綿詞的研究》，大連：遼寧師範大學碩士論文，2003 年。

9. 陳聖怡：《切韻聲原「十二統」音系研究》，高雄：中山大學中國文學研究所碩士論文，2004 年。

10. 劉娟：《方以智語言學研究》，濟南：山東師範大學碩士論文，2005 年。

11. 沈信甫：《方以智易學形上思想研究》，新北：輔仁大學中國文學研究所碩士論文，2006 年。

12. 廖乙璇：《方以智通雅古音研究》，臺北：中國文化大學中國文學研究所碩士論文，2006 年。

13. 舒春雷：《通雅語源研究初探》，長沙：湖南師範大學碩士論文，2007 年。

14. 胡婷：《通雅「同」、「通」、「近」、「轉」研究》，杭州：浙江師範大學碩士論文，2007 年。

15. 廖逸婷：《方以智通雅同族詞研究》，臺北：國立師範大學國文所碩士論文，2008 年。

16. 黃珊珊：《吳元滿字書的諧聲系統考察與音系研究》，臺北：國立師範大學國文所碩士論文，2009 年。

17. 謝葵：《通雅·稱謂篇研究》，武漢：湖北大學碩士論文，2011 年。

18. 商雙：《通雅·宮室研究》，武漢：湖北大學碩士論文，2012 年。

19. 張魯光：《通雅諺原研究》，杭州：浙江財經學院碩士論文，2012 年。

20. 歐亞青：《通雅訓詁研究》，錦州：渤海大學碩士論文，2012 年。

21. 胥俊：《通雅名物訓詁研究》，廣州：暨南大學碩士論文，2014 年。

22. 柴潘虹：《通雅名物訓釋研究》，揚州：揚州大學碩士論文，2014 年。

肆　期刊論文（以第一作者姓名筆畫爲序）

1. 王松木：〈從明末官話記音資料管窺西儒中介語音系〉，《高雄師大學報》第 19 期，2005 年，頁 35～50。

2. 王松木：〈明代等韻家之反切改良方案及其設計理念〉，第十一屆國際暨第二十七屆全國聲韻學學術研討會，新北，輔仁大學，2009 年 5 月，頁 145～183。

3. 王松木：〈調適與轉化——晚明入華耶穌會士對漢語的學習與研究〉，第六屆漢學國際研討會——「西方早期（1552～1814 年間）漢語學習和研究」，新北，輔仁大學，2010 年，頁 47～150。

4. 王松木：〈《皇極經世·聲音唱和圖》的設計理念與音韻系統——兼論象數易學對韓國諺文創制的影響〉，《中國語言學集刊》第 6 卷第 1 期，2012 年，頁 47～92。

5. 王松木：〈知源盡變——論方以智〈切韻聲原〉及其音學思想〉，《文與哲》第 21 期，2012 年，頁 285～350。

6. 王松木：〈因數明理——論陳藎謨《皇極圖韻》的理數思想與韻圖設計〉，《文與哲》第 23 期，2013 年，頁 241～392。

7. 平田昌司：〈「中原雅音」與宋元明江南儒學——「土中」觀念、文化正統意識對中國正音理論的影響〉，《近代官話語音研究》，北京：語文出版社，2007 年，頁 51～74。

8. 何九盈：〈爾雅的年代與性質〉，《語文研究》第 2 期，1984 年，頁 15～23。

9. 李恕豪：〈從通雅看方以智的語言研究〉，《天府新論》1990 年第 2 期，頁 78～84。

10. 李添富：〈「論「古人韻緩不煩改字」〉，《輔大國文學報》第 23 期，2007 年，頁 1～15。

11. 汪榮寶:〈歌戈魚虞模古讀考〉,《國立北京大學國學季刊》第 1 卷第 2 期,1923 年,頁 241～264。

12. 吳澤順、胡婷:〈通雅音訓特色及其對清人的影響〉,《浙江師範大學學報》第 35 卷第 5 期,2010 年 5 月,頁 65～68。

13. 邢益海:〈方以智研究進路及文獻整理現狀〉,《現代哲學》2013 年 01 期,頁 119 ～128。

14. 周遠富:〈方以智通雅與上古聲紐研究〉,《語言研究》第 4 期,2002 年,頁 48～ 53。

15. 周遠富:〈通雅與考古、審音〉,《南通師範學院學報》(哲學社會科學版) 第 20 卷第 3 期,2004 年 9 月,頁 80～83。

16. 周遠富:〈通雅與古韻分部〉,《古漢語研究》第 2 期,2005 年,頁 38～43。

17. 周遠富:〈通雅古音學及其應用〉,《南通大學學報》(社會科學版) 第 22 卷第 3 期,2006 年 5 月,頁 70～74。

18. 周遠富:〈通雅與明清之際考據學〉,《南通大學學報》(社會科學版) 第 23 卷第 6 期,2007 年 11 月,頁 58～61。

19. 周遠富:〈通雅與古韻通轉〉,《南通大學學報》(社會科學版) 第 26 卷第 6 期, 2010 年 11 月,頁 77～80。

20. 冒懷辛:〈通雅校點說明〉,《方以智全書·通雅》上冊,上海:上海古籍出版社, 1988 年,頁 1～18。

21. 侯外廬:〈方以智的生平與學術貢獻〉,《方以智全書·通雅》上冊,上海:上海 古籍出版社,1988 年,頁 1～96。

22. 洪明玄:〈論方以智「通幾」、「質測」與《通雅》、《物理小識》之關係〉,《輔大 國文學報》第 41 期,2015 年,頁 35～64。

23. 孫宜志:〈方以智切韻聲原與桐城方音〉,《中國語文》第 1 期,2005 年,頁 65～ 74。

24. 孫宜志:〈通雅在漢語方言學史上的地位〉,《古籍整理研究學刊》第 3 期,2005 年 5 月,頁 29～32。

25. 孫宜志:〈也談西儒耳目資甚次中的含義〉,《語言研究》第 34 卷第 2 期,2014 年, 頁 90～94。

26. 時建國:〈切韻聲源列圖校字〉,《古籍研究》第 4 期,1995 年,頁 98～101。

27. 時建國:〈切韻聲原術語通釋〉,《古漢語研究》第 1 期,1996 年,頁 8～11。

28. 時建國:〈切韻聲源研究〉,《音韻論叢》,2004 年,頁 444～479。

29. 袁津琥:〈通雅研究二題〉,《文獻季刊》第 4 期,2000 年,頁 166～173。

30. 袁津琥:〈試論通雅命名之由及其在雅學史上的地位〉,《古籍整理研究學刊》第 4 期,2004 年,頁 64～68。

31. 黃懷信:〈孔叢子的時代與作者〉,《西北大學學報哲學社會科學版》第 1 期,1987 年,頁 31～37。

32. 張永堂：〈方以智與西學〉，《中國哲學思想論集（4）》，臺北：水牛出版社，1976年，頁 179～205。

33. 張永堂：〈方孔炤周易時論合編一書的主要思想〉，《國立成功大學歷史學報》1985年 12 月，頁 179～225。

34. 張世亮：〈方以智「質測」與「通幾」之學研究述評——一種方法論的視角〉，《河南科技大學學報》（社會科學版）第 4 期，2013 年，頁 34～37。

35. 陳穎：〈試論方以智對戴侗因聲求義的繼承與發展〉，《四川師範大學學報》第 33卷第 6 期，2006 年 11 月，頁 113～118。

36. 郭金彬、黃長平：〈論「寓通幾於質測」——方以智的科學思想〉，《貴州社會科學》第 1 期，2010 年，頁 31～37。

37. 麥耘：〈從《元史》看元人的「中原」概念——《中原音韻》研究中的一個背景性問題〉，《近代官話語音研究》，北京：語文出版社，2007 年，頁 90～100。

38. 麥耘、朱曉農：〈南京方言不是明代官話的基礎〉，《語言研究》第 4 期，2012 年7 月，頁 337～358。

39. 楊建忠、賈芹：〈方以智通雅因聲求義的理論〉，《古籍整理研究學刊》第 4 期，2003 年 7 月，頁 37～40。

40. 楊建忠：〈方以智通雅因聲求義的實踐〉，《黃山學院學報》第 6 卷第 1 期，2004年 2 月，頁 68～74。

41. 楊軍：〈四韻定本的入聲及其與廣韻的比較〉，《中國音韻學》，南昌：江西人民出版社，2010 年，頁 172～182。

42. 楊軍、王曦：〈四韻定本見曉組細音讀同知照組現象考察〉，《東方語言學》第 1期，2014 年，頁 106～111。

43. 劉元青：〈方以智的語言哲學思想〉，《武漢大學學報》（人文科學版）第 6 期，2008年，頁 682～684。

44. 劉元青：〈「質測及藏通幾」說申論——兼論方以智的中西文化觀〉，《安徽大學學報》（哲學社會科學版）第 6 期，2011 年，頁 27～31。

45. 劉福根：〈方以智通雅中的因聲求義法〉，《湖州師範學院學報》第 3 期，1992 年，頁 37～40。

46. 魯國堯：〈明代官話及其基礎方言問題——讀《利瑪竇中國箚記》〉，《南京大學學報》第 4 期，1985 年，頁 47～52。

47. 歐亞青：〈通雅的研究概況〉，《大眾文藝》第 3 期，2011 年，頁 173、143。

48. 應裕康：〈洪武正韻聲母音值之擬訂〉，《中華學苑》第 6 期 1970 年，頁 1～35。

49. 應裕康：〈洪武正韻韻母音值之擬訂〉，《許詩英先生六秩誕辰論文集》，臺北：淡江文理學院中文研究室主編，1970 年，頁 275～299。

50. 羅常培：〈耶穌會士在音韻學上的貢獻〉，《羅常培語言學論文集》，北京：商務印書館，1930 年，頁 251～309。

51. 顧之川：〈通雅對轉語的應用〉，《古漢語研究》第 2 期，1989 年，頁 38～43、37。

52. 顧之川：〈通雅成書年代考〉，《延安大學學報》（社會科學版）第 2 期，1989 年，頁 83～88。

附錄一　《通雅》各卷篇目列表

　　方以智《通雅》一書，於康熙五年姚文燮校訂刊印，體例固定，書前有姚文燮、錢澄之〈序〉，而後又有方以智崇禎十四年（1641 年）與隔年所作的〈序〉二篇。後有姚文燮著〈凡例〉六則，方氏自爲〈凡例〉十段。續有正文，包含卷首所附三卷，以及五十二卷的內文。其中歸類，《四庫提要》即已言之，茲列其中著錄，不另減省，以原其本。如原書分類紊亂，姑以註解於下，以正歸屬。

卷首一	〈音義襍論_{考古通說}〉、〈辯證說〉、〈刊落折中說〉、〈注釋正字說〉、〈古書參差說〉、〈六書形聲轉假說〉、〈說文概論〉、〈古籀用篆不必改楷說〉、〈古篆隨意增減說〉、〈推論〉、〈方言說〉、〈四聲通轉說〉、〈漢晉變古音沈韻塡漢晉音說〉、〈音韻通別不紊說〉、〈音義始論〉
卷首二	〈讀書類略提語〉、〈襍學考究類略〉、〈藏書刪書類略〉、〈小學大略〉
卷首三	〈詩說_{庚寅答客}〉、〈文章薪火〉　〔註1〕
卷一	〈疑始_{專論古篆古音}〉
卷二	〈疑始_{專論古篆古音}〉
卷三	〈釋詁_{綴集}〉
卷四	〈釋詁_{古雋}〉
卷五	〈釋詁_{古雋}〉

〔註1〕按：卷首有三，向來多以爲當作〈音義襍論〉、〈讀書類略〉、〈小學大略〉、〈詩說〉、〈文章薪火〉五類，今依書中安排編列，不予簡省。另又有五十五卷之說者，即是卷首三卷入於正文。

卷六	〈釋詁謎語〉
卷七	〈釋詁謎語〉
卷八	〈釋詁謎語〉
卷九	〈釋詁重言〉
卷十	〈釋詁重言〉
卷十一	〈天文釋天〉、〈天文曆測〉
卷十二	〈天文陰陽〉、〈天文月令〉、〈天文農時〉
卷十三	〈地輿方域〉
卷十四	〈地輿方域〉
卷十五	〈地輿水注〉
卷十六	〈地輿地名異音〉
卷十七	〈地輿九州建都考略〉、〈地輿釋地〉
卷十八	〈身體〉
卷十九	〈稱謂〉
卷二十	〈姓名姓氏〉、〈姓名人名〉
卷二十一	〈姓名同姓名〉、〈姓名鬼神〉
卷二十二	〈官制仕進〉、〈官制爵祿〉
卷二十三	〈官制文職〉
卷二十四	〈官制文職〉
卷二十五	〈官制武職　兵制附〉、〈兵政〉〔註2〕
卷二十六	〈事制〉、〈田賦〉〔註3〕
卷二十七	〈貨賄〉、〈刑法〉〔註4〕

〔註2〕按：卷二十五篇名稱為〈官制武職 兵制附〉，然於卷中專列〈兵政〉一項，當是附於武職下之「兵制」，故依原書篇目著列之，以還原本來面貌。

〔註3〕按：〈事制〉一類，《四庫提要》以為「〈事制〉分〈田賦〉、〈貨賄〉、〈刑法〉三子目，凡二卷」，姚文燮浮山此藏軒刻本《通雅》卷二十六，於〈田賦〉頁之版心處，標明「事制田賦」，或以為有隸屬關係者。（文見清・永瑢等著：《四庫全書總目提要・子部》，頁586～587。）

〔註4〕按：卷二十七之〈貨賄〉、〈刑法〉，二處版心分別列舉，無附屬關係，當視為二類。另考卷二十六、卷二十七於「事制」、「田賦」、「貨賄」、「刑法」四項，其字形大小一致，不似其他諸卷於附屬篇章另以小字標舉，故依書中原貌列出並舉，不以小字標於其下。或有以為「貨賄」一類，兼包「刑法」，考「事制」之名，有政事的制度、法度之意，故《四庫提要》以為其下有〈田賦〉、〈貨賄〉、〈刑法〉三子目。〈貨賄〉、〈刑法〉實無依屬關係，此中分目，當以《四庫提要》為是。

卷二十八	〈禮儀〉
卷二十九	〈樂曲〉、〈嘯法附〉〔註5〕
卷三十	〈樂舞〉、〈樂器〉〔註6〕
卷三十一	〈器用書札〉、〈器用碑帖　金石〉
卷三十二	〈器用書法　裝治　紙筆　墨硯　印章〉
卷三十三	〈器用古器〉
卷三十四	〈器用雜用諸器〉、〈器用鹵簿職事〉
卷三十五	〈器用戎器具〉、〈器用車類戲具〉、〈戲具〉〔註7〕
卷三十六	〈衣服彩服〉
卷三十七	〈衣服佩飾〉、〈衣服布帛〉、〈衣服綵色〉
卷三十八	〈宮室〉
卷三十九	〈飲食〉
卷四十	〈算數〉
卷四十一	〈植物草〉
卷四十二	〈植物草〉、〈竹葦〉〔註8〕
卷四十三	〈植物木〉
卷四十四	〈植物木〉、〈植物穀蔬〉
卷四十五	〈動物鳥〉
卷四十六	〈動物獸〉
卷四十七	〈動物蟲〉、〈動物魚〉
卷四十八	〈金石〉
卷四十九	〈諺原〉
卷五十	〈切韻聲原〉
卷五十一	〈脈考〉
卷五十二	〈古方解〉、〈湯液〉、〈散方〉、〈丸方〉、〈膏方〉〔註9〕

〔註5〕按：〈嘯法附〉僅一則，以明嘯法，實附於〈樂曲〉一篇之下，故以此名之。

〔註6〕按：〈樂舞〉、〈樂器〉皆與〈樂曲〉有依附關係，視爲一類之兩子目。

〔註7〕按：〈戲具〉雖重出，然書中記載如此，僅依原書附錄之。然其當是〈器用〉之子目。

〔註8〕按：〈竹葦〉一篇，雖不另以小字標於〈植物〉下，然其編排介於草木之間，故仍視之爲〈植物〉之子目。

〔註9〕按：醫藥之方有湯散丸膏，此卷釋其藥方之組成，故當視爲四子目。

附錄二　方以智著作書影

江蘇廣陵刻印社，浮山此藏軒藏版《通雅》，封面

江蘇廣陵刻印社，此藏軒刻本《通雅》，卷二

通雅卷之二

桐山方以智密之輯著

同里姚文燉經三較訂

嶷始　論古篆古音

頁卽首系卽絲虫龜卽蟲○說文晉百頁分三部百頭也皆古
文以象髮頁頭也從首從人古文韻百如此孫氏胡結切夫皆
之為百獪學之為子百之加人獪喬之加雨說文俱訓頭不當
分為三說文頁訓頭以為古韻皆之皆未嘗有他音孫氏胡結
之音非也李陽冰曰頁音皆不當音頡況自有頡字而頁無他
義古今書傳未嘗有用頁字者凡頭顯顛頂頟額之類俱從頁

嶷始篆音　一

《四庫全書》，左都御史張若溎家藏本《通雅》

欽定四庫全書
通雅卷一
疑始　專論古篆古音
　　　　　　　明　方以智　撰

副墨洛誦推至疑始而作此者自有其故不可
不知不可不疑也世變遠矣字變則易形音變
者轉也變極反本且以今日之音微唐宋徵兩
自然之氣也以音通古義之原也若後世已
漢微三代古人多引方言以左證經傳方言者
成之義則諸儒群難已著典要但須考耳

古寱即悟　悟字不見六經肪于西乾乎黃帝經云神
乎神耳不聞目不明心開而志光慧然獨悟若風吹雲
然不必此也子思曰吾嘗深有思而莫之得也于學則
寱焉寱即悟也悟者吾心也邵子曰天之大寱在夏此
與復見天地之心顯南面而看北面矣
貞即真　真字六經不見肪于莊子亦肪于黃帝之經
許慎說文以真為化形登天支矣愚按慎獨之慎從真
何謂真非古有乎正亦平聲貞與真通篆作鼎因貞悔
而設也古作凡則貞真之通明矣文王于剝復之後不
曰貞卦而曰無妄亦可參也因真有妄妄歸真果然

《四庫全書》江蘇巡撫採進本《物理小識》

欽定四庫全書
物理小識卷一
天類
　　　　　　　明　方以智　撰

象數理氣徵幾論　為物不二之至理隱不可見賾者
氣也徵其端幾不離象數彼掃器言道離賾窮隱者偏
也如此圖書卦策聖人之冒準約幾如此無非物也無
權也日月星辰天縣象數如此官胲經絡天之表人身
非心也猶二之乎白黃帝明運氣唐虞在璣衡孔子學
易以扮閏行天地之五應數律度是所首重儒者多半
弗問故秩序變化之原不能灼然何怪乎舉禮節樂律
而弁髦之樂倫物舊章而故棄之謂為聖人之所增設
乎哉核實難逃虛易泆洋之流實不能知其故故吹影
鑼空以為恢奇其言象數者類流小術支離附會昏然
其真又宜其生厭也于是乎兩間之真象數舉皆茫然
矣胡康侯曰象數者天理也非人之所能為也天示其
庾地產其狀物獻其則身其符心自冥應但未審東

《續修四庫全書》，此藏軒刻本《浮山文集前編》卷一

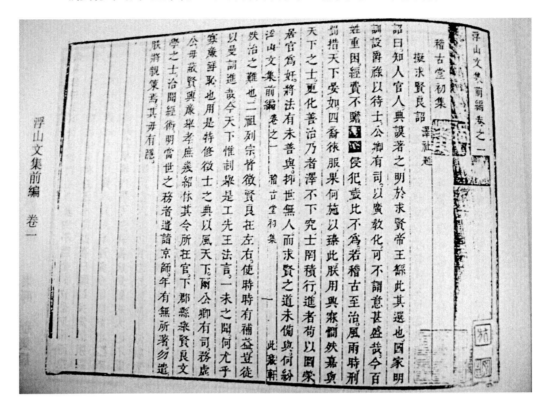

《續修四庫全書》，浮山此藏軒刻本《藥地炮莊》，卷一

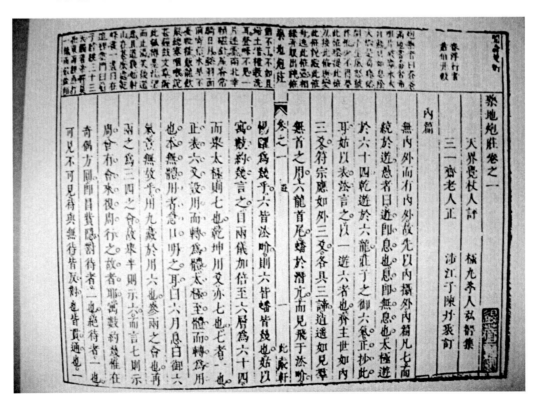

《續修四庫全書》，方中履《古今釋疑》
——康熙十八年楊霖刻本

附錄三 〈切韻聲原‧新譜〉十六攝

第一攝：翁雍攝

日審穿知心清精來泥透端微夫曉疑溪見明滂幫

（鈐定四庫全書　卷五十）

○○冲中聰怱驄○○通東○風烘翁空公崆吽咻
戎鶓○○○叢○墜饢同○○瀜紅○○○矇蓬○
宂○○朧株茸摠齈○統董○捧哄○孔頃蝀蠓琫
○○狨仲送○○○○痛凍○鳳閧烘控貢夢○○
辱孰畜祝燭鏃蔟陸○充篤○伏忽屋酷穀木撲不

○○衡鐘松○宗○○○洶冬○○胸雍芎䂬○○
○○重○從○龍濃彤○○逢雄容窮○○○
○○○○○○○○○恟勇
韡○○○○縱○○○○○用○○○○○
○○○○○蹱足角蚼○○福旭育曲觸○○

切要紅都以以所宗冬蒙合工崩巾舂從當母見此
東為切宗填之乃公伾肱原故當丁無母韻
東不東輕當互別倻翁如明洪以精汀細四從
○善切重時書唇即收中清彴狀狀闔初
分則亦定不以去矣收此收知母故止有韡聲
例欲謂音書去彴曶倻武則母止以偁腍故
今其都雅故哇救此故柏亦為與細倻脘不
定用攝哓相以然倻一母真細狀辱多
以力灞迸耳細相而故音小呑韻衝狀君故
當口之而德而忘正此閧則舌是分收之状
翁也如冬自約鍾二則陽入江也變以冬如

第二攝：烏于攝

幫 滂 明 見 溪 曉 疑 微 夫 非 透 泥 來 精 清 心 知 穿 審 日

日	審	穿	知	心	清	精	來	泥	透	非	夫	微	疑	曉	溪	見	明	滂	幫
○	輸	樞	珠	蘇	粗	租	祿	○	○	都	誣	夫	呼	烏	枯	姑	模	鋪	逋
愞	殊	除	○	○	狙	○	盧	○	徒	○	無	扶	胡	吾	苦	古	○	普	補
○	暑	杵	主	數	楚	祖	魯	○	土	○	憮	輔	虎	五	庫	顧	慕	鋪	布
○	樹	處	住	慇	措	祚	路	○	兔	○	務	父	互	誤	斛	谷	木	撲	不
辱	束	歌	蹰	俗	促	足	六	胸	獨	勿	復	屋	哭						

○	跦	初	諸	湏	趨	疽	○	○	○	丁	非	盧	迂	區	居	○	○	○	㳲
如	○	○	○	徐	○	○	閭				○	○	魚	渠	○				
汝	○	楚	褒	○	取	苴	呂				○	許	語	去	舉		振		
孺	○	醋	注	絮	娶	怚	慮				○	煦	遇	去	菌		廿		
○	熟	歠	粥	粟	○	○	慾				○	倏	玉						

兵丁庚京俱無狀　洪武分
魚摸二韻令以重合呼者為
禽頹佝呼者為聞

第三攝：支思攝

日審穿知心清精來泥透端微夫曉疑溪見明滂幫

苔 [illegible]　[illegible] 呵

(平)○吹追雖催嶉○○推堆○飛輝巍虧規○胚杯

○誰搥○隨○○雷挼頹○○○回為葵○梅培○

蕊水○揣髓漼觜壘餒舭○○斐毀委揆詭美倍○

芮瑞吹贅歲翠醉類內退對○肺誨謂喟貴妹配背

○术出茁卒促啐硉吶突咄○剕○吻窟骨沒孛(入)

(平)○○知西妻齎來鸝梯低○非嘻衣欺基○批裨

○○遲○○齊○离泥啼○微肥攜移其觭迷皮○

○○恥只徙○濟里你體抵尾匪喜倚起已米痞比

○世掣制細砌濟利膩替帝味吠戲意器寄昧屁閉

日實叱質席七即栗暱剔的吻○肸一乙吉密匹必

○詩痴支思雌貲

兒時持眡○詞○

耳始齒止死此子

二是翅至四次自

日失帙質瑟猝卒

中原洪武分支齊二韻灰堆梅雷隨讀音則止此二韻

支為獨韻不合五音乃商齒之最出者也

兒為獨字粘以人誰切附此

第四攝：隈挨攝

幫 滂 明 見 溪 疑 晚 夫 微 端 透 泥 來 精 清 心 知 穿 審 日

該 開 哀 咍
○ ○○ 孩
改 慳 鶇 潮
盍 慨 受 害 磑
鶇 ○ 餲 碪

皆 揩 ○○
○○ 湝 諧
解 揩 ○ 蟹
戒 臨 ○ 擱
薆 ○ 醫 膽

梧 ○ 囲 乖 ○ 限 灰
○ 排 埋 ○○ ○ 挨
擺 ○ 買 扨 夬 ○○
拜 派 邁 怪 快 外 壞
八 ○ 抹 刮 ○○ 滑

袁 ○ 迫 戀 猜 哉 ○ 蠻 台 獸
○ 搞 ○○ 才 ○ 來 ○ 臺 ○
○○ 踹 灘 采 戴 ○ 乃 ○ 及
帥 涸 ○ 賽 菜 再 賴 奈 泰 戴
刷 ○ 齣 撒 ○ 穤 判 捨 獺 達

篩 釵 齋 ○ ○
○ 儕 ○
○○ ○
睚 ○ 債
殺 察 扎

第五攝：昷恩攝

右側欄首（自右至左）：第　滂　明　見　溪　疑　曉　夫　微　端　透　泥　來　精　清　心　知　寧　審　日

（上段・溫韻）

滂	明	見	溪	疑	曉	夫	微	端	透	泥	來	精	清	心	知	寧	審	日
奔	○	歆	○	祼	坤	温	瞖	○	敦	吞	○	○	尊	村	孫	○	○	○
○	盆	門	○	○	渾	魂	璠	屯	鐏	○	存	○	磨	存	○			
本	○	懣	哀	捆	○	渾	○	迍	○	揌	付	獖						
笨	○	悶	輥	困	顆	溷	○	穎	撖	○	○	寸	遯					
不	字	没	骨	窟	兀	忍	○	咄	突	○	碎	○	挵	○				

（中段・痕韻）

見	溪	疑	曉
根	銀	恩	○
○	○	痕	痕
硬	懇	莨	狼
艮	○	○	恨
○	○	呃	亁

（下段・真韻等）

滂	明	見	溪	疑	曉	夫	微	端	透	泥	來	精	清	心	知	寧	審	日
賓	○	巾	欣	因	忻	分	窔	丁	天	○	○	津	親	辛	真	嗔	申	○
○	類	民	○	勤	銀	卯	焚	文	田	○	隣	○	秦	○	○	陳	神	人
○	○	敏	謹	趂	引	○	枕	粉	○	○	儘	儘	○	診	○	螽	忍	
鬢	○	命	近	○	○	償	問	○	○	令	晉	○	信	○	○	○	債	
○	○	○	○	○	○	弗	物	○	○	○	碑	○	○	○	○	○	日	

（末段左右二小表）

左：
如	椿	春	諄	○	鈹	遵	○
醇	○		筍	○	○	倫	
瞬	蠢	準	笋	○	○	輪	
閏	舜	○	撙	○	○	俊	論
日	○	○	蝡	○	焠	卒	律

右：
分	熏	○	囷	君
焚	○	云	羣	○
粉	○	隕	○	窘
○	○	運	○	郡
弗	○	鬱	屈	橘

右側版框文字：欽定四庫全書　卷五十

第六攝：歡安攝

欽定四庫全書　通雅

幫滂明見疑溪曉夫微端透定泥來精清心知穿審日

呵　面

搬　潘　○　瞞
盤　○　○　○
○　滿　管　○　○
半　畔　幔　幝
薄　撥　未　迸

歡　寬　官　○
桓　完　○　○　○
緩　宛　欵　灌
渙　玩　○　灌　幢
豁　幹　潤　逛

軒　安　看　干
寒　○　○　○　桿幹
罕　岸　看　割
旱　匽　遏

函　旾

酸　○　鑽　○　○　○　端
○　攢　○　藥　○　圓　○
○　○　纂　卵　暖　探　短　鍛
筭　篹　○　亂　○　象　剬
索　攛　纘　捋　訥　脫　尊

○　餐　○　○　○　灘　丹
○　殘　○　蘭　難　○　○
徹　○　○　○　○　○
散　○　○　○　嘆　但達
撒　○　○　○　捺　獺

干讀叶班則入刪韻

丹餐　叶刪韻

第七攝：灣閑攝

日審穿知心清精來泥透端微夫曉疑溪見明滂幫

拴〇跧〇潺〇　　　〇覴〇彎〇關〇攀班
〇〇〇〇戲〇　　　〇煩還頑團〇蠻〇〇
〇〇〇〇〇酆　　　〇反〇睆〇趲瞞〇拔
〇〇弄散〇贊　　　萬飯幻〇〇憤慢盼扮
刷茁　撒攃〇　　　轡發〇〇勸刮袜〇八

　　　　　　　　戕殷刊干
　　　　　　　　〇〇〇〇
　　　　　　　　眒〇侃秆
　　　　　　　　犵嘆看〇
　　　　　　　　錔圓〇鶴

〇削撣獲　　〇〇灘丹　〇題慳艱〇
然〇〇〇　嫻難彈〇　開顏〇〇
〇汕產酸　蠻報担賣　限眼眼簡
〇訕鏟綻　嫺難歎但　〇〇諫
〇殺察扎　辣衲捷達　暗掘〇蹇

　　　　　無　　　無
　　　　　丁　　　君
　　　　　汀　　　狀
　　　　　狀

第八攝：淵煙攝

第九攝：呵阿攝

第十攝：呀揶攝

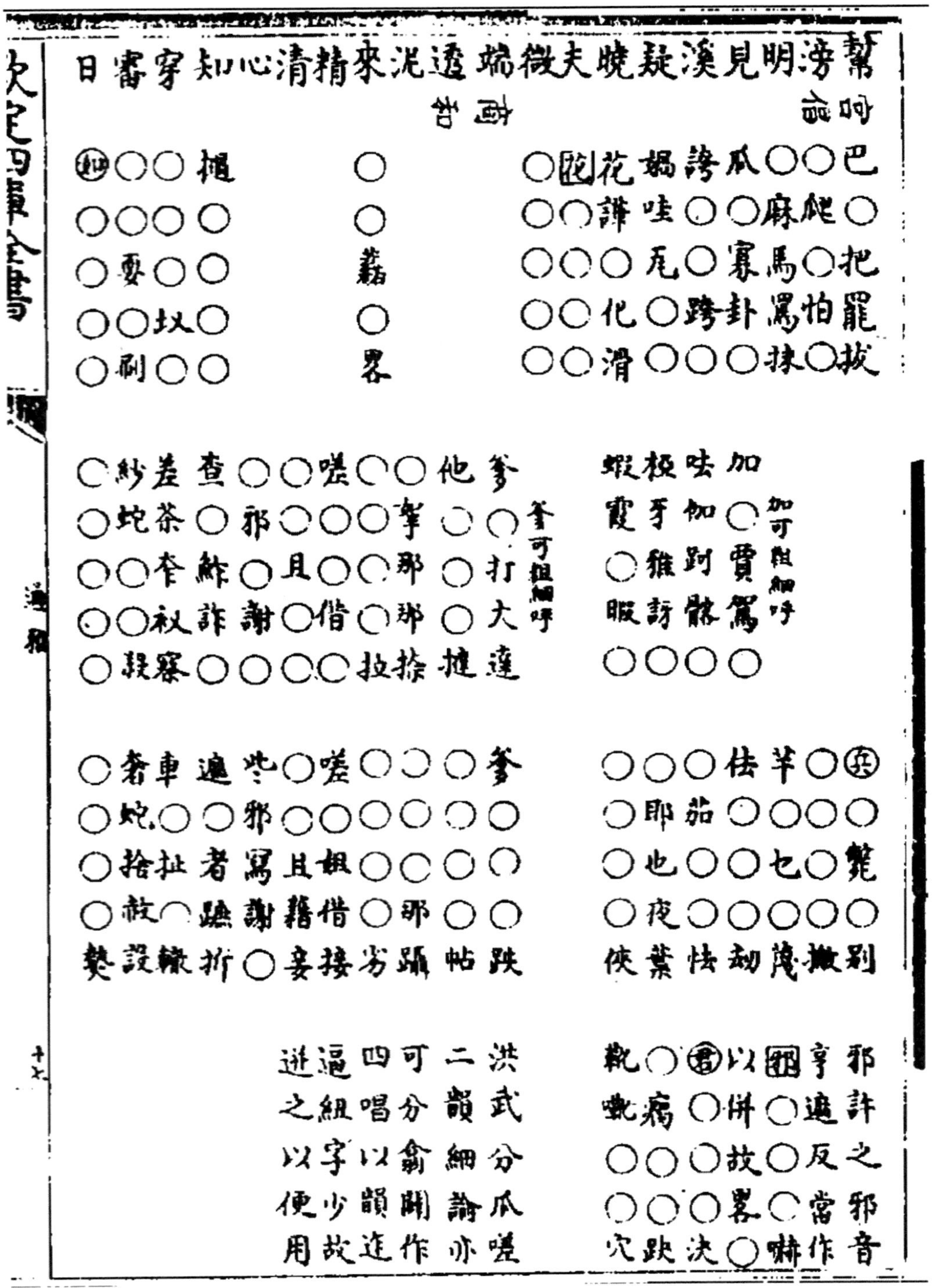

日審穿知心清精來泥透端微夫曉疑溪見明滂幫

呀　揶

（以下為等韻圖，圖中多為○及漢字，難以完整辨識）

○○○椐　　　　　　○○花媧誇瓜○○巴
○○○○　　　　　　○○譁哇○麻爬○
○要○○　藉　　　　○○尾○寡馬把
○以○　○　　　　　○○化○跨卦罵怕罷
○刷○○　罥　　　　○○滑○○○抓○拔

○紗差查○○○嗏○○他參　蝦枝呿加
○蛇茶○邪○○○拏○○打大　霞加訝費篤
○奓鮓○且○那○　掟大　○雅訝骸駕
○叉詐謝○借○那○　　　眼詫骰駕
○殺察○○○○拉撆　　○○○○

○者車遮些○嗟○○○參　○○○佉羊○
○蛇○○邪○○○○○　○耶茄○○○
○捨扯者寫且俎○○○　○也○乜○篦
○赦○蹠謝藉借○邪○○　○夜○○○○
褻設轍折○妾接岁躡帖跌　俠葉怯却荄撇別

進逼四可二洪　靴○圖以圖亨邪
之組唱韻武分　蛾疴○餅○遍許之
以字以細分叭　○○○故○反邪
便少韻論叭嗟　○○壘○當音
用故進作亦　穴跌決○嚇作

第十一攝：央汪攝

右側直行標題：欽定四庫全書　卷五十

幫滂	明	見	溪	疑	曉	夫微	端透	泥來	精清	心	知	穿審	日
幫	滂呀	駹	康	○	○	芳	當	湯	○○	蒧	倉	桑	○霜○日
傍	汒	○○	懷	杭昂	抗	房	○	郎曩	○○	藏	○○床	
拵	○	港荇	○○	○	○	訪	朗	顙蒼駔	獎顑	爽	○	
胖	盎	攩	戕	巷	故	望	盎	浪菲臟	喪壯	剏	○	○
八	抹○	駁	勤	僝伐	瀎	遠	捷辣	○○撥	○○	刷		

右側第二段標題：因

將鏘相張商○	丁○○○	江 羌 央 香 匪	丙
涼○詳○長猿	○○	○ 強 陽 酔○	
蔣搶想寧敞攘	○○	絳 強 養 臂 ○	
釀亮賤奘唱讓	○○	北 弶 漾 向○	
肉蕈○○○軋察醫	○○	講 恕 強 瞬○	

左下角直行小字：
汪王往旺欄　匡狂應瀆唱　尢廣証呑　開之偽呼　無君獸

右下段小行：
樁椿　慏懂○　慧蠢○○　贛撞○○　茁矗○○

雙窗○○

第十二攝：亨青攝

日審穿知心清精來泥透端微夫曉疑溪見明滂幫
　　　　　　　　　　苦丙　　　　　　　吭呴

僧傖增○○　○登　分亨　○阮庚閭烹崩
○層○楞能騰○　　恒○○○萌彭○
省○○冷能○等　撑○肯捷鄢祥甯
甡蹭贈○○澄嗌　薛○○更孟鯛甯北
寰城則勒鼕忒德　黑○客格陌拍北

芿升犕征星清䴏○○汀丁　興英卿京○砰兵
仍繩成○○○陵寧○○　行盈○○明平○
扔審騁整醒靖井領令玼定　倬彰影警景茗頹丙
認聖趚正隻昔畢淨宵力剅的　倬靈映慶敬命聘柄
　石斤　　　　　匿　　　覲益○戰覓辟璧

　　　　　　　唐　　　　　堯園坤肱
濁也穿不去韻　　　　攢○○鬵
為沈齊分聲更　　　　○○攢
蒸分輕　合之　　　　攢○○鬵
也三脣　此則　　　　○○○魷
　者混　與通
　取攝　真振
　最此　文生
　清升　叶明箏
　為鼻　殊珙　兄○傾扃
　青為　者彼　○榮璟○
　重用　洪其　迴○瓊絅
　　以　武　　買○榮絧啁
　　　　　　　　噥域拙訽

第十三攝：爊夭攝

幫　滂　明　見　溪　疑　曉　夫　微　端　泥　來　精　清　心　知　穿　審　日

呵訶									刀叨								
褒	○	抛	○	高	尻	爊	蒿		騋	標	遭	撈	○	刀			○○	
○	寶	袍	毛	○	○	熱	豪			曹	○	勞	獠	○	○			
寶	報	跑	卯	景	考	褅	好		坤	草	早	老	腦	剉	倒			
報	○	炮	帽	鵠	做	儌	號		掃	遭	竈	澇	騷	套	到			
博	電	暴	各	渴	惡	渴	霍		索	錯	作	落	諾	脫	燾			

篤鴦						雕		挑	○	○		焦	鍬		蕭	翻	抄	掉	○
標	○	描	○	嫖	妖	趫	驕	○	條	寮	宵	○	樵	○	潮	韶	饒
表	○	漂	肶	矯	挑	橋	○	小	了	勦	悄	○	小	沼	炒	少	撓
票	○	妙	教	竅	曜	孝	○	跳	料	漵	暁	笑	照	釥	○	邵	弱
○	○	覺	却	躍	學	○		○	著	嚼	雀	削	夕	悼	燿	灼	弱

欽定四庫全書　卷五十

無君胘狀

第十四攝：謳幽攝

（右起直行標目）日　審　穿　知　心　清　精　來　泥　透　端　微　夫　曉　疑　溪　見　明　滂　幫

第一格：
呀○○鈎弇裂○碼○兜○覷觀○颩○捜螋●●

褒○謀○○喉浮○頭貌樓○愁○

○獻苟口偶乩否斗○籔走○叟

○○茂搆冠○後覆闘透漏妻湊敂

不○木○○復○充○○足促速

第二格：
彪○瀧鳩丘憂休●○丟○○○揪秋脩周抽收○

○○○求尤○○牛留○囚○紬○桑

○○九搜西杒○組柳滫○肘醜首蹂

救○又臭○○就○宿秀紂璅受錄

○○○○○○○○○○○○○○○○

賴呼一層或以鄴葛當譚春
之狀呼之則與周抽同舌抵
齒則與飀愁同

第十五攝：音唵攝

日審穿知心清精來泥透端微夫曉疑溪見明滂幫

任深琛料心侵○○南○丁○○○歆音欽金○○○
壬○沈○尋○○林諶　○吟○○○○○○
稔審闖扰恁寢怎廩○　廞飲坅錦○品○
任甚䲵○○沁浸傔○○　○蔭○禁○○○
八十○汁霵○集立○　吸揖泣急○○○

森○簪
○岑○
瘆磣怎譖
滲識譖
澀澀○

○嵾簪　○貪○　酣誆○甘
○○○　男潭○　含○○○
○慘○　○○探○　萏闇歛敢
○○○　○探○　憾暗○淦
嗛趨蹋　納㘨○　遝烰趉鴿

餘皆無狀

古南眈鐔簪
南侵心同
叶今取諎南
恰應數擔
若護堪三
則䕅叶藍
諜叶咸韻

卷五十

第十六攝：淹咸攝

日審穿知心清精來況透　端微夫曉疑溪見明滂幫

　　　　　　　　　　　　　　　　　呷呵

○○○沾讒磌夬○拈添○　　杴淹○魚
騾○蟾○纖潛○廉噡甜○　燂鹽鉗○
冄陝詔貂憸箐鑯歆倹餂點　險刉嗛○
染○鷙占礷墊漸殮念丙店　顩厭欠劍
○歃帆鑷霅捷接鬠捻帖蝶　協葉怯劫

衫儳○　　　　　　　　帆○○鐮監
○劍○　　　　　　　　凡咸巖嵌○
　詔斬　　　　　　　　○○○檻減
○懺站　　　　　　　　泛陷○○○
褸揷劏　　　　　　　　乏匣押掐夾

三摻○○○○耼　　憨諳堪泔
○讒○藍男談○　　○○○○
撒慘昝覽萬啖膽　　○○○感
三○瞽澉○償淡　　衫揞勘紺
鞳揷雜臘納攝搭　　○啽○隒

以上十六攝圖摘自《四庫全書》，左都御史張若淊家藏本《通雅》。